魔女たちは眠りを守る

村山早紀

Murayama Saki

魔女たちは眠りを守る

contents

装画／まめふく

装丁／岡本歌織（next door design）

校正／鷗来堂

本文DTP／豊国印刷株式会社

初出

Webマガジン「キノノキ」（2019年4〜10月）

単行本化にあたり、書き下ろしを加え、加筆・修正しました。

第1話　遠い約束

その街は、古い港町。

海からの風が街とひとびとを包み、見えない手が優しくその身を撫でる、その繰り返しが数え切れないほどに続いてきた、そんな街だ。

年々賑《にぎ》やかになってきた街の雑踏に紛れ、聞こえづらくなったけれど、たとえば夜明け前のひとが寝静まり、通りを行き交うものがいなくなった時間に、そっと耳を澄ませば、かすかな潮騒《しおさい》が聞こえるような——ここはそんな街なのだった。

いまは春。街のあちこちで桜が一斉に花開き、白や薄桃の花を咲かせ、時折吹く強い風に、数え切れないほどの花びらを散らせる、そんな季節だった。

さて、桜の花びらは港のそばの、古い駅の空にも舞い落ちる。黄昏《たそがれ》時の、金色の光が淡く降りそそぐ駅のプラットフォームに、いままさに、遠い街から旅してきた電車が滑り込み、静かに扉が開く。

丈が長く古めかしいデザインのコートを着て、これも古めかしいブーツを履いた小柄な若い娘がひとり、大きなトランクを引きずるようにして降りようとする。トランクもまたよい感じに古びていて、時を超えていくつもの旅を経てきたのがわかるようなもの。その娘が持つには大きすぎるようにも見える。トランクに比して、白いてのひらは小さく、背丈もずいぶん低いのだ。娘は片方の腕に、ふさふさとした毛並みの黒猫のぬいぐるみを抱いていて、トランクよりも、そのぬいぐるみの方が、よほど娘には似合っているように見える。

それでも娘は楽しげに、大きなトランクを力を込めて持ち上げて、プラットフォームへと、はずむように足を踏み出す。

「よいしょっと」

トランクと一緒に、半ば飛びおりるようにホームに降りると、長く赤いくせっ毛が、背中で翼のように広がり、跳ねる。

まだ十代か、それとも二十代に入ってはいるのか、年齢がわからないのは、くるくると変わる表情と、いろんなものに視線を投げる、大きな薄茶色の瞳のせいだろう。あるときは思慮深く見え、そしてあるときは、無邪気な幼い子どものように見える、そんな娘だった。

そんな娘の様子を、少し離れたところから、老いた駅員がひとり、必要なときは手を貸そうと、優しげなまなざしで見守っていたのだけれど、娘はそれに気づいたかどうか。

駅員は、通り過ぎていく娘を見送って、ふとまばたきをした。

（おや、あのお客さんは、猫なんて連れていたろうか？）

いつの間にか、娘の足下をふさふさとした被毛《ひもう》と尾をなびかせた黒猫が、軽やかな足取りで歩いている。猫に語りかける娘の様子からして、彼女の連れのように思えるけれど、あの黒猫は、一緒に電車から降りてきただろうか。

（猫連れならば、猫は籠《かご》に入れてきたはずだけどなあ）

駅員は首をかしげる。猫連れの旅人ならばそうするものだ。そういえばあの娘は、さっき腕に黒猫のぬいぐるみを抱いていたように見えたけれど、腕にはもう何も抱いていない。まさかあれが、おもちゃではなく、生きている猫だった――？

（いやあれは、ちゃんとぬいぐるみだったぞ）

黒猫が駅員の方を振り返り、金色の瞳でにやりと笑ったような気がした。でもそんなことあるわけがないから、やはり自分の気のせいなのだろう、と駅員は思う。認めたくはないが、自分もすっかり年老いた。

何にせよ、そんな子ども向けの本の世界の中で起こるようなこと、現代日本で起こるはずもない。

黒猫を連れた娘は、大きなトランクを提げて、駅の改札の方へと歩いていこうとする。

駅にほど近い公園の時計台が時を告げる、その鐘の音が風に乗って空を流れた。

娘が立ち止まり、鐘の音の響きを目で追うように、空を振り仰ぐ。

「わあ、懐かしい。昔のままね」

それはまだ子どものような、甘さと幼さのある声で、けれど落ち着いた、優しい響きを持つ声でもあった。

「ずいぶん久しぶりなのに、中央公園の時計台の、あの鐘の音は変わらないのね」

『そうね、ナナセ』

娘の顔を見上げ、金色の目を細めた黒猫が、甲高い声でそういったように聞こえたのも、駅員の気のせいだっただろうか。

「三日月町《みかづきちょう》の辺りも、昔のままかしら」

『さあねえ。どうかしらねえ』

改札の方へと、娘は長いコートをなびかせて歩み去っていき、黒猫もまた、ふさふさした尾をなびかせながら、それについていく。

老いた駅員は、口の中でまさかねえ、と繰り返しながら、娘たちを見送ったのだった。

改札口の向こうには、夕暮れの光に包まれる、繁華街の情景。背の高いビルが輝く森のようにそびえて見える、そんな景色の方へと、娘と黒猫は歩を進めていく。ちらほらと桜の花びらが、その姿に降りかかる。娘と猫を迎えるように。

物語の時間は、少しだけ進んで、その日の夜となる。

古い港町は、店々に灯《あか》りを灯《とも》し、街灯に光をきらめかせながらも、静かな夜の闇に包まれている。

春の宵、吹き過ぎる夜風はまだたまに氷のようにひやりとしながらも、どこかにふくらんできた木の芽や花の香りを隠している。

行き交うひとびとは、夜風の冷たさに急ぎ足になり、春の軽やかで薄いコートの前をあわせたりしつつも、その季節特有の、何かよいことや不思議なことがありそうな気配に、胸の奥をわくわくさせているような、そんな夜のことだった。

ひとびとの頭上には大きな満月が輝いていた。降りそそぐ光を受けて、街は金銀の粉を散らしたように、ほの明るく、淡くひんやりと輝いて見えた。その夜は、海からのもやが薄くかかっていて、そのせいで、街全体が小雨に打たれたようにうっすらと濡れていた。

やがて、人通りが途絶えた。大きな道路を光の尾をなびかせながら行き交っていた車の群れまで、魔法のように途絶え、まばらになっていた。

もう夜も遅い時間だ。繁華街の灯りもひとつふたつと消え、働いていたひとびとも店を片付けて、からだを休めるために帰っていく、そんな頃合いになっていた。

さてその街には、駅や繁華街からはやや遠く、海にとても近い場所に、古く小さな商店街があり、その名を三日月通りという。

その辺りの建物からならば、多少背丈が低くとも、窓を開ければ海が見えるような、それほど海に近い場所だった。街外れ、ともいえる。

新旧の様々な倉庫や、見捨てられたような古い建築物（いまは所有者もわからない建物が多いといわれている）が並ぶせいもあって、その辺りはどこか薄暗く、人通りもない。

倉庫と船乗りのための宿や酒場、食堂が並ぶような通り、この街の住人よりも、遠方からの旅人を客に迎えることが多かった歴史を持つそんな通りは、かつては真偽のわからない物騒な話や恐ろしげな噂がつきものの場所だった。実際、戦後のある時期は、刃傷沙汰《にんじょうざた》もたまにあったという。そんな通りも、いまはすっかり寂《さび》れていて、夜の闇が落ちる時分に、少しだけ息を吹き返すような、そんな有様になっていた。


さてその三日月通りにほど近い、海にそそぐ暗渠《あんきょ》や水路が水音を立てている辺りに、ひとりの娘がふらりと姿を現した。

冬物の重そうな灰色のコートを身にまとい、長身を猫背気味に折り曲げて、足下だけ見ながら、とぼとぼと歩いていた。雑に束ねた髪は重たげ、今風ではない黒いフレームの眼鏡も重そうで、月の光を背に受けて歩く様子は、ひとりきりの葬列のようで、そんな生気のない、悲しげな様子なのだった。

背中にしょった大きなリュックサックと、腕に提げた鞄には、いつもの仕事帰りと同じに、たくさんの本が入っている。

彼女の名前は平田叶絵《ひらたかのえ》。職業は書店員。街の地場チェーンの書店の本店で長く働き続けるうちに、気がつくと独り身のまま、いい年になっていた。

いわゆるカリスマ書店員と呼ばれるような日の当たる存在ではないけれど、職場から信頼され、自分なりに仕事に自信も誇りも持っている、そんな働く女のひとりだ。仕事はひたすら忙しく、しかし給料は上がらず、貯《たくわ》えもなく、折からの人件費の高騰もあり、店は常に人手が足りず、皺寄せは彼女に来る。

この店と業界とそして老いていく自分のこれからを考えると、明るい要素が見出せず、不安になるときもあるけれど、本と書店が大好きで、一心に働いてきた。後悔はしない、と、ときに不敵に笑い、ときに歯を食いしばりつつ、ひとり生きてきた、のだけれど――。

今夜の彼女は、ため息をつく。

「――なんかもう、消えちゃいたいな」

呟《つぶや》いた、その声にも生気はない。

夜の闇にいまにも引き込まれて消えてしまいそうな、そんな弱々しいささやくような声だった。昼間の彼女、ふだん店で顔を上げ急ぎ足で働いている彼女を知るひとが見れば、別人のようだと思うような、そんな声だった。

「少しだけ、疲れちゃったなあ……」

満月の光を映す、水路の暗い水面に視線を落とす。懐かしいような海の香りがした。夜風がほつれた髪をなびかせ、首筋の辺りの熱を奪う。寒気がした。

ふいに、嵐のように強い風が吹き過ぎ、髪を巻き上げて、水面にさざなみを立てた。どこからか吹いてきた桜の花びらが、踊るように、たくさん夜空に流れ、水に落ちた。

春のはずなのに、もう桜も咲いているのに、いつまでも寒いなあ、と思った。今年の冬はいつまでも終わらないような気がする。ふと、ずうっと昔にも、こんな冬、いや、寒い春があったような気がしたけれど——記憶違いだったろうか。強い風が、嵐のように吹き荒れた春。

(ええと、あれはたしか、高校二年生になったばかりの春——だったと思う)

子どもの頃に読んだ宮沢賢治の、『風の又三郎』を思い出した記憶がある。

ガラスのマントを身につけた、不思議な子ども、又三郎が空を駆け抜けていくような、そんな風が吹いていると思ったのだ。あれは春ではなく秋の嵐とともにやってきて去っていった、不思議な転校生の物語だったけれど。

子どもの頃の叶絵は、いまと同じに本好きで、でも家族は本にも本が好きな叶絵にも興味と理解がいまひとつなかったので、家には本がなく——彼女は学校の図書館で宮沢賢治全集を読んだのだった。

「そう。不思議な転校生に会ったんだよね。高校生だった、あの春に」

叶絵は再びため息をつく。最近のようなずっと昔のような、あの時代。

そんな記憶と経験があるような気がするのだけれど、それもこれも錯覚で、いつの間にか脳内で生まれていた、いってみるならば「嘘」の記憶なのだろうか。

ここのところ、疲れのせいか、それとも年のせいか、自分の記憶に自信がまるでない。

「昔から、無意識のうちにお話を考えて、自分でそれを信じすぎて、夢と現実がごっちゃになることもあったし……」

本が大好きで、本の世界に没頭することが多かった。学校の行き帰りには、通学路で本を読んでいて、車に轢《ひ》かれそうになったことも一度や二度ではない。そのたびに両親から本気で叱られた。テレビが好きで活字を好まない両親で、叶絵を理解することは難解だと諦《あきら》めていたひとびとだったけれど、それでも叶絵のことを愛してくれていたから。

(それで余計に本なんて読むなと叱られて、本、買ってもらえなかったんだよね)

叶絵の方は、それで余計に本への執着が増し、のめり込んでいったのだけれど。子どもというのはそういうものだ。親の愛、家族の愛に気づかなかったのも、そういう年頃だったからかも知れない。ひとりぼっちのような気分になっていたのを覚えている。ほんとうの両親がどこかにいて、いつかは迎えに来てくれるんじゃないかとか、そんな物語にあるような妄想をよくしていた。何しろ、物語が——本が大好きな子どもだったから。妄想も空想も、得意中の得意というもので。

(そのまんま、おとなになったんだよな)

風に揺れる水面《みなも》の、月の光と、流れる桜の花びらが美しい。叶絵はその美しさに魅入られるように、石畳の路地にしゃがみ込み、暗い水面を見つめた。

風が背中を押すように吹いた。疲れた足下がよろけて、冗談のように簡単に、水路に転がり落ちそうになった。

「やば」

慌てて踏みとどまったけれど、瞬間、それもいいか、と思った。ほんの一瞬だけれど。

どうせ自分なんて水に落ちても、それきりこの世から消えてしまっても、心配するひとも嘆くひともたいしていないだろう。

店もこの街も日本も世界も、叶絵がいてもいなくても関係なしに回っていって、いつか叶絵の存在など覚えているひとはどこにもいなくなり、最初からいなかったのと同じことになってしまうのだ。

「いてもいなくても、おんなじかあ」

暗い水面を眺めながら、小さく呟いた。

自分がこの世界に生きている意味って、ないような気がするなあ、と。


別に特別辛《つら》いことがあったわけじゃない。自分という人間は突出して不幸なわけじゃない。好きな仕事に就いているし、それでちゃんと食べられてもいる。健康には恵まれて、精神状態もまあ健康。少ないけれど友人もいる。趣味だって——ちゃんとある。趣味は読書で、それを仕事にしてしまったから、日々趣味に生きる生活だと思ってもいる。

ただ少しずつ——たぶん丈夫な金属がわずかな力を繰り返し加えられているうちに、少しずつ傷んでいって、いつか傷ついたり折れたりするように、自分の心も折れそうになっているんだろう、と叶絵は思う。

たとえばそれは、売れ筋のコミックやビジネス書が、気がつくと一冊二冊と万引きされていたり、濡れた折りたたみ傘を、雑誌の上に載せて立ち読みをしているお客様がいたり、雑誌や新刊が怒濤《どとう》のように集中した日に、連絡なしでアルバイトの学生が欠勤したり——いや、手が足りないといえば、慢性的にその状態なのに、店をやめるスタッフが続き、けれど店がその穴を埋めてくれず、叶絵の担当が加速度的に増えていっているとか、その状態もずいぶん辛かったのだ。

そんな中で、今日、休憩時間に新作のコミックスのPOPをバックヤードで作っていたら、眉間に皺を寄せた店長に、

「そんなものは作らなくていいよ」

と、不意にいわれた。「時間が勿体《もったい》ない」

そのひとは若い頃から同じ店で働いていた尊敬すべき書店人であり、もっというなら、学生アルバイトだった頃の自分の採用を決めてくれたひとでもある。POPを描くこと、その描き方を教えたのも、そもそもがそのひとだ。うまいものができれば褒めてくれもした。

そんな店長にいわれた一言が胸に突き刺さるようだった。

そんなもの――よりによって、「そんなもの」呼ばわりをするなんて。

優しい気遣わしげな表情で、言外の意味はわかっていた。人手が足りなくてぎりぎり働いているのだから、休めるときには休みなさい――店長はそういいたいのだ。

それがわかっていて、でも、「そんなもの」の一言は受け入れがたかった。

POPを描くこと、自分が薦めたい本を見出し、お客様に呼びかけ訴えて、そうして売り上げを上げることは、正しいことだと思ってきた。

一冊の本が選ばれ、売れていくこと――それは本に関わる現場にいる、ありとあらゆる人間

が幸せになれることだ。そのために自分はここに、店にいるのだと叶絵はずっと思ってきた。

（なのに――）

唇を噛《か》んだ。

わたしがしてきたことって、なんだったんだろう？

街の片隅で、本屋のお姉さんとして、ただ本棚と向かいあい、面白い本を探し続け、売り続けてきた日々。激務の中で、他の職種に就いた友人たちと違って、遊ぶことも旅することもなく、ただ店の棚の前に立ち、雑誌や新刊の入った箱を開け、お客様から注文を受け、売れなかった本たちを謝りながら返品として箱詰めし、レジの前に立ち続けた日々。

紙で何度も指先を切り、本がぎっしりと詰まった重たい段ボールで何度も腰を痛め、いつの間にか汚れていくエプロンに包まれながら、一日を終えて、立ちつくし走りつくして棒になった足を引きずるようにして、ひとり住まいの暗い部屋に帰る――コンビニで買った弁当をあたため、遅い時間のニュースや録画したドラマやアニメを見ながら食べる。

そんな暮らしを、それなりに充実した楽しい毎日だと思っていたし、実際、親兄弟や友人たちには冗談めかしてそう話していたけれど、ほんとうのところは、どうだったろう。仕事にやりがいがあるから、と悲壮な使命感を持って、頑張ろうとしてきただけなのかも知れない、と気づいてしまった。

「――ああ、なんか疲れたなあ」

水路に満ちる水の音が、とてつもなく優しく聞こえた。

呼ばれているような。――あの水はどれくらい深いのだろう？

あの水の中に入れば、心地よく眠れるような気がした。――そうだ、そこに入ってしまえば、二度と目覚めなくても済むのかも知れない。目覚まし時計の音で叩き起こされるような朝とはさよならできるのかも。ずっとずっと起きなくていいのかも。

ここしばらく寝付けなかったのと疲れが溜《た》まっていたのとで、それはとても魅力的なことに思えた。

簡単なことなんだなあ、と思った。

このまま少しだけ前に進んで、水の中に入れば。永遠に朝が来ない世界に、お引っ越しができるのかも知れない。

水はどこまでも優しく、穏やかに見えた。

世界中のどんな羽毛布団よりも、すてきな寝床がそこにあるように見えて。

そのときだった。

誰かの手が、そっと背中に触れたのは。

あたたかな、小さな手だった。

「ねえ、寂しいときは、ひとりで暗いところにいてはだめなのよ」

耳元で、声が聞こえた。ふわりと風が吹いてくるような、柔らかい声だった。

女の子の声だと思ったけれど、おとなの声のようにも聞こえる、ちょっと年齢のわからない、ただ、とても懐かしい声だと思った。

聞いたことのある言葉のような気がした。

夢の中にいるような思いのまま、そっと振り返る。長い赤毛の娘がそこにいる。薄暗闇の中、真上の月の光に照らされて、にっこりと笑っている。

（あ、この子知ってる――）

一目見たときにそう思い、でもすぐに否定した。高校生か大学生くらいだろうか。ちょっと年齢がわからない感じだけれど、これくらいの年頃の子に知り合いはいないはずで――。

（お客様かな？）

店で会ったことがあるのかも知れない、と思い直した。

接客の仕事が長いので、ひとの顔を覚えるのは得意になった。一度だけ見かけたお客様でも、記憶の端に残っていることはある。

この子の方では、とても親しげに、いっそ懐かしささえ感じるようなまなざしで見つめてくれているのだから、やはりどこかで――たぶん店で会ったことがあるのだろう。好きな本の話で盛り上がったりしたこともあるのかも知れない。

叶絵は、本や著者の話で、お客様と会話をするのが好きだった。

本来は外交的な性格ではない。ひとと話すのも得意ではなく、コミュニケーションが得意なわけでもなかったけれど、本の話になれば別だった。

自分が好きな本の話をするのはもちろん、相手が喜びそうな本の話題を探しあてて、喜んでくれそうな本を選んで差し出すことが、何より好きだった。

それは叶絵の生き甲斐で、ある意味書店にいることの意味でもあった。

ずっと昔、小中高と図書委員だった、その時代からの、彼女の何より好きなことだった、といいかえてもいい。

叶絵は本というものが世界の何よりも好きで、本を読むことが大好きで、読むために生きてきた。本の中には――物語の世界には、夢があり冒険があり、たくさんの謎や不思議な魔法や、広々とした草原や、空があった。現実では自分に笑いかけてくれるひとはいないと思えるときも、そこには優しい家族や、友情を誓いあう仲間たちがいた。素敵な恋人だって。

寂しいときも辛いときも、叶絵には本があった。本の世界で息をつき、呼吸を繰り返し、叶絵はまた現実の世界に戻る。その繰り返しで生きてきたのだ。おとなになって強くなるまで、自分がそこまで不幸でも寂しくもなかったのだと知るまで、気があう友人たちができたり、家族とわかりあうことができるようになるまでは、物語の世界に支えられ、励まされて生きてきたのだった。

いまの叶絵は、もうかつての彼女のようには、物語に支えられなくても生きていける。杖《つえ》にすがるように本のページをめくらなくても、仕事帰りに職場の仲間とカラオケに行ったり、友人たちとメールやメッセージのやりとりをするだけで、笑顔になれる。親兄弟とだって、楽しく気軽につきあっている。家を出て近場でひとり暮らしを始めたことで、かえって不器用な彼らの思いがわかったところがあったりもして。いまでは両親は、叶絵が店で選んだ本（主に話題の本や実用書だけれど）を読んでくれていたり、叶絵の方も、家族が好きなバラエティ番組にチャンネルを合わせることもするようになっていた。

だけど、それでも、叶絵はいまも本が大好きで、特別に愛おしかった。本を読むことが、世界でいちばん好きなことなのは変わらない。

だから、誰かが本を読むことで幸せになってくれたり、笑顔になってくれれば、何よりも嬉しいのだ。こんなに楽しい本の世界に来て欲しい、一緒に幸せになろうよ、と声をかけたいのだ。

もっというと――口下手で不器用で、かわいくもなく、家族ともうまくいっていなかった自分が、本のおかげで寂しさから救われたように、読みかけの本の続きを読むために明日も生きていこう、と思えたように、寂しい誰かがそうなってくれたらいいな、と思うのだ。

だから叶絵は、本を選び差し出す子どもになったし、のちのち、そういう仕事を選び、働くおとなになったのだった。


その、店のお客様だったかも知れない娘は、小さな白い手を、叶絵に差し出した。

冗談めかしたような声でいう。

「こんな暗いところにいると、魔が差すから、さ、行きましょ」

明るいところへ、と笑う。

「――魔が差す？」

その一言を聞き、口にしたときに、辺りの暗がりのあちらこちらで、何か小さなものたちが耳をそばだてたような、そんな気配がしたのは、気のせいだったろうか。

小さなあたたかい手は、不思議と力強く、叶絵を引っ張り上げるようにして立ち上がらせてくれた。

「——この世界のものは、風も水も、みんな命に優しいけれど、闇の中にはときどき悪いものやいたずらなものたちもいて、心弱い誰かを暗い方へと引っ張り込もうとすることもあったりするから」

物語の中の言葉のようなことをいうんだな、と思った。

その子は何を思うのか、にこりと笑った。

叶絵の手を引いたまま、どこかに歩いていこうとする。

そのまま つられたように歩いてしまったのは、勢いに呑まれたのと、やっぱりお客様かも知れないと思うととっさにさからえなかったのと、足下の暗がりから、ひょっこりと顔を出した金色の目の黒猫に虚を衝かれたからでもあった。

ずっと昔に、こんなことがあった、と思った。

長い赤毛の髪の転校生と、彼女が連れていた、ぬいぐるみのようにふわふわの、毛の長い黒い猫と。

彼女がやはり、ある夜にこんな風に、白い手で叶絵の手を引いてくれたのだ。

「寂しいときは、ひとりで暗いところにいてはだめなのよ」

そのときに聞いた言葉だったような気がするのは、とても疲れているからだろうか。

「あたたかいものでも飲みにいかない？」

白い手が、叶絵の手を引く。

懐かしく感じるまなざしが、明るく、叶絵を見上げて、笑う。

「――すぐ近くに、知り合いがやってるカフェバーがあるの。知り合いっていっても、わたしもさっき出会ったばかりなんだけど。今夜は春にしては空気が冷たいし、ホットココアでもいかが？」

よく知らないはずの娘に手を引かれながら歩いても、嫌だとも変だとも思わず、ああそうだ、熱くて甘いココアが飲みたい、と喉が鳴るほどに思えたのは、なぜだったろう。

自分が心底凍えていたのだと、その瞬間に気づいたからだったのかも知れない。

そういわれるまで、気づかなかった。

街灯と月の光に照らされて、赤毛の少女が先を行く。白い手で叶絵の手を引いて。明るい方へ導くように。

(――昔、こんなことがあったなあ)

あのときも、凍えた叶絵の手を引いて、赤毛の少女が歩いてくれた。

明るい方へ。

あのときは、公園の自動販売機に辿り着き、叶絵が缶入りのココアをふたつ買い、ひとつを少女に渡した。少女はココアを口にして、小さく笑った。

「とても美味《おい》しいけど、猫舌には熱いわ」

その言葉を聞いて、足下にいた黒猫が金色の目を細め、怪しげに笑ったのだ。


三日月町の、三日月通りの辺りには、叶絵はあまり詳しくなかった。

この辺りは寂れた街外れだし、飲み屋街の印象が強いから、飲酒や賑やかなことをそれほど好まない叶絵はいつもなら足が向かないのだ。

今夜はなぜ、それもこんな遅い時間にひとりで迷い込んだのか——思い返すと、自分でもよくわからない。

これが魔が差す、ということなのかな、と、月の光の下を歩きながら、叶絵は思った。

背筋が寒くなる。

もしこの手を引いてくれる娘がいなければ、自分はどうなっていたのだろう。

あの水路のそばを立ち去ったいまとなっては、自分がなぜあんな風に暗い水に魅入られたのか、よくわからなかった。


「このお店なの」

いくつか暗い路地を抜けて、やがて赤毛の少女は立ち止まり、叶絵を振り返る。

暗い街角に、古く背の高い煉瓦造りの建物が建っている。その一階に大きな窓がある店が灯りを灯し、路地に光を放っている。

『魔女の家』――手書き風の看板がある。

鈴の鳴る扉を、赤毛の娘の白い手が押し開けると、光が路地にこぼれ、叶絵を招くように包み込んだ。

引き込まれるように店の中に足を踏み入れたとき、目の端に、壁に埋め込まれた小さな鋳物《いもの》のプレートが見えた。

刻まれた言葉は、『バーバヤーガ』。この建物の名前なのかな、と思った。

港のそばの古く寂れた商店街、三日月通りのカフェバー『魔女の家』に、書店員の叶絵は、そういうわけで足を踏み入れた。

謎めいた長い赤毛の少女の白い手に引かれて。空には銀色の光を放つ満月。春のひんやりとした夜風には、ときにちらほらと桜の花びらが舞う。そんな夜のことだった。

踊るような足取りで一歩先に歩き、店の放つ光の中に軽やかに足を踏み込んだのは、夜の精霊のような黒くつややかな毛並みの猫で、金色の瞳で叶絵を見上げ、口元に笑みを浮かべた。

――そんな馬鹿な、と自分で思ったけれど、たしかにそのとき、猫はまるでチェシャ猫のように笑ったのだ。

店の中は、優しく穏やかな光に包まれていた。あたたかな蠟燭《ろうそく》の火のような、ランタンの光のような、どこか懐かしい色の光。思い出の中にある光みたいな色だ、と叶絵は思った。

扉が背後で閉まると、夜の冷たさ、寄る辺なさから切り離されたようで、叶絵はほう、とため息をついた。凍ったからだが溶けてゆくように、肩に入っていた力が抜けてゆく。

その店は、とても美しかった。

どれほどの歴史のある店なのか、古いものが好きな叶絵は、口を半開きにして、店のそここに視線をめぐらせた。

天井には、真鍮《しんちゅう》が金色の光を鈍く放つ瀟洒《しょうしゃ》なシャンデリア。百合《ゆり》の花束をかたどった磨《す》りガラスの灯りは、いい感じに古めかしく、絵のように美麗だった。よく磨かれ、おそらくはたくさんのひとびとの足がその上を歩いただろう木の床は、シャンデリアが放つ光を受けて、つややかに光る。

耳に心地よく響くのは、壁にかけられた時計が時を刻む音。小さな扉は閉じているけれど、木に刻まれた鳥の意匠からして、カッコウ時計のようだ。

さほど広くはないけれど、けっして狭くもない店内には、テーブル席がふたつにカウンター。これもつややかな木のカウンターには大小のボトルシップが並べられ、古いガラス瓶は飴色がかった光をほのかに放っている。そのそばの棚には、様々な時代の飛行機と飛行船、気球の絵や模型が飾られている。

カウンターの中には、銀色の髪を短くカットした、美しい、やや高齢の女性がいる。モデルのように長身で細身の姿に、よくからだに馴染んだ麻のエプロンをかけているところを見ると、店のひとなのだろう。彼女は、黒く大きなレコードをカウンターの端にある古いプレイヤーに載せようとしていたところだった。

「おや、お帰りなさい、『ご同輩』ナナセ」

銀髪の女性が、銀色の長い睫毛《まつげ》を揺らしてまばたきし、赤毛の少女に視線を投げる。

「ただいま、『ご同輩』ニコラ」

少女は笑顔で応え、カウンターの椅子に半ば飛び乗るようにして腰をおろす。

「ごめんなさい。思ったより遅くなっちゃった。すぐ帰ってきて、いろんな『手続き』をするつもりだったんだけど、この街、久しぶりでつい」

懐かしくて、と笑う。思い出したように腰を浮かせ、コートのボタンをはずしながら、

「さっきお話ししたでしょう？　わたし、この街は二度目なんですもの。前は行きずりの旅の途中で、長くは暮らさないままにここを離れたから、そんなにたくさんの思い出はないはずなのに、不思議ね」

銀髪の女性は微笑み、優しい仕草でコートを受け取る。

「お気持ちわかりますよ。何度でもおいでませ。この街はほんとうにいい街ですもの。数百年暮らしていても、飽きないほどに。だからわたしのように、ここに根っこが生えてしまうものもいたりして」

目と目を合わせて、くすくすとふたりは笑う。

カウンターの中の女性と赤毛の少女と、見た目の年齢は祖母と孫娘くらいに違うようなのに、そうして話している様子は、不思議と同世代の友人同士の会話のようにも見えるのだっ

た。

そして赤毛の少女は、立ちつくしていた叶絵の方を振り返り、手招きするようにして、自分の隣の席へと招いた。

「お客様ですね。いらっしゃいませ」

銀髪の女性が、美しく皺の刻まれた口元で微笑む。カウンターから出て、叶絵の冬のコートを脱ぐように促し、ハンガーに掛けてくれた。

叶絵がおぼつかない動作で、カウンターの椅子に腰をおろすと、いつの間に準備していたのか、ほかほかと湯気を立てる、白く熱いおしぼりを差し出した。――湯気からは、どこか摩訶《まか》不思議な、淡い香草の香りがした。

「ねえ、お嬢さん。こんな寒い夜に、そんな寂しげな様子で歩いてちゃいけません」

優しい声がささやいた。ニコラと呼ばれたひとの声。

「こんな、冬が帰ってきたような寒い夜、『ひとの子』はみんな凍えて家路を急ぎ、それぞれの住処に帰り着いたものかと思っていましたよ。ご同輩の帰りを待ちつつ、好きな曲でもとりとめもなく聴いて、のんびりしようかと思っていたんですが」

音楽を聴くような、よく響く、麗しい声だった。女優が舞台の上で何かを語るような、そんな声だったといってもよい。

カウンターに戻った彼女の傍らには、古い水槽があり、色とりどりの宝石のような海の魚たちが、珊瑚《さんご》の森の中を、ゆっくりりと泳いでいた。

「凍えた心には、きっと魔が差してしまうから」

赤毛の少女が、椅子から下がる足をひとつ大きく揺らすと、明るい声でいった。

「もう大丈夫よ。さっきちょっと危なかったんだけどね」

少女は叶絵に視線を向けて、いたずらっぽい表情で見上げて笑う。

「おとなになっても危なっかしいところがあるのは昔と変わらないのね」

「——？」

少女はただにこにこと笑っている。

そして銀髪の女性を見上げて、

「あたたかい飲み物をくださいな。そう、ココアがいいな。昔風に、お砂糖多めで甘くして。それから、猫舌でも大丈夫なように、少しだけ、ぬるめにして欲しいの」

「はいはい」

銀髪の女性は笑い、使い込まれたような片手鍋を手に取り、ココアが入っているらしい缶を戸棚から出す。少女はそれに声をかける。

「こんな夜には断然ココアよね。わたしがご馳走するから、こちらのお嬢さんにもお願い」

「あ、いえ」

自分で払います、といおうとして、無意識のうちにお財布を探そうとしたその手を、少女の白い手が押しとどめた。

「『前』はおごってもらったから、今夜はわたしがご馳走するわよ」

そんなことあるわけない。この子と飲み物を飲もうとするのは、今夜が初めてのはずだ。そう思いながらも、ずいぶん昔、高校生のときの記憶が、ふたたび脳裏に蘇《よみがえ》る。鼻に感じる甘い香りと同時に。

昔々の寒かった春、赤い髪の転校生と自動販売機に辿り着いたとき、彼女は財布を持っていなかった。だから、叶絵が彼女の分と自分の分とふたつ、缶ココアを買ったのだ。

「ありがとう。次はわたしがおごるわね」

彼女は笑顔でそういったけれど、「次」はなかった。すぐに彼女はいなくなってしまったからだった。おそらくはどこか知らない街へひとり旅立った。

それっきり、彼女と出会うことはなかった。

いま、赤毛の少女の隣の席に座りながら、叶絵は目をしばたたかせる。この子はなんだかあの子に似ているような気がする。赤毛の転校生。一か月の間だけこの街にいて、すぐにまたいなくなってしまった、不思議な転校生に。

風の強い春の日に転校してきて、また風の日に去っていった、あの子に。

(でもあれは、ありえない)

(夢の中の出来事としか、思えない)

その証拠のように、かつてのクラスメートたちは彼女のことを覚えていない。同窓会で話題にしても、ひとりとして覚えていないのだ。あの春の一か月、叶絵はたしかに彼女と同じ教室にいて、図書館に通って、いろんな会話をした記憶があるのに。

叶絵の他は誰も、赤毛の転校生のことを知らないという。まるで叶絵の心の中にだけ存在し、消えていった幻のように。

(でも、わたしは覚えている)

たしかに自分の記憶として残っている、春の夜の不思議な出来事がある。あの春の夜の氷のように冷たかった夜風も、彼女と見た美しいものも、自分の想像が生み出したものとは、叶絵には思えない。あんなリアルな妄想、自分には無理だとまで思う。

けれどそれは、ほんとうにあったことなのか。叶絵はその夜の出来事に思いをめぐらせるたびに、迷いに迷った末、いや、やはりありえない、と首を弱く横に振ってしまうのだ。

そう思ううちに、いつか思い出は古い化石のように記憶の断層の下に押し込められ、しまい込まれ——結果、忘れられつつあったのだ。

(だって、ひとは記憶を書き換えるから)

ひとはときとして、想像と妄想を、自分のほんとうの記憶と置き換えてしまう。

叶絵は夢見がちな子どもで、少女だった自分を覚えているから、高校時代の自分の記憶を信じ切る気持ちになれないのだ。ましてやあんな夢そのもののような記憶——。

「あ、彼女は猫舌じゃないから、ぬるくなくても大丈夫よ。——ね、平田さん?」

そう呼びかけられて、叶絵はおしぼりを手にしたまま、動きを止める。

この子に自分は名前を教えていただろうか？

（やっぱり、どこかで会ったことがあるのかな。やっぱり、お店のお客様――？）

そう考えるのが自然なことのような気がして、叶絵は記憶を懸命に探ろうとした。

鍋から緩やかに、ココアを練る甘い香りがたなびいてきた。うつむいて銀の匙《さじ》でココアを作る銀髪の女性の仕草は、どこか大鍋で薬を作る魔女めいて見えて――。

（そうだ、魔女だ――）

叶絵は、遠い日の記憶を思い返す。

（あれは、あの言葉は、やはり夢で聞いたものじゃないと思うんだ――）

たしかにほんとうにあったことだと思うのだ。


放課後の高校の図書館で、窓越しに射す黄昏時の日の光に染められるようにして、赤毛の少女はささやいたのだ。幼く聞こえる、やや舌足らずな声で。

「だってわたしは魔女だもの。ひとりで生きて、長い長い生涯を旅し、世界中をさすらって、いつかひとりで死んで、地上から消えてゆくの」

人形のように愛らしい姿に、紺色のセーラー服がよく似合っていた。その肩にかかる長い赤い髪に、白いスカーフに、夕暮れ時の光が魔法めいて躍って見えた。

ずっとひとりで生きてきた――彼女はそういったのだ。ふたりだけの図書館で。

あれも春だった。あの年も冷たい春。強い風が満開の桜の花を散らし、図書館の大きな窓の外に、流れるように花びらが舞っていた。

（物語の中に入ったみたいだ――）

叶絵は思っていた。腕に抱いた数冊の、読みかけの物語の本の重みを感じながら。

こんなお話の世界にしかないような言葉を、自分の耳が聞く日が来るなんて思わなかった。

――いや、子どもの頃からそれに憧れてはいたけれど、まさかそんな機会がこの世にほんとうにあるだなんて。自分にそれが訪れるなんて。

胸がどきどきした。自分のために用意されていた、不思議な世界への扉があったなんて。

頭の中で、冷静な叶絵が、「そんなこと絶対にあるわけない」と打ち消そうとする。

（こんなの、リアルじゃない。魔女なんて、実在するはずがない。この転校生は嘘をついてるのよ。適当な話を思いつくままに話して、ひとをからかって楽しんでるの）

（そうでなきゃ、ごっこ遊びよ。もう高校生なのに、馬鹿みたい）

けれど、夢の中の登場人物に訊《たず》ねるような思いで、叶絵はあの日、赤毛の転校生に訊《き》いていた。口が勝手に動いて、言葉を紡ぎ出していた。

「――あの、じゃあ、いつか」

そう、叶絵は、彼女に訊ねたのだ。

「もしかして、七竈《ななかまど》さんは、いつか、この街を離れてしまうの？　どこかに旅立つの？」

来たときと同じに。『風の又三郎』のように、強い風に吹かれてどこかに消えていってしまうの？

少女は肩をすくめるようにした。子どもっぽく見える仕草で。

「この街にはもともと来る予定じゃなかったの。遠くに行く途中に、少しだけ休むための滞在のつもりだったの。なのに、長くいすぎたから。——だから、そろそろ行くわ」

この街には長くいられない。だって、この街にはもう街を守る魔女がいるんですもの。ひとつの街には、ひとりの魔女がいれば充分。

彼女は、物語の本の中に出てくるような、謎めいた言葉を口にして、寂しげに笑った。

「いつもは誰にも黙って街を離れるんだけど、あなたには話しておきたくて。きっとあなたは、わたしのことなんて忘れてしまうと思うんだけど。わかってても、伝えたかった。さよならと、お礼の言葉を」


(夢の中の記憶のような気がしていたんだ)

喉が渇いた。

忘れなかった、覚えていたけれど、でも——あの記憶がほんとうのことだと信じ続けるのは、少しだけ難しかった。

叶絵は、震える手を握りしめた。

本ばかりさわって、傷だらけ、埃《ほこり》だらけの、ごつごつとした大きな手を。

「——七竈さん、あの、七竈さんなの？」

久しぶりで、その名を口にした。

不思議な響きの、転校生の名前を。

夢の中の登場人物に、話しかけるように。

「七竈、七瀬《ななせ》さん……だよね？」

名前を呼ぶ、最後の辺りが自信なげに揺らいで消えた。

けれど赤毛の少女は楽しげに笑い、

「はあい。やっと思い出してくれましたか。図書委員の平田叶絵さん」

頬杖《ほおづえ》をついて、叶絵をのぞき込むように見上げた。

カウンターに飛び乗り、そのそばに腰をおろした長い毛の黒猫が、

『まったく察しが悪い』

と、甲高い声でいった。『この子ったら、やっと思い出したの？』

「そういわないの」

赤毛の少女——七瀬の手が、猫のつややかな黒い背中を撫でた。

「わたしは平田さんが、わたしの名前を覚えていてくれたというだけで、十二分に幸せよ。それだけでも、この街に帰ってきた甲斐があったと思ってる。嬉しかったわ」

だって、と黒猫は不満そうに長いひげを揺らした。

『この子、あなたに、昔と今夜で二度も命を救われたのに、すぐに思い出せないなんて。ナナセは、ずっと覚えてたのに。何度も何度も、この子の話をわたしにしてたのに』

赤毛の少女はただ微笑んで、黒猫の背中を撫で続ける。

猫はさらにいい募る。

『この街に帰ってきて欲しいっていったのは、ナナセのことを覚えてるって約束したのは、この「ひとの子」なのに』


（そうだ）

叶絵は、手を握りしめる。

あの日、叶絵がいったのだ。

この街にまた帰ってきて欲しい、と。


「こんな話、ほんとに信じてくれるの？」

半ば呆《あき》れたように笑いながら、あの日、彼女はいったのだ。冗談めかした口調で。

図書館の、たくさんの物語の本の前で。棚一杯に並んだ本の背表紙のその前で。物語の本のあわいから生まれてきたひとのように。

「この世界には、いまも魔女たちが隠れて暮らしているの。ええ、世界中にいるのよ。ひっそりと人間の街にいる。人間たちの間に紛れてね。——でもわたしたちは年をとるのがゆっくりだから、ずっと同じ街にいると怪しまれてしまう。だからね、いろんな街や国を渡り歩いて暮らしているの。わたしもそんな風に旅していく途中で、この海辺の街に立ち寄ったの。たまたまね。次に行こうと思っていた街は遠くて、少しだけ旅に疲れていたから」

（すごい）

そのとき窓ガラスに映った自分の目がきらきらしていて、少し笑えたのを、叶絵は覚えている。

（ほんとうに、物語の世界みたい）

コミックのキャラクターのように、両手をぎゅっと握りしめて、胸躍らせていたのだ。

同じ学校の同じクラスに、人知れず世界をさすらっていた魔女の子が転校してきていたなんて。その子と仲良くお話していたなんて。本の話をして、本を薦めていたなんて。

日常のすぐそばに魔女がいた、そんな素敵に幻想的で、ドラマチックなことが、この世に存在していたなんて。

（ああもう死んでもいい）

そんなことまで、あのときの自分が思ったことを、叶絵は覚えている。

こんなことあるわけがない、絶対にこの子の作り話だと思いながらも、信じたかった。信じ込もうとしていた。


その赤毛の少女、七竈七瀬は、クラスの誰にも打ち解けようとしない、無口な転校生だった。かといって、人間が嫌いなようでもない。話しかけると、少しだけなら笑ってもくれる。明るい茶色の瞳はいつも優しい。けれどどこかみんなとの間に見えない壁があって、そこを越えずにいるような不思議な雰囲気があった。

普通なら、叶絵は彼女に関わろうとはしなかったかも知れない。叶絵自身、ひとの輪の中に積極的に入ろうとする方ではなかったから。

けれど、ある放課後、図書館の窓からふと見かけ、見下ろした、ひとりきりでいるときの彼女の表情がとても寂しそうで、泣き出してしまいそうに見えたので、放っておけなくなってしまった。七瀬はひとりぼっちで桜の木に寄り添い、散る花びらを見つめていたのだ。

その次の日からだった。押しかけるように彼女に話しかけ、昼休みや放課後には図書館に誘い、いろんな本を半ば押しつけるようにして、この本面白いから、と薦めた。だって他に叶絵にできることはなかった。叶絵には本しか差し出すものがなかったのだ。

転校生は最初のうち戸惑っていたようだけれど、少しずつ、叶絵に打ち解けてきて、やがて叶絵が薦めた本を読んでくれるようになった。面白い、といってくれるようになった。

転校生は魔女のお話が好きだった。

学校の図書館には、外国や日本の古い魔女や魔法使いの物語がたくさんあって、それを叶絵は端から薦め、彼女は本たちを手にしてくれた。

子どもが読むような本ばかりだったけれど、彼女はどれも読んだことがないといった。

これまで、物語を手にする機会がなかったと。

「時間はたくさんあったんだけど、本は、いつでも読めると思っていたから、かえって読まなかったの。どこの国の、いつの時代の本も。物語ってこんなに面白いものだったのね」

彼女は本が苦手なわけではなかったし、むしろ活字をすらすらと読んだ。日本語だけではなく、図書館にあるいろんな国の言葉をたやすく読みこなすひとだった。英語が苦手な叶絵は、少しだけ恥ずかしかったものだ。

「面白くて、ときどき悲しくて、でもとても素敵。一冊一冊の中に、世界があるのね」

そういって、転校生は頬を染め、笑った。

ああ、この子のこんな笑顔が見たかったんだ、と叶絵は思ったものだ。

自分の選んだ本の力で、この子が笑ったのだと思うと、誇らしくて胸を張りたくもなった。本は素晴らしい。すべては物語の力だ。でもほんの少しはわたしも得意に思っていいんじゃないかな、と思った。

誇れることも、自慢できることも何ひとつない自分だけれど、この寂しげな転校生を笑わせることができたんだ、と。


そんな日々が続いたある放課後、黄昏時の闇と光が満ちる空に桜の花びらが流れる春の日に、あの物語のような言葉を、彼女は話してくれたのだ。さりげなく、けれどこの世にただひとり、叶絵にだけ秘密を教えてくれる、そんなどこか厳《おごそ》かな口調で。甘く静かな声で。

「だからね、わたしはひとりでまた旅していくの」

「ひとりで？　家族は？」

彼女は首を横に振った。微笑んでいても、少しだけ、寂しそうに。

「魔女はひとりで旅をして、ひとりで生きていくものだから」

言葉にはしなくても、家族はいないのだと知れた。死んでしまったのか生き別れたのか、とにかく彼女はもう、世界にひとりきりなのだ。

赤い髪が流れる背後の窓の外を、風に吹かれた桜の花びらがたくさん流れていった。

ほんとうは自分はあなたよりも年上なのだ、ずいぶん長く生きているのだと付け加えるようにいった言葉を、疑いもせずほんとうなのだと思ったのはどうしてだったろう。

「わたしはゆっくりとしか年をとらない。いつかきっと平田さんは、わたしの見た目の年齢を追い抜いて、おとなになっていってしまうのよ。

こんな話、信じられる？」

まあいま話したことは、みんな冗談だと思ってくれてもいいんだけど、彼女はそう笑ったけれど、叶絵は、深くうなずいた。

目の前にいる、同級生のはずの少女の姿が、いつか自分より幼い少女に見える日が来る、そんなの想像できないと、それだけ思いながらも。

大好きな図書館の古い本の匂いに包まれていたからなのか、ふたりきりで話していた、夕暮れの秘密めいた空気のせいなのか。

あるいは。学校にいるはずがないのに、ふいに彼女の足下に魔法のように現れた、彼女の愛猫の黒猫の、使い魔めいたその金色の瞳のせいなのか。

「連れていって欲しいな」

気がつくと、叶絵は彼女にいっていた。

「わたしもここではないどこかに行きたい。いつもずっと思っていたの」

その言葉を聞いた彼女の表情が、わずかに曇ったのを覚えている。

その頃、叶絵はいちばん家族とそりが合わない時期で、小さなことで何かと喧嘩《けんか》を繰り返したり、口をきかなくなったり、家をふらりと飛び出したりしていたのだ。

いま振り返ると、叶絵の方にも悪いところは多々あった。けれど、あの頃の叶絵は自分を守るために、ハリネズミのように全身の針を立てて怒り狂い、そうすることでかえって自分が傷ついて、毎日のように心に血を流していたのだ。

転校生はゆっくりと首を横に振った。

優しい表情で、彼女は笑った。

「あなたは連れていかない。いったでしょう？　魔女はひとりで生きていくものだから」

「そんなの寂しいよ」

叶絵はぽつりと呟いた。「七竈さんがいなくなったら、わたし、ひとりになっちゃう」

前触れもなく、涙がこぼれた。

わずかしか付き合いがなかったはずの転校生なのに、この子がいなくなると思うと、凍るように心の奥が冷えた。

「帰ってきて」

と、だから叶絵は彼女に願ったのだ。

この学校から、高校の図書館からいなくなってもいい、ただいつかもういちど、この街に帰ってきて欲しい、と。

「またきっとこの街に帰ってきて欲しいの。だってわたしはあなたの友達だから。その、勝手に、友達だと思ってるから。勝手に、だけど」

赤毛の少女はまばたきをして、叶絵の顔を見つめた。

少しずつ黄昏《たそが》れて、夜になってきた図書館で、彼女の表情はよく読み取れなかった。でも、少しだけ湿ったような声で、嬉しそうに彼女はいったのだ。

「もしいつかこの街にわたしが戻ってくるとしたら——それは人間には少しばかり遠い未来のことになると思うんだけど、あなたはわたしのことを覚えていてくれる?」

「覚えてる」

叶絵はうなずいた。

「ほんとうに、いつ帰れるかはわからないのよ。それでも待てるの?」

「待つわ」

「ほんとうに、忘れない?」

「絶対に」

「わたしと——魔女と会ったことを、夢だと思わずに信じていられる?」

叶絵は黙ってうなずいた。

赤毛の転校生は、ふと目を伏せた。

「わたしたち魔女は普通、訪れた街で出会ったひとたちから、記憶を抜いてしまったりするの。厄介なことになったら困るから、って意味合いなんだけど、ほんとうは──出会ったことを忘れられたら悲しいから、なのかも知れない。わたしたちと人間とでは、時間の感じ方が少しだけ、違うから。わたしたちにはあっという間に過ぎる年月も、あなたたちには、長い長い、時の果てのことに思えたりもするみたいだから」

だからね、と目を上げて、彼女はおとなびた表情で笑った。

「あなたがもしわたしを忘れても、わたしは怒らない。でもひとつだけ願うなら、いつか未来に再会したとき、平田さん、あなたが幸せだといいなあ。そんなあなたと会いたいな。

わたしはあなたと会えて、あなたに物語の本を薦めてもらえて、とても楽しかったから。一冊一冊の本の思い出とともに、あなたのことを、きっと忘れない。

繰り返し、思い出すと思うの。長い長い時の彼方まで。いつかあなたが年老いて、この地上からいなくなってしまうときが来ても」

やがて窓の外の空は、すっかり夜の藍色に染まり、その頃になって生徒がまだ図書館にいるのに気づいた司書の先生に、早く帰りなさいと叱られ、促されて、叶絵と転校生は学校を出たのだった。

校舎を一歩出ると、思ったよりも空はまだ明るくて、するとなんだか、叶絵はいままで彼女と話していた、子どもじみた魔女のお話が恥ずかしくなった。

そしてふたりは照れたように視線を合わせないまま、互いに軽く手を振って別れたのだけれど（そういえば叶絵は転校生がどこに住んでいるのか知らなかった）、転校生に背を向け、一歩家に向かうごとに、叶絵は、夢から覚めていくような気持ちになった。

（魔女だって）

（ほんとはもっと年上で、また旅に出るんだって）

（世界中に、魔女がたくさんいて、ひとの街に隠れ住んでるんだって）

そっと振り返る。赤毛の転校生の姿は、もう道のどこにも見えなかった。ついさっき別れたときは、すぐそこの道にセーラー服の背中がたしかに見えたのに。

いつの間に、どこに消えたんだろう？

まるで魔法で姿をかき消したみたい——そう思って、でも、そんな馬鹿な、と苦笑して、叶絵は打ち消した。

立ち止まり、とっぷりと暮れていく空を見上げて、軽く息をつき、そして叶絵は重たい鞄を提げて（なぜ重たいかって、それは、いつもの通りに読みかけの本やこれから読む本たちが、ぎっしりと入っているからだ）家路を辿った。

この世界に、現代日本に魔女がいるなんて、それも叶絵の通っている高校の、叶絵がいつもいる図書館に魔女が来るなんてこと、あるはずがない。

（そんな素敵なこと、現実になるはずがない）

世の中って、そういうものだ。

黄昏時の光と、転校生の声とまなざしに騙されただけだ。そう思おうとした。

その夜のことだった。

突然の春の嵐が台風のように街を吹き荒れ、桜の花びらどころか葉や細い枝までも吹き散らしていた夜に、叶絵はひとり泣きながら、家を飛び出した。

家族とどんな諍《いさか》いがあったのか。いまとなっては、叶絵は覚えていない。

何に傷つき、何を怒り、何が悲しかったのか。思い出せないほどにどうでもいいささやかな出来事があって、けれどそれでも当時の叶絵には、死にたいほどに切ない悲しいことが、その夜、たしかにあったのだ。

家に帰りたくない、それだけしか考えず、ただ夜の街を歩いた。けれど繁華街は酔っぱらいが怖かったので、ひとの気配のない方へない方へと——そう、あのときも、港のそばに辿り着いていたのだ。三日月町の三日月通りの辺りに。暗い水に引かれるように。

(あのときも、水路の水を見ていた)

人通りのない裏通りで、ひとりきりうずくまって、冷たい夜風に吹かれながら、ひたひたと寄せる水の音を聴いていたのだ。

そのうち冷え切ったからだが震えだしてきた。夜風に背中を押されるように、水路へと落ちてしまった。自分でも笑えてしまうほど、あっけなく転がり落ちたのを覚えている。

それまでは妙に現実味がなかった。いいやこのまま死んでしまっても、なんて思っていた。

けれど、痛いほど冷たい水に触れ、真っ暗なその底に沈みそうになったとき、苦しい呼吸の中で、こんなのは嫌だ、と思った。

暗闇に呑まれるのは嫌だ。

明るい方へ行きたい、と。

そのとき、水の上から、声がしたのだ。

「寂しいときは、暗いところにいてはだめよ。魔が差してしまうから」

光が降るような声だと思った。

そして何も見えない暗い水と夜空の間を縫うように、白い手が差し伸べられた。

叶絵は救いを求めるように、必死にその手へと手を伸ばした。誰の手だろうとか、なぜこの手がここに、なんて微塵《みじん》も考えられなかった。そんな余裕はなかった。

そして白い手は叶絵の手をつかむと、一瞬で上へと引き上げたのだ。


咳き込みながら、胸いっぱいに春の夜の冷えた空気を吸い込んだ。頭痛がして、胸が痛いほどに鼓動していた。足下がおぼつかない。なんだか浮いているような気がする。濡れたからだが夜風に冷えて、震えが止まらない。口の中が塩辛《しおから》い。水路の塩水のせいで。

咳き込みながら、やっと目を開けると、そこは、夜の海の上だった。

叶絵は、誰かに手を引かれ、宙に浮かんでいたのだ。ふわふわと浮いている足の下に、ゆったりと満ちていく暗い海が見える。

(っていうか、これは)

握りしめていた白い手を上へと辿ると、そこに、ほうきに乗った若い魔女がひとり。

細い木々の枝をまとめて作ったような、大きく古いほうきに、制服を着た転校生が、七竈七瀬が、赤い髪と白いスカーフを夜風になびかせながら、腰掛けていたのだ。ほうきの柄《え》の辺りには、長毛の黒猫が一匹、金色の目を輝かせて、叶絵を見下ろしている。

春の嵐に吹かれながら、転校生は叶絵を見下ろし、その白い手に力を込めて、軽い調子で引き上げると、叶絵をほうきの自分の後ろに座らせてくれた。

「水の中には、ひとの子をからかって遊ぶような、いたずら好きの精霊たちがいるの」

吹き過ぎる風の中で、転校生がそういう声が聞こえたような気がした。

「悪気はないいんだけど――その分怖いところもあるわね。気をつけないと、特に寂しい気分のときなんかは、危ないものなのよね」

いつもと同じ、少し舌たらずな声で、お天気の話でもするように、彼女はいった。

自分はいま、空飛ぶほうきに乗っているんだろうか――叶絵は夢を見ているように思いながら、目の下の海を見ようとして、たちまち怖くなって目を閉じた。転校生に促されるままに、その背中をぎゅっと抱きしめた。

「大丈夫よ。ほうきかわたしに触れている間は、下には落ちないから」

楽しげに、転校生が笑う。

叶絵は黙ってうなずいているしか余裕がなくて、ただその背中にすがっていた。

「綺麗なものを見せてあげる」

転校生が、ほうきの柄をめぐらせるようにして、叶絵をどこかの空へと運んだ。

「――目を開けてご覧なさいな」

ぎゅっとつぶっていた目を恐る恐る開けると、目の下から光の粒子が、押し寄せるように広がっているのが見えた。

夜景だった。

この街の夜景が美しいのは知っていた。繁華街の街明かりも、道路を行き交う車の灯りも、そして郊外へと続いていく住宅地の灯りも、その広がりと連なりは知っていたけれど、空から見れば、こんな風に見えるのだと初めて知った。まるで宇宙だ。星空がそこにあった。

春の嵐が、埃も汚れも、空の雲までも吹き飛ばして、澄んだ夜景を見せていた。

(うちは、どの辺だろう?)

(あの辺りかな?)

つい目で捜してしまう。小学校のそばの、古い建売住宅が並ぶ辺り。線路のそばの。

ああ、あの辺りだろう、と思うところには、小さな光が灯っていた。家族があの光のそばにいるのだと思うと、胸の奥が痛くなった。――なんて小さな、けれどあたたかい色の灯りなのだろう。

空からこうして光を見ていると、辛かったはずの諍いなんか忘れて、すぐにでもあの光のそばに帰りたくなった。小さい頃からあの光のそばで、守られるように暮らし、笑い、そして泣きながら育ってきたのだ。ささやかな、けれどたくさんの思い出を作りながら。

ふと、思った。

自分の家に灯っているのと同じ灯り、同じ光が、こんなにたくさん地上には満ちているんだな、と。この街に、そして世界に。

「魔女の目には、人間の街の夜景って、こんな風に見えるんだね」

訊くともなく、叶絵は呟いていた。

「こんなに綺麗に。まるで、星みたいに」

「そうね。星座みたいに見えるわね。儚《はかな》くて、強くて、小さな星が灯す光が作る星座。こうして空から見下ろすと、地上からは見えない宇宙がそこにあるのよね」

転校生は、そう答えた。

「たくさんの人生や、夢や希望で織り上げられた、星座が広がっているように見えるの。世界中の、いろんな街に、夜ごとに、星座は生まれ、光を灯して、朝を待つの」

風に吹かれた濡れたからだと、耳たぶが痛かった。指先も凍えそうだ。

けれど、震えも忘れそうなほどに、空から見下ろす夜景は美しかった。

長い髪をなびかせて、街を見下ろす転校生は静かな笑みを浮かべていて、叶絵は、この子はいつもひとりでこの美しいものを見下ろしているのかと思うと、胸が疼《うず》くほどにうらやましくなり――すぐに、切なくなった。

それが美しければ美しいほど、ひとりで見るのは寂しいものかも知れない。美しいとか楽しいとか面白いとか、そんな思いはきっと、誰かに教え、分けあう方が楽しいのだ。

だから、ほうきに乗った彼女は、自分をあの空に誘ったのかも知れない。

だから自分は面白い本を探し、誰かに差し出したいのかも知れない、とあの夜、叶絵は思ったのだった。

あの、夢ともうつつともつかない夜に。


やがて、転校生は、繁華街の外れにある公園の方にほうきを向け、叶絵の手を引くようにして、彼女を地上に降ろした。

空飛ぶほうきは、地上に着いた途端、星を散らすような光を放って消えた。魔女の娘のてのひらに吸い込まれたように見えた。

春の嵐は、その頃には街を通り過ぎようとしていた。名残のようにたまに吹き荒れる風が、公園に咲いていた夜桜を散らした。

街灯の下に、自動販売機があり、そしてふたりは熱いココアを買って飲んだのだった。花の雨に打たれるようにしながら、寒さに身を震わせながら、でも笑いながら。


「いつかまた、この街に帰ってくるから」

転校生はいった。「旅する魔女は同じ街に二度暮らすことはないんだけど、きっとまたわたしは、この街に帰ってくるから。

だから、そのときはまた、面白い本の話をしてね。童話の本をわたしに薦めてね」

叶絵はうなずいた。

「面白い本、探しておくね」

「魔女が活躍するような話がいいな」

赤毛の少女は、そういった物語が好きだった。『魔法のベッド』や『メアリー・ポピンズ』や、そういう、善《よ》い魔女たちがひとの子を守り、そっと手を差し伸べるような物語が。

約束、と転校生は手を差し出し、握手をした。そんなふたりを、黒猫が金色の目を輝かせ、ほうきのような尾を振って、じっと見上げていた。


あの頃の叶絵にとって、世界は狭く、そして深かった。たやすく落ち込んで、井戸の底のような暗闇にひとりきりで沈み込んでいた。

けれど、光が射し込むように、差し伸べられた白いてのひらを、自分は忘れないだろうと、ココアが放つ白い湯気を見つめ、その甘さを噛みしめながら、あの夜の叶絵は思ったのだ。


それきり、赤毛の転校生と会うことはなかった。

叶絵はその夜から酷く風邪を引き込んでしまい、数日して高校に登校したときには、七竈七瀬はもうどこにもいなくなっていたのだ。

教室の彼女が座っていたはずの席には他の生徒が座り、図書館の彼女が借りていたはずの数冊の童話の本は本棚に戻っていて、学校からあの赤毛の転校生の気配は拭《ぬぐ》い去ったように消えていた。

そして誰も、彼女のことを覚えていなかった。叶絵ひとりの記憶の中に、転校生は存在し、そしてあの春の嵐の夜を最後に、いなくなってしまっていたのだった。

(わたしは、忘れない)

叶絵は誓った。

ひとりきり、心に誓った。

ひとりで旅する魔女と約束したのだから。魔女の存在を信じる。そして忘れない、と。

いつか七竈七瀬はこの街に戻ってくる。

再会のその日を待つのだ、と。

「――少しだけ、忘れていたのかも知れない」

叶絵は、傍らの席の友人に語りかける。すっかり冷めてしまったココアは、でも変わらずに、優しく懐かしい甘い香りを漂わせている。

「ほんとをいうとね、熱のせいで見た幻なんじゃないかとか、思ったこともあった」

それほどに、長い年月がたったのだし、叶絵は高校生ではなく、おとなになったのだ。

社会の中で、身と心を削るようにして、働いていたのだ。

(でも――)

叶絵は、ココアを見つめて、微笑んだ。

「地上には、星座が——宇宙が広がっているんだよね。それを今夜、思い出した。はっきり思い出したから、もう二度と忘れない」

久しぶりで、思い出した。

地上にはひとびとが灯す、小さな灯りと、その灯りで編まれた星座があって、その光の中に、自分もいるのだと思い出した。

(生きていることって、楽しいことばかりじゃないけれど)

(頑張ったって空《むな》しく思えるようなことも、多いけど)

でも、叶絵たちが生きて、働いている世界は、空から見下ろすと、美しい。

夜ごとに、叶絵は宇宙の星のひとつになるのだ。光のそばに立つひととなる。

それならいいじゃないか、と思った。

空飛ぶほうきで空ゆく魔女が、光を愛でてくれるのならば。

平田叶絵は、そうしていまも、その街の書店で働いている。

本を選び、棚に並べ、お客様と言葉を交わし、注文をし、返本をして。

店長になんといわれようといまも時間を見つけてはＰＯＰを描き続けている。最近のお気に入りは、新作の児童書の、ファンタジーだ。魔女の子が活躍する物語だった。

(再会したときは七竈さんに本を薦めるって約束、うっかり忘れちゃってたから)

舌を出し、頭をかいた。

この物語がいかに面白いか、どんなに素敵か書き込んだＰＯＰを棚に飾りながら、願掛けのように願う。――いつか魔女が店に来て、このＰＯＰに気づいてくれますように。

(わたしは、ここで待っているから)

昔と同じに、本が棚一杯に詰まった場所で。

あの子や、他の寂しい誰かが笑ってくれるような本を選び、考えながら、ここにずっと立っているから。


あの夜、三日月通りの『魔女の家』で、自分がどんな風に七竈七瀬と語りあい、別れたのか、そこからどうやってアパートの自分の部屋に帰ったのか、叶絵はよく覚えていない。ココアのあとに頼んだ、甘い蜂蜜酒に酔ったのかも知れない。

不思議なことに、叶絵はその後二度と、あのカフェバーに辿り着けなかった。

明るい昼間にも、夜にも。

まるで路地への扉が閉じてしまったように、辿り着けなくなったのだった。

それは寂しいことだけれど、でも、

(まあ、仕方ないかな)

叶絵は苦笑した。

一度きりの魔法。それって、物語の中に出てくる奇跡のセオリーだもの。

（だけどね）

変わらず店で働きながら、叶絵は思うのだ。

いつかもう一度、あの赤毛の魔女と会うことがないとは誰にもいえない。

本を手渡すという大切な約束。それをまだ果たしていないのだから。


約束といえば、もうひとつの約束のような言葉があったっけ、と叶絵は思う。

いつか再会したとき、叶絵が幸せならいい、と赤毛の魔女は願ったのだ。

さて、どうだろうか？

「――わりと幸せなんじゃないかな」

ふふ、と叶絵は笑う。

心の内に、七瀬とふたりで見た夜空が広がっている。宇宙を抱いているように。

きっと自分は大丈夫だと思う。

（もう、暗いところには、きっと行かない）


商店街の光が、夜空を照らす頃。

音もなく空を駆ける少女と黒猫がいる。

使い込まれたほうきに腰をおろし、長く赤い髪をなびかせて、少女は空を行く。

春の風には桜の花びらが交じり、ほうきが飛ぶ高い空まで、たまに吹き上げられてくる。

少女は髪にからまる花びらをたまにつまみ上げるようにしながら、ほうきの上で古い物語の本を手にし、広げる。

ページを照らすのは、月の光しかない。

ひとの娘ならば、暗いところで本を読むなんて目が悪くなりそうだし、叱る親もいそうなものだけれど、彼女は魔女で夜目が利くし、注意してくれるような家族や仲間もすでにいない。時の彼方で、ずっと昔に見送ってしまった。

「ナルニア国のお話は、何度読んでも面白いけれど、魔女が悪役なところだけは、気に入らないわね」

地平線に溢れ、続くひとの街の灯りを見下ろしながら、ほうきから下げた足をたまに揺らして、魔女は本を読み続ける。異世界への扉がある洋服簞笥《たんす》や、輝かしく勇気あるライオン、冒険する少年少女と動物たちの物語を。

たまに、古い本のページからまなざしを上げ、街の方を見る。

彼女のことを覚えていてくれた、彼女よりもおとなになった、友人の働く書店はあの辺りだろうか——。

あの子はもう、暗いところへ足を向けないだろうか——。

書店のビルが灯す小さな光を見つめ、そのまわりに星雲のように広がる街明かりを、地平線に広がるひとの手が灯す宇宙を見下ろしながら、そっと魔女の子は微笑むのだ。

(大丈夫、もしまた道に迷っても、わたしが見ているから)

わたしたちは眠らない。

ずっと昔から、人知れずそうしてきたように、魔女たちはひとの子の眠りを守る。

世界中で密かに、魔女たちは、街の灯《ひ》を見つめているのだ。

見えない大きなてのひらで、光が消えないように、包み込もうとするように。

「わたしもいつも思っていたのよ」

ふと、魔女が呟く。

「『ここではないどこか』に行きたいなって」

『ナナセはずうっと旅しているのに？』

「そう。長いこと、世界中を旅しているのにね」

春の夜風が、若い魔女の髪を巻き上げ、本のページをめくる。

魔女は静かに微笑みを浮かべ、そしてまた物語の続きへと帰っていくのだった。

第２話　天使の微笑み

古い港町の、寂れた裏通りに、いまの世界から忘れ去られたような一角がある。もっというと、時の流れからも忘れ去られたような、そんな街角だ。

ひとが住んでいるのかどうか、それすら定かではないような、日中でもしんとしている、そんな場所。通り過ぎる風さえも密やかで、もしそこに迷い込んだひとがあれば、写真や絵画の中に迷い込んでしまったように思うかも知れない。

数百年も昔に建てられたような、煉瓦造りのビルや、あちこち破れたトタン屋根の倉庫。汚れて割れた窓ガラスが、板切れで雑にふさがれたままの酒場。いつから開いていないのかわからないような、小さな食堂――。

そんな中に、『バーバヤーガ』と綴《つづ》られた真鍮のプレートが埋め込まれた、ひときわ古い建物がほっそりと建っていた。よくよく見ると、文字のそばには、三本足の鶏《にわとり》の絵が描いてある。知るひとぞ知る、ここは魔女たちの住処《すみか》だった。

世界中のいろんな街や村には、ひとに紛れて、魔女たちがひっそりと暮らしていたり、束の間の旅人として滞在していたりするのだけれど、この街を訪れた魔女たちは、この建物に、渡り鳥がそこで翼を休めるように、足を運ぶことが多かった。

建物の主《あるじ》は、年を経た魔女である、ほっそりとした長身の、美しいニコラ。魔女たちの間では、この街を守護する魔女と呼ばれる。

魔女たちは特にその子どもの頃を過ぎると、その肉体はひとと比してゆっくりとしか年をとらなくなる。一説によると、十年に一歳ほどしか成長することも老いることもないとか。

なのでニコラのように、はっきりと年を重ね、銀髪と口元の皺が美しい姿を持っているということは、その齢《よわい》も数百年を経た魔女である、その証《あかし》のようなものだった。

魔女たちはあまり自らの来歴を語ることはなく、互いに訊きあうこともないので、彼女が世界のどこでいつ生まれ、どのような半生を経て、いま極東のこの国のこの街の、うら寂れた街角で暮らしているのか、それを知るものはさほど多くはないだろう。

ニコラは、魔女たちの住処である建物の、その一階で小さな店を開いている。『魔女の家』と看板の掛かったその店は、喫茶や多少の酒とともに料理も供する店。諸国を渡り歩いてきたらしいことが言葉の端々から窺《うかが》える彼女が、どこでどう手に入れているものか、世界各国の珍しい食材で古今東西の美味なものたちを作り、楽しませてくれる店だった。

店は多少、うつつの世界からは境界線を外れた場所にあり、ということはつまり、彼女の店の客となるものは、『同輩』である魔女たちや、ひとでないものたちであることが多々。けれどときとして、運命の気まぐれのように、迷子の人間たちが店の扉を開けることもある。

どんな客をもてなすにしても、いつもニコラは楽しげで幸せそうで——本人がいうには、

「美味しいものというのは、作るにせよ、食べさせるにせよ、いい暇つぶしになるものですからね。訪れるお客さんたちの話もまた、それはそれは美味しいものですし」

短く切った銀の髪を軽く揺らすようにして、彼女は笑うのである。


ほんの十代、あるいは二十代初めくらいに見える若い魔女、七竈七瀬の、ずうっと昔に家族につけてもらった名前は、ほんとうはもう少し長く、七竈・マリー・七瀬という。でもそんなことまで知っているのは、使い魔で幼い頃からそばにいた、長毛の黒猫くらいのものだ。幼い日の七瀬を慈しみ、守り育ててくれたひとびとは、時の流れの中で、ひとりひとり別れを繰り返し、いまはもう彼女のそばには誰もいない。遠い日から長く続いた旅の中で、手をつないでいてくれた魔女たちも、いまはひとりもそばにいなくなってしまった。

魔女は死んでも亡骸《なきがら》を残さない、だから、彼女たちは墓も作らない。彼女たちがたしかにこの世に存在したということは、あるいは家族であり、生涯の旅の道連れでもあった、お互いしか、覚えていないのかも知れない。

だから、七瀬は忘れない。自らの心で、失われたものたちを抱くように、消えてしまったひとびとのことを繰り返し思い出すのだ。耳の底に残る声の欠片《かけら》を掬《すく》い上げ、笑顔やまなざしの記憶を蘇らせて。

それはあるいは、胸の中に彼らの墓を持つような、そんな思いなのかも知れない。

さてその春、桜が舞う頃に、赤毛の魔女七瀬は、古く大きなトランクを提げ、足下に使い魔の黒猫をまつわりつかせながら、魔女たちの住処『バーバヤーガ』へと辿り着いたのだった。いまからちょうど一か月ほど前の、ある黄昏時の出来事となる。

春に身にまとうには、やや布地が厚く、小柄なからだには長く重たいコートを黄昏時の風になびかせ、ほう、と息をして建物を見上げる。

煉瓦造りの建物——その古いビルディングは、見上げるとほっそりとした印象を受ける。各階二部屋ずつの十三階建ての建物で、一階のニコラの店以外は、魔女たちの住処になっていると以前どこかで聞いた。ふと立ち寄った旅の魔女にはホテルとなり、少し長く暮らすもののためにはアパートになるという。

「どんな住人がいるのかしらね」

見上げた部屋の窓はみな閉まっていて、ガラス越しに見えるレースのカーテンの様子だけでは、部屋に住むものたちの暮らしをかいま見ることはできないようだ。

『まあ世界中からいろんな魔女たちが来て暮らしてるんだろうしね』

黒猫が、七瀬の隣で建物を見上げながら諭すようにいった。

『どんな魔女と遭遇したとしても驚かないようにしていればいいいんじゃないのかしら？　第一

印象って大事よね。あくまでも礼儀正しく、きちんとした感じで』

「そんなことわかってるわ」

七瀬は軽く肩をすくめながら、この黒猫ときたらいつもこんな風で、姉さん気取りなんだから、と思う。七瀬が生まれる前からいまは亡き七瀬の母親に拾われ、育てられてきた猫だから、自分が姉として七瀬を守らなければ、と思っている節がある。

「なるべく上の方の階が空いているといいなあ」

七瀬はそっくり返るようにして、上階を見上げる。「一度、空に近いところで暮らしてみたかったの」

この世界に暮らす魔女たちは、人知れず世界中をさすらう。そうしていつの間にやら、人間に紛れてひとの街で暮らしている。意外なほど近くに笑顔でいたりするようなのが、いまどきの魔女なのだ。

長くいるとその存在の不自然さに気づかれることもなくはないので、魔女たちはいつの間にやら風が吹き過ぎるように、そっと次の街に移り住む。

七瀬もそういうわけで、ほかの魔女たちや、彼女の家族がそうしてきたように、長い長い間、世界中を移り住んで暮らしてきた。大都会の大きな公園のそばに建つ古いアパートに暮らしたこともある。公園の鳩たちや、散歩にくるお年寄りや近所の犬たちと顔馴染みになれて楽しかった。風が凍える絶海の孤島で、海辺に流れ着く海草を拾って暮らすひとびとの村で一冬を過ごしたこともある。長い夜を照らす灯りの色が美しく、ひとびとも優しくて、ずっとここにいられたらいいのに、なんて思ったりもした。

七瀬は魔女で、どこでどう暮らそうと所詮《しょせん》旅人の身、ひとびとに溶け込むことも必要以上に関わることもないのだけれど、それでも心にきざす愛着の想いを忘れようとするのは辛かった。

いろんな人間の街や村の、いろんな住まいで暮らしてきたのだけれど、気がつけば高層階で暮らしたことは、まだなかったのだ。ほうきに乗れば、いつでも高い空に上がれはするけれど、いつも鳥と同じ目の高さで暮らせるというのは、どんな気分になるものだろう？

「空の高いところにある部屋でおはようって起きて、月や星の灯る夜空に包まれるように眠るの。きっと素敵だと思うわ。もし広いベランダがあったら、いすとテーブルを置いてそこで朝食をとったり、お茶を飲みながら本を読んだりするの。ね、楽しそうだと思わない？」

黒猫は、ふん、と鼻を鳴らした。

『そんなに楽しみにしちゃって、もし高層階に空き部屋がなかったらがっかりすると思うわよ。ていうか、いま現在、この建物に空き部屋があるかどうかさえ、定かじゃないんですからね。わたしたちはいまこの街の、三日月通りに着いたばかりで、ここの事情がなんにもわかってないってこと忘れちゃだめだと思うわ』

「わかってるわよ、そんなこと」

七瀬もふん、と鼻を鳴らし、大きなトランクを半ば引きずるようにして、管理人ニコラがいるはずの店、『魔女の家』の扉を叩く。不思議なもので、旅の目的地に辿り着いたと思うと、荷物の重さが信じられないくらいずっしりとしたものに変貌する。

「まあたしかに、重たいものがずっしり詰まってはいるんだけどね……それにしても」

もともと小柄で、年齢も魔女にしては若い七瀬には、生活に必要なものの他に、魔女の仕事道具一式が詰め込んであるトランクは、認めたくないけれど重かった。子どもじみた小さな指が赤くなり、じんじんとしびれて熱を持っていた。


銀色の髪のニコラは、センスのよい古びた店の奥のカウンターで、微笑みとともに七瀬を迎えてくれた。いつ頃からこのひとはここに、この街のこの店のカウンターに立っているのだろう、と七瀬は思う。飴色になったカウンターはどこか帆船の船室《キャビン》のようで、造り付けの棚には、飛行船や気球、複葉機たちの模型や絵、写真が飾ってある。背後にはこれも古く大きな水槽があり、宝石のような色とりどりの海の魚たちが泳いでいるのだった。

初めまして、よろしくお願いいたします、の挨拶《あいさつ》こそしたけれど、それからあとはさほど細かい会話もしなかった。この世界は広く、魔女同士はそうそう遭遇することもなかったけれど、よほど子ども同士でもない限り、互いのことを根掘り葉掘り聞くこともないのが常だった。そういう習わしだと、ずっと昔に、七瀬は仲間たちから聞いたけれど、その理由までは覚えていない。

みなが長生きだから、話が長くなるからかも知れない、と思ったことはある。互いに互いの人生の旅に踏み込まないようにするためかも、と思ったことも。長い時を生きるもの同士、別れること、見送ることが多いから、どうしても寂しい思い出話が長くなるからかな、とも。そして、長く生きたいま、思うのは、魔女は死ぬと消えてしまう存在だから、それを知っているもの同士、互いに悲しい記憶を残さないようにしようと思っているのかな、ということだった。

ほんとうの理由はわからないけれど、とにかく七瀬は特に自分の旅の理由やこの街に滞在したいと思った理由は話さず、ただこの街にほんの束の間住んでいたことはあるのだとそれだけ話し、ニコラの方も、

「ようこそ、魔女の住処へ」

と微笑むばかりで、長い会話はしないままの出会いとなった。

けれど、「長旅お疲れさまでした」と、一言かけられた言葉と、いつの間にやらいれてくれていたカフェオレが熱く、美味しかったことがなぜかとても心に染みた。お帰りなさいという言葉を耳で聞いたわけではないけれど、そのときたしかに聞いたような気がしていた。これまでの日々、長く旅を続け、ひとりきりさすらって生きる暮らしに自分が疲れていたことに、それが寂しかったことに、ふいに気づいたように思った。

ことさらに連絡はしなかったけれど、この春の今日の黄昏に、七瀬がこの場所を訪ねてくるだろうことはわかっていたのかも知れない。特にこの、一目で長い時の中を生きてきたとわかる魔女には。

ついでにいうと、七瀬が高層階に興味があって、できれば、と望むだろうということもわか

っていたのか、彼女は笑顔のまま手元の引き出しを開け、古い金色の真鍮の鍵を取り出すと、七瀬に渡してくれた。

「十三階の一号室の鍵ですよ。お気に召すといいんですけれど」

扉の代わりに真鍮の柵がある小さなエレベーターで、十三階へと向かう。

エレベーターホールには窓がなく、薄暗く小さな部屋に、古びたシャンデリアが下がっているばかりだった。この建物の他の部屋に、いま他の住人はいるのかいないのか。しんとして気配はない。エレベーターが動いている間も、静かな時の止まった空間の中を上がっていくようだった。

やがてエレベーターは軽く揺らいで止まり、柵が開いた。

ふわりと吹き込んだ風が、七瀬の赤い髪と厚いコートを巻き上げ、なびかせた。

降りそそぐ黄昏の金色の光に包まれたように思ったのは、最上階のその廊下に屋根がなく、バルコニーのように、空の下にさらされていたからだった。

目の下には、夕暮れ時の空の色に染まる、海辺の街の情景が広がっていた。

目を遠くに向ければ、波を輝かせた海と、遠い山脈が見え、海と山に守られるように見える街はどこか絵か箱庭のような、美しくも愛らしい世界に見えた。見えない大きな腕で抱かれているような街に。

隣の部屋とふたつ並んだ金属の扉は、風雨と太陽にさらされるからか、少し錆《さ》び、色褪《いろあ》せ

てもいたけれど、それが風情があって、七瀬は一目で気に入った。使い魔の黒猫の方は、

『ちょっと廃墟《はいきょ》みたいで不気味ね』

なんて無粋なことをいったので、七瀬は聞こえなかったふりをして、預かった鍵で一号室の扉を開けた。

部屋の奥の大きな窓にはカーテンがかかっている。薄暗い中、照明のスイッチを入れると、控えめなシャンデリアに照らされた部屋はとても綺麗だった。厚く手触りのよい緑色のカーテンを開けると、窓から金色がかった空の光の色が射し込んできた。

見上げると、金と紅《くれない》に染まった雲が見えた。そして、そちらが東の空なのだろう。街を覆う空が、グラデーションを作って夜の青と藍色に染まっているのが見えた。

白い壁に白い家具、カーテンと揃いの緑色の小花模様の布地に覆われたソファにベッド、それに木の床は、清潔に調えられていたけれど、けっして新しくはない。むしろ、洗面所や浴室の白い陶器も、これまでにこの部屋で暮らし、旅立っていった魔女たちの吐息や足音、気配を記憶しているようだった。

「新しいこの部屋の住人です。よろしくお願いします」

目を閉じ、ふと呟いていた。見えない魔女たちの微笑みが歓迎してくれるような気がした。

「わたし、この部屋気に入ったわ」

七瀬はクッションを抱くようにして、ベッドに腰をおろした。使い魔の黒猫が、

『それは何より』

真面目な口調でいうと、自分もベッドの上に飛び乗った。七瀬に寄りかかると、両の前足をからだの下に折り込んで、香箱《こうばこ》を作った。

台所はないけれど、部屋にはホームバーがついていて、自分で飲み物がいれられるようになっていた。古い木のカウンターに置かれていた銀のポットには、熱いお湯が入れてあって、紙ぶくろに入った紅茶の葉やコーヒー豆がいくらか添えてある。身をかがめると戸棚の奥には冷蔵庫もあって、冷たい飲み物がいくつか並んでいた。

床に膝をついて、トランクを開ける。洋服を何枚か簞笥のハンガーにかけ（レッドシダーのよい香りがした）、残りの服はたたんで引き出しに入れた。

占いに使う水晶玉を出し、カードを出し、代々受け継いだ魔法書を大切に取り出す。最後に古い服にくるんでいた大きなガラスの瓶をふたつ、そっと取り出す。

ひとつの瓶には水が入っていて、中には小さな海竜が泳いでいる。もうひとつの瓶には、小さな火竜が、赤い翼で羽ばたきながら、星くずのような光を放っていた。

「お疲れさま、長い旅だったわね」

七瀬はふたつの瓶を、そっとベッドのそばの戸棚に置いた。二匹の竜はまだ子ども。旅の途中で出会った友達だけれど、瓶からはいまは出してあげられない。なぜってほんとうの姿は大きくて、この部屋からははみ出してしまうし、火事も洪水も起こってしまうからだ。

「そのうち、お散歩に行きましょうね」

瓶の中の竜たちに話しかけて、七瀬は窓の外のベランダへと出ていった。ベランダには木のタイルが敷き詰められ、からになった素焼きの鉢やプランターがいくつか並べられていた。前の代の住人が、ここで植物を育てていたのかも知れない。

「園芸も素敵よね」

夜になってゆく空の下で、七瀬はベランダにしゃがみ込み、微笑んだ。

この部屋にどれだけの長さの間、住むことになるかわからないけれど、いくらかは草花を育てることもできるだろう。もしかしたら小さな木を育て、蔦《つた》を這わせることもできるかも。

ひとつ息をして、空を見上げる。春の夜風は冷たいけれど、星が灯り始めた空は、とても美しかった。

「ああ、薔薇《ばら》を育ててみるのもいいなあ」

薔薇の花びらや若い葉の、甘く魔法めいた香りに包まれて、空を見るのもいいかも知れない。

それからひと月がたち、五月になった。

五月は薔薇のいちばん美しい季節で、七瀬の十三階のベランダは、薄桃色や赤の薔薇たちの香りでいっぱいになった。魔女は〝緑の指を持つもの〟なので、苗を手に入れ並べただけでも、みるみる生長していくのは、当たり前のようなものだった。

花がらを摘みながら、七瀬は黒猫に話しかける。

「木香《もっこう》薔薇も育ててみようかしら。前にイギリスで見た、古い植物園の薔薇、あんなのって素敵よね。光の川が空から流れてるみたいだった」

『ナナセはいつまでこの街で暮らすつもりなの？　いくらナナセが魔女だって、あの長さまで育てるのにはずいぶん時間がかかると思うわよ』

「そうねえ。いつまでいようかしら」

楽しげに七瀬は答える。どうせいつまでも時間はあるのだ。どの魔女も飽きるほどにこの地上で生きてゆくものだから。

宿泊代――いやこのさき長期滞在になれば、家賃というべきなのだろうか――はまだ手元にある。家族から受け継いだ財産もあるし、魔女には魔女なりにお金を稼ぐつても知恵もある。たとえば街角の占い師、あの中に本物の魔女が交じっていることもあるし、さりげなく著名人や政治家に助言を与えていることもあるし、国によっては、薬草の店を構えている魔女もいるのだ。油田や鉱山を第六感で見つけて、その権利を持っているものもいる。悪事に使わないだけで、魔女の能力を使えば、いまの世の中、暮らし向きに困ることはなかった。

だからある意味、どこで暮らしていってもいいのだけれど――。

「この街、とても気に入ったから、当分は暮らしていきたいような気がするのよね。ここでみんなを見守っていたいような」

魔女たちは人間の街のそこここで、密かに紛れるように生きてゆく。そうしてときとしてひとを救い、見守り、関わって生きていくこともある。そうせざるをえないところがある。けれどずっとそばにはいられないから、一方的な関係に終わることがほとんどだし、いつか忘れられていってしまうばかりで、魔女の一生なんてその繰り返しで。

でも、そんな風に生きることを、誰に定められたわけでも、頼まれたわけでもなく。ましてや人間たちからその存在に気づかれるわけでもなく、感謝されるわけでもなく。

ただ見守って、やがて地上から消えてゆく。

「しょうがないわよね。魔女ってそういうものだもの」

いつか自分もそんな道を辿るだろうと思う。思いながら、薔薇の世話を焼く。昔育て方を教わった、仲間たちの手つきや笑顔、言葉を思い出しながら。彼女たちはもういないけれど、薔薇の育て方は、こうしてちゃんと覚えている。

七瀬がこの地上にいる限り、受け継いだものは消えることはない。いつか七瀬がこの地上を吹き過ぎる風のように消えてしまえば、痕跡もなくなってしまうだろうけれども。

七瀬は軽く肩をすくめた。寂しいけれど仕方がない。ずっと昔に諦めていることだった。


そんな五月のある日、ある夜のことだった。

ニコラがふと、七瀬の部屋を訪ねてきた。

「シチューを作りすぎてしまったの。よかったらお相伴してくださらない？」

今日は店は休みのはずだった。さっき下に下りたとき、店休日の札がかかっているのを見た。自分の夕飯用のものを作りすぎたのだろうか。ひとり暮らしも長そうなのに。

「ありがとうございます」

誘いを断る理由は特になかった。

「こちらこそ、ありがとう」

ニコラは微笑むと、床で寝そべっていた黒猫にも声をかけた。

「あなたにはささみのスープを用意しましょうか。だから一緒にいらっしゃい」

黒猫は嬉しそうに金色の瞳を見開き、ニコラを見上げて、目を細めた。

いつも通りの優美な笑みを浮かべるニコラのその口元に、普段は見ることのない寂しげな影がよぎったことが、気になった。


「ローズマリーチキンのクリームシチューを作ったのよ。久しぶりに作ったせいかしらね。多めにできあがってしまって」

彼女の部屋で、客間に通されて、七瀬は目の前に出されたシチューの皿から上がるよい香りの湯気にうっとりとした。

クリーム色のシチューからふわりと立ち上る、香ばしいチキンに、香草の香り。美しい色合いの人参の赤にパセリの緑。ブラックペッパーの散る黒。ころころと見える馬鈴薯《ばれいしょ》。半透明に透けるエシャロット。まろやかな手触りの木のスプーンで掬って口に含むと、うっとりするような美味しさが口中に広がった。

「いかがかしら?」

「最高です」

それだけ答えると、よかった、とニコラは片手で頬杖をついて笑った。自分はスプーンを手にしようとせずに、ふと、まなざしを、七瀬の顔から、少しだけ上へと上げた。

「仲のよい友達がいたの。ええ、魔女のね。わたしよりずいぶん若かったんだけど、なんだか気が合ってね。姉妹みたいにやりとりをしていた、お友達。長い灰色の髪が背中くらいまでふわふわと、まるで翼みたいに見えて綺麗な子だったわ」

懐かしいものを見るような目をした。

「ほら、わたしたちは魔女だから、友達なんて滅多にできないし作らないでしょ？　珍しいことだった。といっても、互いのことをべったり語りあうようなこともなかったんですけどね。そういえばわたし、彼女がいつどこの国で生まれたのかも知らないわ。わたしも話さなかったし。ここでふたり、お茶やお酒を飲んで、食事をして、彼女が遠い街で見てきたものの話なんかして。ふたりでテレビなんて観て」

ニコラはふと立ち上がると、手を伸ばして、テレビの電源を入れた。

「ごめんなさい、ちょっと観たい番組があって」

一言、七瀬に断って。

大きなテレビは分厚い、いまどきは珍しいようなブラウン管のテレビだったけれど、かたちが美しくて、よい音がした。魔法なのか、それともちゃんと人間風に契約しているものなのか、どこか海外のニュース番組が映り、椅子に斜めに腰掛けたニュースキャスターたちが、昼間の空と都市の風景が映る窓を背景に、こちらに笑顔で挨拶をする。街並みの様子と言葉からして、東欧か中欧だろうかと、七瀬は思う。そのうち地名でも出れば、どこの国の番組なのか、わかるかも知れない。

ニコラは、楽しげに話し続ける。

「ローズマリーチキンのクリームシチュー、彼女が大好きだったの。一度作ってあげて以来、あれをまた食べたいって、大好物になって。彼女が世界中をさすらって、渡り鳥みたいにこの宿を訪ねてくれるたびに作ってあげたのよ。ローストチキンを作ってから、シチューにするから、時間も手間もちょっとかかって。面倒だなあって思うこともあったんだけど、彼女が美味しいっていって食べてくれるものだから。これを楽しみにこの街に帰ってくるんだ、なんていいながらね。

だけど、もう作ってあげることはできないんだなあって、そんなこと思いながら久しぶりに作ってたらできちゃったの、たくさん。どうしましょう」

ひとりで食べるには何日もかかるわ、と彼女は笑う。鍋一杯にできたから、と。

「——もう作ってあげることはできないって？」

逡巡《しゅんじゅん》してから、つい訊ねてしまう。

ニコラはうっすらと微笑んだままで、

「いまと同じ薔薇の季節だったわ。彼女、この部屋で消えたのよ」

「……」

「光になって消えていっちゃった」

魔女は長く生きるけれど、あまりに疲れすぎていたり、ひどい怪我を負ったり、魔法を使いすぎたりすると、「死んで」しまうこともある。肉体は空気に溶けるように消えてしまって、ただかすかなきらめきのような光だけがそこに残り、その光もいつか見えなくなる。

何度も見てきたから、七瀬はそれを知っている。

シチューを掬う手を止めて、七瀬はスプーンを握りしめる。

ニコラが優しいまなざしで見つめる。

「冷めてしまうから、どうぞ。大丈夫よ。もう何十年も前のことですもの。魔女にとってもわりと昔のことに感じるような」

ニコラも木のスプーンを手に取る。

「最後に彼女がこの部屋を訪れたとき、話してくれたの。

旅の途中、乗っていた列車が事故に遭ったんですって。ヨーロッパのいろんな国の国境が接する辺りの、高い山や川を越えてゆく、線路でのことよ。普通なら、わたしたちは虫の知らせを聞いて、列車に乗るのをやめたりするもので、彼女も実は駅にいるときに、足が動かなくなったんですって。とても嫌な予感がして。

空には急に雨雲が垂れ込め、嫌な感じで雨が降り始めた。駅でまさにこれから乗り込もうとしていた他の旅人たちは、それでもみんな楽しそうだったけれど、どの顔にも死相が浮いて見えたっていうのね。これはもう助からない、ああかわいそうに、と思ったそのとき——その列車に乗ろうとしていた家族連れの中の、小さな男の子が、青ざめた彼女を見て、心配そうに、大丈夫ですか、って訊ねたんですって。彼女が、大丈夫よ、ちょっと疲れただけって答えたら、その子、一枚の長く美しい白い羽根を、彼女に手渡したんですって。さっき拾ったぼくの宝物だけど、お姉さんに差し上げます、って。まるで天使のような笑顔で笑って。

手を振って、列車の中に消えてゆく男の子と、優しそうなその子の家族を見ているうちに、白い羽根を手に、ひとびとを見送るうちに、彼女は駆けだしていたんですって。自分も列車に乗り込んで、笑顔で男の子にお礼をいったんですって。ありがとう、元気になったわ、って。男の子も家族も、それはよかったと喜んでくれて。

家族のそばに席を見つけて座ると、男の子は彼女にスケッチブックを見せてくれたんですって。そこにはかわいらしい絵がたくさんあって、彼女は男の子の家族と一緒に、飽きずにスケッチブックの絵を眺め続けたの。クレヨンで描かれたその絵は、幸せで優しくて、愛に満ちたあたたかい絵で、この子の笑顔そのもので、彼女はしみじみと思ったんですって。この絵をずうっと見ていたいなって。この子の描いたものを、もっとたくさん見たいなあって。

彼女は、思ったんですって。もしこの列車に乗るひとびとに、この男の子の身に不幸なことが起こるとしても、自分が守ればいい、自分は魔女なんだから、きっとできる、って。

いままで長い人生の間、同じような場面で、たくさんの人間たちを救ってきたように」

海外のニュース番組は、事故のニュースを伝えている。高速道路の事故で、たくさんのひとが亡くなった、と。事故現場らしき場所で、泣いているひとびとが、画面でインタビューに答え、哀しみを訴えている。

ニコラは目を伏せて、シチューを口元に運ぶ手を止める。

「――けれど、事故を防ぐことはできなかったんですって。切り替えの事故だったとか。降りしきる雨の中、列車は、線路を外れ、高い崖から落ちたの。

気がついたときは、崖から生えた木の幹に自分ひとりぶら下がっていて、はるか眼下には折れ曲がった列車が、雨に濡れていたんですって。

雨粒が落ちる中、たまに雲を裂くように、夕方の光が金色に地上に射していて、彼女はてのひらに魔法のほうきを呼び出すと、天からの光に助けられるようにしながら、地上に舞い降りていったんですって。彼女もひどい怪我を負っていたんだけど、誰かひとりでも生きていないか、と、あの男の子と家族を捜さなくては、と、鳥のように地上を探して。

傷いことに、崖下に倒れているひとびとは見つけるたびに声をかけても揺り動かしても、誰ひとり生きてはいなかったんですって。やがてあの男の子の家族が見つかり、けれどみな命がなくて。ああ、もうあの子も死んでしまったのかと思ったとき、スケッチブックが見つかって、そのすぐそばに、男の子が倒れていてね、その目が舞い降りてくる彼女を見上げていたんですって。ひどく傷ついて、意識があるかどうかさえもはっきりしなかったけれど、でも生きていてくれたのだと。

もしかしたら、ほうきで空を飛ぶところを見られてしまった、正体がばれたかも、そう思っても、何よりもこの子を助けなくてはいけない。彼女は地上に舞い降りて、両腕でその子を胸元に抱きしめると、ひとの街に向けて一心に飛んだんですって。病院を探して。――時間があれば、薬草を探し薬を煎《せん》じて、自分でその子の怪我を治せたかも知れない。けれど、彼女自身が深く傷ついていて、それだけのことをする時間があるかどうか、自信がなかったから。

そして彼女は、山の麓《ふもと》の街に、病院の灯りを見つけ、舞い降りて、男の子を病院のひとに預けると、どれくらい時間がかかったんでしょうねえ、そこからまたはるばると空を飛んで、この街のこの路地の、わたしの店を訪ねてくれたの。

元気そうに見えたのよ。服は汚れていたし、疲れても見えたけど、いつも通りの、楽しそうな、明るい笑顔だったし。ただお腹が空いた、シチューが食べたいって。だからわたしは急いで彼女に食べさせてあげなきゃって、だけど、ローズマリーチキンのシチューは作るのに手間と時間がかかるものだから。

オーブンに火を入れて、ローズマリーや塩胡椒《しおこしょう》、ガーリックで下味を付けたチキンを焼いて。野菜の下ごしらえをして。そんなことをしているときに、彼女がまるで待ちくたびれたっていうように、キッチンまで来て、わたしの背中を見るようにして、長く話し込んだのね。事故のことを。どんな風にその男の子と出会って、救ったか、そんな話。

そして、その子のスケッチブックにあった絵が、どんなに素敵な絵だったかってことを何回も話したわ。彼女ね、崖下に落ちていたスケッチブックを、拾い上げてきて、持ってきていたの。男の子に渡すつもりだったらしいんだけど、うっかり渡しそびれたんですって。あとで見てね、っていわれて、いま見るわ、ってこたえたんだけど、それに返事がなくて。

振り返ったら、もう部屋に誰もいなかったの。ただ、いままでに何度も見た、命の名残の光だけが、部屋の空気にかすかに残っていて。

シチュー、やっとできあがったのに。一口も食べないままに、あの子は逝ってしまったの。とてもひどい傷を負って、それでも彼女は最後に、わたしを訪ねてきてくれたのね。最後にわたしの思い出になりたいと思ってくれたのかも知れないな、と思ったの。忘れないでいて欲しいと思ったのかな、って。

スケッチブックはいまもこの部屋に置いているのよ。クレヨンで小さな子どもが描いた、かわいらしい絵がたくさんのスケッチブック。白い鳥の羽根がはさんであってね。だからそのまま、この部屋に置いているの」

本棚の方へと向けるそのまなざしを追うと、視線の先に古びて汚れたスケッチブックがあった。本棚に大切そうに立てかけてあった。

そのそばに、一枚の写真があった。

灰色の長い髪の娘が、長いマントを羽織り、魔女のほうきを手に、こちらを向いて笑っている古い写真だった。

「あの子の写真よ。あの頃、この住処に写真が好きな魔女が住んでいたことがあってね。何かの弾みでその子に撮ってもらったの。素敵でしょう？」

七瀬はうなずいた。写真は時を経てセピア色がかっている。あちこち変色してもいる。いずれ完全に色褪せて、見えなくなってしまう写真なのかも知れない。

けれど、写真越しにこちらを見つめる彼女の瞳は朗らかで明るかった。この魔女が昔にこの部屋で死んだのか、と思うと一度も会ったことのない魔女でも、さすがに切なかった。

七瀬や、誰よりもニコラがいつかこの地上から光になって消えてしまえば、ひとりの優しい魔女の一生も、その最期も、こんな風に優しく明るい笑顔で笑う魔女だったということも、古びた写真とともに、時の彼方に消え去ってしまうのかと思った。

「あの日、彼女、笑っていったのよ。シチューを作るわたしの背中にね。『わたしも馬鹿よね』って。『人間なんて助けてもどうせすぐに死んでしまうのに、なんで助けたのかな』って。『生き延びたって、わたしたちのことなんてそのうち忘れちゃって、覚えていてくれないのにね』って。泣くような笑うような、そんな声だったわ。――それが彼女の、最後の言葉だったの。わたしはずっと背中を向けていたから、彼女がどんな表情をしていたのか、よくわからないの。泣いていたかも知れない。笑っていたかも知れない。本心で馬鹿なことをしたって、後悔していたかも知れないし、これでよかったんだって思っていたかも知れない。――どちらにせよ、もう昔のことになっちゃったんですけどね」

ニコラは微笑むと、細い手首に巻いた金色の腕時計の文字盤を確認し、「ああ、そろそろね」といって、テレビの画面に目をやった。

そこには、古く大きな建物の映像が映っていた。どこかの古い城の礼拝堂らしい。

美しい大きな絵が、飾ってあった。

絵の前には、車椅子に座った、しなびたように老いたひとがいる。口元に笑みを浮かべた、柔和な感じの老人で、度の強そうな丸眼鏡をかけている。たまに絵を凝視するように見上げるけれど、そのときの表情からして、もうあまり見えていないのかも知れなかった。

老人のそばには、老人と面差しの似た若い娘がひとりいて、手にパレットを持って、絵と向かいあっている。そばには絵の具に汚れた脚立があり、油絵の具や、あれはたしか絵の具を溶くための溶剤、大小様々な絵筆やナイフがまとめられ、床に置かれている。

老人はたまに娘に声をかける。娘は優しい仕草で老人の方へと身をかがめ、一言二言会話をする。娘の方から老人に何か問いかけて、会話をしていることもあった。

そのとき流れたナレーションとテロップによると、ふたりは祖父と孫娘。祖父は著名な画家で、この絵は彼の若い時代の代表作だということだった。建物の内部の環境があまりよくないこともあって、修復を行っているところだという解説が流れた。まだ彼に命があり、それに立ち会えるうちに、と。この先も長く、遠い未来まで、この絵が受け継がれ、残ってゆくように。

ニコラが、画面を見つめながらいった。

「あのおじいさんがね、あの日友達が助けた小さな男の子なのよ。すくすく育って、おとなになって、立派な画家になったの。

なぜわかったかって？　そこは魔女の勘と、何よりも、スケッチブックに記してあった名前ね。あまりある名前じゃなかったのよ。そして絵が、どこか似ていた。明るさや素直さ、あたたかさや優しさ。そんなものがね。

たぶんそれが、あの子の魂の色だったんでしょう。いつの世も、どんな年齢でも、画家は自らの魂を絵の具にして絵を描くものだから」

番組のナレーションも語る。幼い頃、列車の事故で家族を亡くした少年は、自身もひどい傷を負いながらも、親戚に引き取られて成長し、やがて、画家の道を目指したのだと。子どもの頃から頭角を現し、ひたむきに絵を描き続け、学生時代には各種のコンクールで賞も受け、そのまま画家として大成していったのだ、と。

彼はその生涯にたくさんの絵を描いたけれど、老いてからは目がよく見えなくなり、指先の自由もきかなくなってきたので、孫娘に技術を教え、魂を受け継がせるようにして、ふたりで絵を描くようになったのだという。

そしてこの絵の修復を最後に、彼は引退するのだとナレーションが流れた。若い頃に描いた最愛の絵、代表作を蘇らせる、それを最後に、絵筆をおいてのんびりと暮らすのだそうだ。記憶の中に焼き付いている、世界中のたくさんの美しいものや懐かしいものを心の目で見つめて、それを愛でて暮らすのだという。

この番組は、偉大な画家であった彼のその最後の仕事を記録し、保存するためのドキュメンタリー作品のようだった。

老いた画家は、静かに顔を上げ、大きな絵を見上げる。古く美しい空間に飾られた、荘厳な絵を。この先、彼や孫娘の命が絶え、いなくなってしまっても、はるかな未来へと旅し、残っていくだろう、一枚の絵を。見えないだろう目で、そばに立つ孫娘の優しい手に支えられるようにして。

それは、黄昏時の空から降りそそぐ光の中を、白と灰色の翼を画面一杯に広げて舞い降りてくる、美しく力強い、ひとりの天使の絵だった。

天使は若い娘の姿をして、優しいまなざしを地上へと向けている。差し伸べている白い手は、眼下にいる誰かに伸べられた手。誰かを救おう、守ろうとしているのがわかる、そんな絵だった。

天使はその瞳に、微笑みに、無限の優しさと愛を込めて、地上を見下ろしていた。

七瀬は、画面の中の天使を見つめ、そして、古い写真を振り返る。明るいまなざしも、優しい微笑みも、からだ全体の雰囲気も、同じだと思った。

番組の中で、老いた画家の言葉が流れた。たくさんの絵が飾られた、おそらくは彼のアトリエなのだろう。そこで録画された、インタビューのようだった。

『わたしは、幼い日に、天使を見たことがあるのです。ええ、乗っていた列車が雨の中で事故に遭い、崖下に落ちたそのときに。家族も、他の乗客も亡くなってしまって、痛みと恐怖の中で自分も死ぬのだと泣いていたときに、雨雲のはざまの、黄昏の金色に染まった空から、光の色の翼を空に広げて、天使が舞い降りてきてくれたのです。

天使は空から地上へと白い手を差し伸べ、わたしを掬い上げると、強く抱きしめてくれました。生きていてよかったといってくれました。

気がつくとわたしは麓の街の病院にいました。子どもひとりどうやってそこに辿り着いたのか、その奇跡はいまも謎のままになっているそうです。わたしは当時から、何度も、自分は天使に助けられたのだと話しているんですけどね。誰も信じてくれなくて』

老人は朗らかに笑う。

『けれどわたしの記憶の中には、あの日見上げた天使の笑顔が残っていました。あの奇跡を忘れてはいけないと思いました。だからわたしは絵を描いたのです。

最初は子どもの手ですから、うまく描けなくて。こうじゃない、もっとうまく、と思いながら描き続けて、そうしてやっと満足できる絵になったのがこの作品です。

学生時代にとあるコンクールで最優秀賞をいただき、この礼拝堂へと飾られることになりました。わたしのふたつの目にはもうこの絵は見えないのですが、幼い日から何度も記憶に蘇らせ、こうして描いた天使の姿は、いまも見えるからいいのです』

絵の中の天使は口元に微笑みを浮かべ、画面越しにこちらを見つめていた。

果てしない優しさと、強さをたたえた、静かに美しいまなざしで。

この地上にはもう存在しない、光になって消えてしまったひとりの魔女の魂は、たしかにそこにあったのだった。

使い魔の黒猫が、画面を見上げて、ぼそりと呟いた。

『魔女も使い魔も、礼拝堂なんかとは縁がないっていうか、たぶん神様の祝福とか受けられないと思うんだけど』

ニコラが笑みを浮かべたまま、うなずく。

「そうねえ、わたしたちは天国には行けないでしょうし、天使にもなれないと思うんだけど。――ささみのスープのおかわり、いかが？」

黒猫はひげを上げてうなずく。

ドキュメンタリー番組は終わろうとしているのか、スタッフロールが流れていた。

画面の中の老人は、穏やかな笑みを浮かべていて、幸せそうだった。

七瀬は、本棚の古い写真を見上げ、そして、自分もそっと微笑んだのだった。

第３話　雨のおとぎ話

ポテトが揚がる香ばしい香りの中で、空哉《そらや》は今日もカウンターに立ち、笑顔で、お客様を迎える。

平日のお昼時。古い下町にあるこのハンバーガーショップはそれなりに賑わいはするけれど、たとえばビジネス街にある店舗のように、殺人的に混む、ということはない。というよりも、一年三百六十五日、忙しすぎることはなく、逆に閑古鳥が鳴くこともなく、穏やかに客足が途切れなく続いている、天国のように幸せな店だった。

いろんな店舗で働いたことがあるという先輩アルバイターには、

「贅沢《ぜいたく》な悩みかも知れないけど、刺激がなさすぎてちょっとつまんないなあ」

なんて苦笑されるような店だった。

「いらっしゃいませ、こんにちは」

開いたドア越しに見えた商店街の様子と、お客様――よくいらっしゃる、常連の近所のおばあさんふたり組だ――の足下にちらりと見えた歩道のアスファルトが濡れていたので、「ああ、雨降り始めちゃったんですね。お足下の悪い中、お越しいただき、ありがとうございます」と付け加える。

朝、スマホでチェックした天気予報では、今日の午後からの降水確率は六十パーセント。この時期、六月らしい予報が出ていた。もう数日、灰色の雨雲が重く垂れ込めていた。

梅雨時は嫌いではないけれど、やはり客足は鈍るので困ったなあと思うし、雨の中わざわざいらしてくださるお客様には、嬉しい半面、申し訳なさを感じてしまう。

「今日は何をお召し上がりになりますか？」

「いつもの」

「あたしも」

おばあさんたちはふたりしてうなずきながら、にっこりと笑う。

「お魚のハンバーガーとあたたかいカフェオレを大きいサイズ、ホットドッグと普通のサイズの熱いコーヒーですね」

「ご名答」

「さすがね」

「ありがとうございます」

ふたりのお客様の好みは覚えている。ひとり暮らし同士で近所に住んでいるというふたりは、これから奥の窓際の席で、ランチタイムを楽しみながら、四方山話《よもやまばなし》に花を咲かせるのだ。店が混んでいなければ、飲み物やデザートのおかわりを頼みながら、長くいたりもする。冬ならば編み物を始めたりもする。空哉がこの店で働くようになる、そのずっと前、昔にこの店がオープンした頃からの常連さんたちなのだと、店長に聞いたことがある。

調理するスタッフに注文を伝えながら、空哉は手早く品物を渡す準備をする。トレイを用意し、カフェオレとコーヒーをコーヒーマシーンから紙コップに注ぐ。

商品の名前をわかりやすい言葉にいいかえながらやりとりするのは、シニア層のお客様が多い、この店舗では当たり前の気遣いだ。大学生になってこの街に住むようになって、ハンバーガーショップで働きたいと思い、何の気なしに学校の近所にあったこの店に決めたのだけれど、その気遣いに最初だけ驚き、すぐに慣れた。マニュアル通りのやりとりよりも、お客様の語彙にあわせる工夫は面白い。また、このお店は他の店舗よりも、何かとお客様との距離が近く会話が多いところもあるけれど、そのことにも抵抗がなかった。

（ていうか、接客好きだし）

ハンバーガーショップというものが好きなのだろうとも思う。小学生の頃、遠い街で、大好きな祖母、薔子《しょうこ》に連れていってもらったハンバーガーショップ。初めて食べたハンバーガーの美味しさをいまも覚えているし、明るい店内も、店の雰囲気も、きらきらした気持ちとともにいつも心の芯にあるような気がする。

（あれも六月、梅雨の頃だったよな。もう十年くらいも前の記憶になるのか）

優しく知的な祖母の笑顔も記憶の中にある。美しいものが好きで集めていた祖母は、あの日、フランスの骨董品《こっとうひん》のレースを紅茶で染めたものをワンピースの襟元に飾っていた。手芸も好きで、自分の着るものやいろんな小物をこしらえるのも好きなひとだった。華奢《きゃしゃ》な眼鏡をかけて、光の入る自分の部屋で美しいものを作り上げてゆく様子は、昔の西洋の貴婦人のようで、素敵に思えた。

祖母の住んでいる街は、海辺にある古い街。転勤族の子どもだった空哉がそれまで住んできたどの街とも違って、不思議な魔法めいた雰囲気のある街で、そんな中に暮らす祖母自身も、どこか魔法使いのような雰囲気をたたえていたのだ。優しい笑みと、柔らかく漂っていた薔薇の香水の香りも記憶の底に残っているようで。若い頃から活字が好きで、空哉の名前をつけてくれたというそのひと自身、お話の世界に生きているような、素敵なひとだった。

薔子、という名前は薔薇の花からとられたらしい、と母に聞いたとき、子ども心に、なんてあの祖母にふさわしいのだろうと思ったものだ。

華やかで優しくて、でもどこか謎めいたところもある、凜《りん》としたひとだった。

十一歳の六月に別れたあと、年賀状のやりとりはいつまでしていただろうか。祖母の住む海辺の街は遠かったのと、その後も空哉の家は転勤を繰り返したので、あれきりあの懐かしい海辺の街へは行っていなかった。

あの頃から今日までの日々は、自分にとって、事件と発見と成長の繰り返しの、慌ただしい日々で、駆け抜けるように生きて、過ぎ去ってしまったような気もする。

（元気かなあ、おばあちゃん）

あのときのような梅雨時だからだろうか。今日はしきりと、祖母のことが思い出されて、懐かしかった。


できあがった食事に飲み物やナプキンその他を添えて、トレイをお客様たちに手渡すとき、おばあさんのひとりがこちらを見上げて、朗らかな声でいった。

「ねえ、空哉くん。あなたの笑顔って、いつも素敵よね」

「そうそう。イケメンだけに、さらにひきたつっていうか」

もうひとりのお客様が相づちを打つ。

「ありがとうございます。でも自分なんて、全然たいしたことないですよ」

自分ではいわれるほど整った顔立ちだなんて思っていない。なのに、子どもの頃から、かわいい、ハンサムだといわれ続けていて、正直、ろくなことはなかった。内気で繊細なたちだったので、めだちたくない、と思うことの方が多くて。女子には好かれたけれど、やっかみで男子に虐《いじ》められたりもした。その頃の空哉は悲しくても驚いても悔しくてもすぐに泣く子で、すると余計に意地悪な子たちから虐められた。それが高じて、とうとう学校に行けなくなったのが小学五年生、十一歳の六月だった。

（あの頃は、人生どん底だったよなあ）

両親は優しい理解のあるひとびとだったので、そんなに辛いなら学校に行かなくていいよ、といってくれた。学校を休めるのは嬉しいことだったけれど、一方で、臆病《おくびょう》な空哉は、自分の未来が不安になって怯《おび》えてしまった。

小学校に通えない子どもは、おとなになれるのだろうか？　まともに生きていけるんだろうか、と。

毎日怯え、部屋に閉じこもる空哉を案じた母に提案されて、空哉はひとり、気分転換に、と、遠い街に住む祖母の家に滞在することになった。学校やいじめっ子たちのいる街から、しばらくの間、距離をとるのもいいんじゃないかな、と。

そう、だからあの年の六月、梅雨の灰色の雲が頭上に垂れ込めていた季節に、空哉は海辺の街で、祖母やいとこ一家とともに束の間暮らしたのだ。辛い現実を少しだけお休みにして、心を休めるために。

そして空哉は立ち直り、両親のもとに帰り、再び学校に通えるようになったのだった。

外見だけでひとに好かれること、褒められることは、恵まれた、幸福なことなのだと思えるようになったのは、いつの頃からだったろうか。

いまのように自然に視線を上げて、明るく笑えるようになったのは。

（ああ、もしかしたら――）

海辺の街で祖母と暮らした、十一歳の六月の、あの頃からだったかも知れないと思う。

記憶の中に、祖母の笑顔が蘇り、たまらなく懐かしくなった。

「ほら、その笑顔よ。空哉くんにいらっしゃいませっていわれるたびに、このお店に来てよかったって思うの。なんかね、ほっとできるっていうか。癒やされて元気になるの」

ありがとうございます、と空哉は心からの笑顔で頭を下げた。

「うちの店、ほら、笑顔は無料ですから、こんな笑顔で喜んでいただけるのでしたら、いつでもお見せしますので、ご注文ください」

そうだったわねとおばあさんたちも笑う。

「じゃあ、いっつもスマイル頼んじゃう」

「あたしも」

近くの席にいた他のお客様たちも笑っている。いつもの通りに和気藹々《わきあいあい》だ。

トレイを席に運びながら、おばあさんたちが楽しげに、

「こんな孫がいたらいいのに、ってたまに思うわ」

「ほんとほんと。空哉くんたら、年寄りあしらいがうまいんだもの」

基本的に人間は好きで、どんな年齢、年代でも自分の店に来てくれるお客様たちには愛を感じるけれど、いわれてみれば、お年寄りと会話をするのは、ひときわ楽しいかも知れない。店のスタッフの誰よりもうまいかも。

深く考えたことはなかったけれど、老いた女性を見ると、みんな祖母に似て見える。だから愛しくなるのかも。祖母とは、子どもの頃から数えてみても、ほんの数回しか会っていない。記憶がさすがにおぼろげだから、それもあって面影を探してしまうのかも知れない。

（おばあちゃん子ってわけでもないんだろうけどなあ）

そのひとのことは、変わらず大好きだけれど、何しろ会話をした回数とそばにいた時間が少なすぎる。

その辺り、遠い街でいまも祖母と暮らしているはずの、同い年のいとこの陸緒《りくお》とは違う。子どもの頃、ずっと祖母と同じ家にいるいとこがうらやましかった気持ちを、久しぶりに思い出した。

両親の家に帰って学校に戻り、元通りの生活をする決心をしたとき、ほんとはまだこの家と街にいたいと内心は思ったとき、陸緒は帰らなくっていいといってくれた。このまま俺やうちの家族、おばあちゃんのそばで暮らせばいいのに、と。

「俺の部屋半分使っていいからさ。広すぎて困ってたんだ」

同い年だけれど、少し早く生まれた陸緒は、どこか兄貴ぶったところがあって、何かと空哉の世話を焼いてくれた。ときどき面倒に思いながらも、空哉は陸緒のことが好きだった。青いセルフレームの眼鏡がよく似合う、ちょっと気取ったところのある少年で、プライドは高いし、神経質ではあったけれど、優しかった。

祖母と同じように、草花や動物が好きで、その頃家に出入りしていた病気の白い野良猫を、かわいがっていた。空哉も手伝ったけれど、庭に猫小屋を作ってやって、小遣いから捻出《ねんしゅつ》したお金で、猫のご飯や毛布を買い、病院代をやりくりしていた。口内炎が酷くて、やせ細っていたあの猫は、そういえばあのあと、どうなったのだろう。――あの猫の名前はそう、シロタといったろうか。かわいそうだ、と陸緒がシロタを抱きしめて、一筋涙を流したのを覚えている。病んだ猫の流すよだれが服の胸元を汚しても気にせずに、ぎゅっと抱きしめていた。

「食欲はあるのにね。口の中が痛くて食べられないんだ。かわいそうに。かわいそうにね」

治してやれたらいいのに、といとこは呟いた。せめてご飯を一口食べさせてあげたい、と。

いとこという存在は、きょうだいのような、いちばんの親友のようなところがある。二人ともひとりっ子同士で、それぞれの母親も仲がよかったから、余計に身近に感じたのかも知れない。陸緒とも会わなくなって十年になるわけだけれど、いまも懐かしさと親しみを変わらず感じていて、それはきっと彼もそうなのだろうと信じることができた。きっと急に再会しても、昨日別れたばかりのように、笑いあい、会話ができるだろう。

(男同士だと、そうべたべたしたやりとりはしないけれど)

陸緒とは、年賀状もろくにやりとりはしなかった。母親同士が長電話しているときに、電話を代わってもらったことはあったかも知れない。でもそれも子どもの頃のことだ。妙に気恥ずかしかったので、電話で話すこともなくなっていった。

家では陸緒の家族のことはちょくちょくと話題にはなっていた。母からは、医学部に進んだらしいと噂は聞いているけれど。

(頭よかったもんな、あいつ)

子ども部屋の見上げるような本棚に、ミステリー小説が本屋さんのようにたくさん並んでいた。空哉は陸緒に面白い本を薦められ、何冊も読みふけり、それ以来、ミステリーを読むのが好きになった。あの家は本棚がたくさんある家で、家族それぞれが部屋に本棚を持っていた。あの年の六月に、空哉は本好きの世界への扉を開かれたように思っている。

陸緒の家は、両親ともに医師で、自宅で開業していたから、陸緒はいずれ跡を継ぐのだろう。そういえば、当時から当たり前のようにそんな未来のことを話していたような記憶もある。

「設備を調えるのにお金がかかってるしね。俺が病院を継いでそのまま使った方が、もったいなくないっていうか、有効に活用できるからさ」

同い年で、少しだけしか年上ではない陸緒が、そんなときはおとなびて見えた。

（久しぶりに、おばあちゃんや陸緒に会いに行ってみるかな）

思い立ったら早い方がいい気がした。自分や陸緒が大学生になったということは、祖母も年をとったということだ。最近の祖母の姿は知らないけれど、年齢相応に老いたろう。また、祖母には持病があった。先に逝った祖父と同じ、血圧とコレステロールの値が高く、薬でコントロールしていると聞いた記憶がある。今日明日どうにかなるということではないらしいけれど、健康な老人というわけでもない。

大学入学とともに家を出たので、ここ二年ほどの祖母の噂は聞いていない。空哉の両親は共働きで、いまはそれぞれに役職に就いていることもあって忙しい。もちろん空哉自身も、学生生活とバイトで日々多忙だった。初めてのひとり暮らしは楽しくも、家事などにも時間をとられる。月日はあっという間にたっていった。

そんなこんなで、あまり密には連絡を取り合っていなかった。家族仲はいいし、会えばなんでもよく話すけれど、昔からその辺りはよくいうと自立したもの同士の、ドライな家族関係でもあった。便りのないのはよい便り、と互いにいいあうような関係でもある。

信頼関係があるからこその距離感ではあるけれど、他人にはわかりづらいかも、と思うことはある。空哉自身、子どもの頃は、この家族関係が寂しかった時期もあったのだし。

いちばん辛かった時期に上手に甘えられなかったことと、上手に手を差し伸べることができなかったことが、いまも親子の間に少しだけ切ない思い出として残っている。


(おばあちゃん、元気なうちに会いたいな)

話したいことがある。あの十一歳の六月に空哉に優しくしてくれたことに、きちんとお礼をいわなければ。たぶん、あの六月の日々があったから、いまの空哉がここにいるのだ。

子どもはどこか、おとなは子どもに優しくするのが当たり前だと思っているところがある。あの日、空哉はおばあちゃんに救われたけれど、感謝の思いを伝えず、一言のお礼もいわないままに、気がつくと十年の年月が流れ、今日になってしまっていた。

ちょうどバイト代も入る時期だ。手土産を用意して、週末にふらっと訪ねていくのもいいかも知れない。

少しだけ迷ったけれど、事前に連絡はしなくてもいいかな、と思った。他人行儀というか、仰々しいような気がしたし、いきなり行って驚かせたいような気もした。十年前のそれきり会っていない、内気で泣き虫な子どもだった空哉が、こんなに大きくなった。よく笑う、明るい大学生になって、ハンバーガーショップでアルバイトなんてしている。親戚たちはびっくりするのではないだろうか。驚き、そしてきっと、よく来た、大きくなったね、と喜んでくれるだろう。

といっても、もしみんながその日忙しそうだったり、用事があるようなら、挨拶だけして帰ろうと思った。不幸にしてその日に限って留守だったりしたら――まあ、そのときはそのときだ。

(できれば、おばあちゃんや陸緒、おじさんおばさんに会いたいけど。

いや、きっと会えるさ)

会えるに違いない、となぜか思えた。

移動にどれくらい時間がかかるものか、バイトの休み時間に、スマホで調べてみた。祖母の家までは、いま住んでいる街からは、陸路で半日あれば着きそうだ。

「こんなに近かったのか」

子どもの頃も、その後親の転勤に連れられて暮らしたどの街も、祖母の街――母方の田舎からは遠かった。ひとりで行ける場所ではないとずっと諦めていた街だった。

「陸路で半日なんて、小旅行じゃないか」

いまの空哉ならば、自分のお金でひとりで電車に乗って行ける街だった。音楽を聴いたり、車窓の景色を眺めたりしながら、のんびり旅していくのにはちょうどいい移動距離。

「梅雨の旅か」

雨降る中を旅していくのも、いいかも知れない、と思った。きっと線路沿いのどこかで、紫陽花《あじさい》が綺麗に咲いているだろう。電車の窓越しに見える駅の花壇や、家々の庭には季節ごとに色とりどりの花が咲くのをよく見る。

陸路の旅は、線路沿いに咲いている花々に迎えられ、見送られることの繰り返しになるものだ。いまの時期ならば、紫陽花。それにダリアや季節を問わないゼラニウム、ベゴニアも見られるかも知れない。梅雨が明け、夏が来れば、赤いカンナや黄色い向日葵《ひまわり》の姿が見えてくる。

「薔薇はもう終わっただろうなあ」

薔薇の花の季節は五月だから、もし線路沿いに薔薇を咲かせている駅や庭があったとしても、時季が過ぎているだろう。いつだったか、園芸が好きなお客様に聞きかじった話だけれど、薔薇は雨と暑さに弱い。梅雨の長雨とそのあとの夏の暑さは応《こた》えるのだ。

祖母の薔子はその名前の通りに薔薇の花が好きで、他の花たちとともに、庭で育てていた。

空哉の記憶の中にある祖母の家の六月の庭に、薔薇の花が咲いていた記憶はあるけれど、花もつぼみも雨に濡れて、もったりとうつむいていた、と思う。雨水を含んでうつむいた花は指を触れるとひんやりとして、意外な重さを感じた。息づかいが聞こえるようで、小さな動物みたいだ、と思った。雨水の匂いと一緒に、かすかに甘い香りがしたのも覚えている。

週末。

空哉は自分が脳裏に思い描いたそのままの風景の中を、久しぶりの電車に揺られて移動することになった。

そしてやがて辿り着いた、古い海沿いの街。どこからか風に乗って聞こえる時計台の晴れやかな鐘の音に迎えられて、空哉は懐かしい街の駅に降り立った。潮の匂いをふくんだ海からの湿った風に、ふわりと背中を抱かれたように思い、子どもだった頃の自分も、同じように感じたことを思い出した。街に歓迎されているみたいだった。ようこそ、よく来たね、と。

あのときは、母と二人。おばあちゃんの家に自分を送り届けたら、仕事がある母はもといた街に帰ってしまう。そのことが不安で、でも小学五年生にもなって寂しいなんて口にできなくて、うつむいていたら、風に励まされたように思ったのだった。

そして、思い出したのだ。小さな頃、祖母に聞かされた物語を。

「おばあちゃんの街には、不思議なお話がたくさんあるの。魔法だって奇跡だって、街のそこここで起こっているのよ。何しろ、港のそばの裏通りには、街を守る魔女だって住んでいるような、とびきり素敵な街なんですもの」

そう語る自分自身が、魔女のようにいたずらっぽい笑みを口元に浮かべ、目を輝かせながら、そういったのだ。

空哉はその前の年には、サンタクロースはどうやら実在しないらしいと知ったような年頃で、つまりはひとの世には魔法も奇跡も存在しない――少なくとも、本やゲームの世界のようには――ということを知り始めていたような年頃だった。

祖母の薔子は、そういった魔女や魔法や妖精が登場するようなお話が好きで、自分の本棚に、そういう本をたくさん並べているようなひとだった。空哉といとこの陸緒は祖母から何回も、夢ともうつつともつかない、幻想的な話を聞かされていた。

それは母たち姉妹も同じだったそうで、たとえば、空哉も聞いたことがある、「港のそばの裏通りに住んでいる街を守る魔女」の話は、何度も聞かされたそうだ。あまりにも聞かされたので、寂れた裏通りのどの路地をどんな風に行くと、魔女の暮らす古いビルディングに行き着けるか、わかるような気がすると母はいっていた。

「どこかで聞いたような、よくあるタイプのお話なのよね。街のどこかに人間のことが好きで、人間を幸せにしてくれる魔女が住んでいて、力を貸してくれるっていうの。そんな魔女があの港町には住んでるって。

おばあちゃんは子どもの頃からその魔女の友達で、寂しいときや疲れたときはそのお店を訪れてたっていうの。困りごとがあるときは、相談に乗ってもらったりもしたって。園芸が得意なのも、若い頃魔女に教わったからだって。

三日月町だけでなく、実は世界中に魔女たちはいて、ふとした街の裏通りや、道を曲がったところや、それどころか大都会の真ん中、摩天楼《まてんろう》の一角なんかにも、密かに住んでいるらしい、なんて話も聞いたわ。子どもの頃は全部信じて、どきどきしてたなあ。あなたのおばさんとふたり、三日月町に冒険に行って、『魔女の家』を探し出そうとしたこともあるのよ。あそこ、飲み屋街だから、おとなの街でね、怖くて行けるところじゃないし、行ったってわかると叱られそうで、何回も行けなかったけど。結局一度も魔女の住むビルには行けなくて、そのうちおとなになって、故郷の街を離れて、忙しさのうちに、昔聞いた魔女のお話のことは忘れちゃったのよね。——おとなになると、不思議な伝説や魔法や奇跡は信じられなくなってくるし。

おばあちゃんは英米のファンタジーが好きだから、そういう本をたくさん読んでいるうちに、自分でもお話を考え始めちゃったんじゃないかな、って母さんたちは思ったの。実際、いつもお花や風の妖精の話を聞かせてくれて、メルヘンの世界に生きてるみたいなひとだった。ほんとは翻訳家になりたかったって聞いたことあるわ。自分の言葉で大好きな剣と魔法の物語を訳して本にしたかったって。もっと英語の勉強もしたかった。海外で暮らすことも夢見ていたみたい。昔のことだから叶わなかったけれど」

祖母は英語に堪能で英会話もうまかった。すべて独学でものにしたと聞いたことがある。外国の言葉をたくみに操る祖母は魔法使いのようで、異国の言葉を解することは未知の世界の扉を開くようで。空哉が英文学をいま学んでいる根っこは、たぶん祖母にあるのだと思う。

あの『魔女の家』のお話は、おばあちゃんが話すお話の中でも、妙にリアルなお話でね、と母は笑った。少しだけ寂しそうに。でも幸せそうな、優しい笑みを目元に浮かべて。

「港のそばの三日月町の裏通りに、ほんとに『魔女の家』なんて名前のお店があって、そこには街を守る魔女がいるのかも、って、信じたいわたしもいるのよ。子どもの頃は探し出せなかったけど、いつかは――おとなになったいまなら、三日月町に行けば、おばあちゃんが通った魔女のお店に辿り着けるんじゃないかって」

六月の午後の日差しが、古い駅舎に降りそそぐ。天井近くに嵌《は》め込まれたステンドグラスから、色とりどりに染まった光が投げかけられていた。その光の色が懐かしかった。覚えているような気がした。

「十年ぶりなのに、ね」

一方でどこか違って思えるのはたぶん、自分が大きくなったからだろうと思った。昔この駅を訪れたときは、駅はもっと広く、天井は高く見えた。

いまも美しいと感じるのは同じだけれど、大学生の目で見ると、古さ故の綻《ほころ》びや、汚れが、そこここに見える。

「そうだよね、母さん。おばあちゃんから聞いたお話は、信じたくなるよね」

改札に向けて歩きだしながら、空哉は思う。

子どもの頃、祖母が話すことを、まさかそんな嘘っぽい、と心の中ではちらりと思ったのだけれど、大好きな祖母から聞くと、魔法だって奇跡だって、ほんとうにあるのでは、少なくとも、祖母の住む街と祖母が知っている裏通りでは、なんてつい思いたくもなっていた。優しいおばあちゃんのことが大好きだから。その気持ちはいまも変わらなかった。

それに、「魔女がいない」なんていいきれるひとは、世界に存在しないのだ。魔法や奇跡は存在しないと断言できるひとがいないように。

いないこと、ないことを証明するのは、人間には不可能なのだから。


十年ぶりの街の、十年ぶりのおばあちゃんの家——いとこの家は、記憶の中にかすかに残る姿と同じに、緑の葉を茂らせた木や、蔦、プランターや鉢の花々に覆われていた。

古い洋館は、敷地の隣に、これまた古い病院を併設している。その看板も、病院の建物も、緑に覆われて、知らなければ廃病院だと勘違いしてしまいそうなくらいだった。

「梅雨時と梅雨のあとは、雨をいっぱいに吸って、植物は茂るのよ」

祖母の声が、ふっと耳の中に蘇った。

チャイムを押す。十年前は背伸びして押したボタンが、いまは簡単に押せてしまう。

「はーい」とよく響く声の返事が広い家のどこからか返ってきて、リズミカルな足音とともに扉を開け、洒落《しゃれ》たセルフレームの眼鏡の顔をのぞかせたのは、

「——陸緒？」

「もしかして、空哉？」

「そうだよ。久しぶり」

「久しぶりすぎるぞ。おかえり」

いとこは三和土《たたき》の靴やサンダルを蹴散らすように下に降りてくると、空哉の肩や背中を、大げさなくらいにばちばちと叩いた。

「それにしたって、なんで今日来たの？　直感？　虫の知らせ？　それとも魔法？」

「なんとなくだけど。おばあちゃん元気？」

空哉が差し出したお土産を受け取ろうとした陸緒の笑顔が、ふっと暗くなった。

「――あんまりよくない」


長い廊下を、祖母の部屋へと連れられて歩く。

陸緒の父は昨日から学会の関係で家にはいなくて、母は病院の方にいるそうだ。陸緒は今日は普通に休める日曜日だったので、しばらくぶりで家でのんびりしていたとか。医大生は実験やら実習やらで忙しいそうだ。

「実はおばあちゃん見ながら、そろそろ空哉の家に連絡した方がいいんじゃないかなあなんて思ってた。今年は五月にほら、何日も暑い日があっただろう？　あれで調子を崩しちゃったんだと思う。あんなに元気だったのに、すぐに疲れたっていうようになって、そのうちいつも横になってるようになってさ。

そこにおまえが顔を出すんだもの。びっくりだよ。おばあちゃんが好きなメルヘンやファンタジーの本の中の出来事かと思った」

おばあちゃんおまえが大好きだったから、魂が呼んだのかも知れないね、陸緒はそういって、寂しげに笑った。

「そんなに具合悪いの？」

「まあ、年だからね。自然なことなのかも知れない」

淡々と陸緒は答えて、祖母の部屋の扉をそっと開けた。からだを開くようにして、空哉を先に部屋の中に入れてくれた。

「……おばあちゃん」

懐かしい部屋の空気に包まれて、小さい声でついそのひとを呼んでしまう。

そのひとは記憶の中にあるよりも小柄に思える姿で、大きな柔らかそうなベッドの中に、沈み込むようにして眠っていた。小さな子どもや小鳥が寝ているような、そんな様子で。身を丸めて、手をぎゅっと握りしめて。

その姿には、昔のそのひとがそうだったような、西洋の貴婦人の気品はもう感じられなかった。優しいけれど凜とした雰囲気は、もうそのひとのそばにはなかった。

空哉の声が聞こえたのか、そのひとは目を開けた。空哉を見上げ、皺の増えた口元で、優しくにっこりと笑う。

「あら、こんにちは。いらっしゃい」

こんなに落ちくぼんだ目をしていただろうか、と思う。黒い瞳は澄んでいるし、変わらず美しいひとだけれど、こんなにしなびたような、色褪せた皮膚をしていただろうか、と思う。どうしても店の常連の、元気なお年寄りたちの表情と比べてしまう。

あんな元気な、朗らかな笑顔は、いまの祖母からはとても遠く見えた。

昔はもっと――記憶の中にある祖母は、溌剌《はつらつ》として、明るく笑っているのに。

「おばあちゃん、あの――」

声が喉に貼りついたようになって、うまく話せない。

緩やかに、うたうように、祖母が言葉を続けた。じっと空哉を見つめて。

「どうしたのかしら。悲しそうな顔をして。せっかくのハンサムさんが」

喉が詰まるように思ったのは、昔祖母がよくかけてくれた言葉だと思い出したからだった。

――泣かないのよ、泣かなくていいの、ハンサムさん。

「あなた、ねえ、あなた。うちの孫にそっくりね。空哉っていうの。わたしがつけたのよ、いい名前でしょう?」

「……」

陸緒を振り返ると、そっと見つめ返してきた。静かに歩み寄って、耳元でいった。

「――たまに記憶が混乱しちゃうみたいで。俺のこともわからなくなるときがある」

まあね、年だからね、と、いとこは自分にいい聞かせるように呟いた。

祖母はゆったりと話し続ける。長い長い独り言のように。

「でもそれで空が好きになったのか、空ばっかり見上げてる子どもになっちゃった。空みたいに、とっても心の綺麗な子でね。心根が優しくて柔らかくて。傷つきやすいものだから、すぐに泣いてしまうの。ひとが自分を傷つけることが怖くて。世の中の、人間の持つ悪意が信じられなくて。――でも、自分の方は、悪意に悪意をぶつけて跳ね返すことができなくて、悔しさも怒りも自分の中に閉じ込めてしまうの。刃物をてのひらでぎゅっと包み込むように、自分の中に抱え込んでしまう。

でも――閉じ込められた思いは、痛くて、悲しくて、それで涙が溢れてしまうのね。子どもはおとなとは違って、心を言葉で説明することが上手にできないから、泣くしかない。するとどうやら他の子たちに虐められてね。泣き虫っていわれちゃったみたいで。それで、孫は学校に行けなくなって、うちで預かっていた時期があるの。――うちの庭で、寂しそうに空を見上げてたの、ほらその樅《もみ》の木の辺りでね。猫を撫でたりしながら」

祖母は童女のような顔で笑った。果てしない優しさをたたえた、そんな目をして。空を見上げる小さな孫の姿が見えるというように。

「わたしは、孫が愛しくてね。強くて優しいあの子が大好きで。幸せになって欲しいっていつも思ってた。あの子は自分のことを泣き虫の弱虫だって思ってたみたいだけど、ほんとはそうじゃないんだよ、っていつも伝えたくて、でもうまく伝えられなくて。

言葉を選びすぎちゃったのかなあ。考えすぎちゃったのかなあ」

ため息まじりに祖母は笑い、そしてふと視線を動かして、空哉の肩越しに庭を見た。

「あら、シロタが来てる。空哉と陸緒はどこへ行ったかしら？　あの子を捜してたのに」

振り返ると、庭に薄汚れた白猫がいて、ガラス窓越しにこちらを見上げていた。

あれはまさか、と思うと、陸緒が小さな声でささやいた。

「――前の猫とは違うよ。シロタは、その、何年も前にいなくなったんだ。奇跡的に病気が持ち直しての大往生だったけどね。あの白猫は、最近この庭に来るようになった猫で、昔のシロタみたいに口内炎が酷いから、おばあちゃんごっちゃになってるんじゃないかなあ」

陸緒の目が庭の白猫を悲しげに見た。「悪い病気のせいで、口の中が腫《は》れて傷だらけでね。お腹が空いていても、痛くて何も食べられなくて。俺だってシロタのことを思い出すもの。あの猫も奇跡でも起こらない限りは、もう生きてはいけないだろう」

祖母が静かに目を閉じながら、呟いた。

「ちょっと休んで元気になったら、わたし、『魔女の家』に薬を買いに行かなくっちゃ。シロタがかわいそう。……孫たちが泣いてしまうわ。空哉も陸緒もシロタがかわいそうだって、泣いてしまうから」

陸緒がきゅっと下唇を噛むようにした。空哉は自分も同じ仕草をしているのを感じていた。いま感じているのと同じ唇と心の痛みを、陸緒も感じているのだろうと思った。

「――昨日も今日も、ついさっきも、わたし、『魔女の家』に行ったのよ。美味しいお茶をいただいて、あらわたし、ここには用事があって来たはずだったのに、って思うのに、そのときは思い出せないの。……うちに帰ってきてから、あ、また忘れちゃったって思うんだわ。シロタの薬を買いに行ったんだったのに、って」

目を閉じて、深く深くため息をついた。

「もう一度、薬を買いに行かなくちゃ。もう一度、シロタに魔女の薬を」

祖母は眠りにつき、空哉は陸緒に誘われて、部屋の外に出た。

祖母の部屋の扉の外で、いとこは目を伏せて、空哉にいった。

「少しずつ現実がわからなくなっていくのって、俺はけっこう救いなんじゃないかと思うときがあるよ。空哉はおばあちゃんにかわいがられてたから、いまの様子を見てると辛いかも知れないけど、調子を合わせて流してやって欲しいんだ。否定されると混乱するから。魔女の家なんてあるはずないとか、おばあちゃんずっと寝っててどこにも行ってないだろうとか、そんなこと俺もいわないから」

「大丈夫、わかってる」

空哉は小さく微笑んだ。大丈夫。お年寄りの扱いなら慣れてるし、お客様に介護職の方もいて、愚痴交じりの話はよく聞いてもいるのだから。

そんな話をとりとめもなく小さな声でふたりは話した。懐かしさを感じる台所で、陸緒がいれてくれた熱い紅茶を飲みながら。

ふと見ると、陸緒はティーカップに角砂糖をふたつも入れて溶かそうとしていて、甘いものが好きなのは、昔から変わらないんだな、と、空哉はスプーンで角砂糖をつついているいとこの手元を見つめていた。

「空哉、おまえがいまここにいてよかったよ。ほら俺きょうだいいないしさ。こんな状態、さすがにちょっときついもの。この先、おばあちゃんどんどん悪くなっていくのかな、とか考えることさ。年齢的には奇跡は起こらないってわかってるからさ。

昔、シロタの面倒を二人でみてたじゃない？　あのとき空哉がいてくれてよかった、だから頑張れたんだ、なんてこと、すごく久しぶりに思い出したよ。

生きているものはみんな、病むし、いずれは死んでいなくなる。その繰り返しだってわかってて、頭では理解してるのに、辛いものだよな」

空哉はそっと唇を噛んだ。そして半ば話をそらすような感じでいとこに訊いた。

「なあ、『魔女の家』って、ほんとうにあるのかなあ。病気を治してくれる不思議な薬を作ってくれる魔女が、この街にはほんとうに住んでいるんだろうか？」

昔、おばあちゃんが聞かせてくれたように。

「さあねえ」

いとこは優しい目をして、そっと笑う。

「昔、おばあちゃんはシロタの口内炎の薬を買いに行って、それでシロタは元気になったことがあるけどね。でもほんとうに魔女に会って薬を買ったかどうかは、おばあちゃんしか知らないことだから。存在するかしないかは、誰にもわからないんだよね」

「魔女の薬があれば、おばあちゃんは元通りになるのかな」

「――もう年だからね。どうしたって、そんなに長くもないんだろうと思うよ」

忘れたかい、といとこは笑う。

「おばあちゃん、いってたじゃん。さすがの魔女も死者を生き返らせることはできない。寿命を延ばし、死すべきさだめのものを永久に生きながらえさせることはできないんだ、ってさ」

わかっている。覚えている。だけど。

空哉は、言葉を絞り出すようにした。

「それでもぼくは、せめて一言、おばあちゃんにお礼をいいたくてさ。それに、伝えたくて。知っていて欲しくて。——もういまのぼくは泣き虫じゃなくて、明るく元気に生きていて」

話しているうちに、喉の奥が痛くなってきて、空哉はぎゅっと涙をこらえた。

「友達だってたくさんいるって、おばあちゃんに話して、安心させてあげたくて」

一言お礼をいいたいと思った。大丈夫だといいたかった。おばあちゃんに、あの頃のこの家での暮らしが、あの六月の日々は素敵だったと伝えたかった。

（ぼくは、なんでもっと早く、帰ってこなかったんだろう）

そう思うと、たまらなくなった。

もっと言葉が通じるうちに。いまの、夢の世界を生きているような祖母ではなく、現実の世界で呼吸している祖母に、目と目を合わせ、感謝の言葉を伝えたかった。

（なんでもっと早く——）

忙しさにかまけているうちに、楽しい日々を送っているうちに、あっという間に時間が過ぎていた。一瞬のうちに時が流れたように。

（『後から悔やむから後悔っていうんだよ』、なんて言葉、お客様から聞いたことがあったっけ）

ほろ苦く思い出した。

ガラス越しに見えた白猫は、ひとの気配を求めたのか、台所の掃き出し窓に寄ってきていた。陸緒が少しだけ窓を開けるとひとなつこい感じで寄ってくる。

ひとめでわかるほどに痩せ衰えていた。口元からは口内炎の猫の証拠のように、血の混じったよだれが流れていた。ふわりと生臭いにおいが漂ってきた。

空哉が身をかがめると、喉を鳴らしながら、手が届くほどそばにやってきたけれど、持っていたティッシュで口元を拭いてやろうとしたら、首を引くようにした。

「さわられると痛いんだろう」

静かに陸緒がいった。「昔のシロタと同じで、まだ若い猫なんだけどね。それこそ奇跡を起こせる魔女の薬でもなければ、このまま弱っていくだけだと思う。たぶん猫エイズからの口内炎なんだ。ひとの手では治せない病気だから」

痩せた猫は、澄んだ瞳をして、困ったような顔をして、空哉と陸緒を見つめていた。喉を鳴らし、食べ物と救いを人間に求めながら、自分の口の痛みに耐えていた。

こんな風に、シロタも自分たちを見つめていたなあ、と空哉は思い出した。

あのとき、空哉は訊いたのだ。

「おばあちゃん、シロタは助からないの?」

そばで陸緒も祖母を見上げていた。泣きそうな顔をして。きっと自分もあんな表情をしていただろうと空哉は思う。

自分たちはまだ子どもで、なんの力も知識もなく、願うこと頼ることしかできなくて。だから一心に祖母を見つめたのだ。

「魔女にお願いしてみましょうか」

祖母は笑みを浮かべ、静かにいったのだ。

「『魔女の家』は、ちょっと不思議な場所にあるから、行きたいと思っても、行けるときと行けないときがあるんだけど、おばあちゃん、頑張って行ってみるわね」

あの六月の、自分がこの家にいる間には、猫のシロタは元気にならなかった、と思う。

でもそのあと持ち直して長生きしたというのなら、自分が両親のもとに帰ってから、祖母は『魔女の家』に辿り着き、薬を買って帰ったのだろうか——。

そんなことをぼんやりと思い、それから空哉はゆっくりと首を振った。

(『魔女の家』なんて、ほんとにあるはずが)

あればいいと思うけれど。

もしそんなお店があって、魔女がいるのなら、自分は訪ねていくけれど。

たとえば、一瞬でいい、祖母と言葉を交わすことができる、そんな奇跡を起こせる薬を。

そして、いま目の前にいるこの哀れな白猫が元気になって、美味しいものを食べられるようになる、そんな魔法の薬を。

買いに行くのに、と思った。

懐かしい家にいて、空気の匂いを嗅ぎ、窓越しに鳥たちの声や風の音を聴いて、いとこと話していいるうちに、少しずつ、水が満ちてくるように、あの頃のいろんな会話や言葉を思い出していた。

六月のある日、空哉は祖母に願ったのだ。

祖母の部屋で。久しぶりに梅雨空から陽が射した日で、午後の光が部屋に満ちていたのを覚えている。祖母の部屋には古く大きな姿見があるのだけれど、鏡面が光をたたえていたのも覚えている。

「おばあちゃん、ぼく泣き虫を治す薬が欲しい。『魔女の家』に探しに行けばあるのかな？」

涙を止める薬が欲しいと思ったのだ。何があっても泣かなくなるような薬があれば。

もっと強くなりたいと思った。誰からも虐められないようになりたくて。

祖母は、優しく微笑んでいった。

「空哉には何のお薬も必要じゃないのよ。だってあなたは強い子だもの」

そんなことはない、と思った。

ぼくはこんなに泣き虫なのに、と。そう思った途端に、涙が溢れてきた。

祖母は空哉を優しく抱きしめて、背中をトントンと叩いてくれた。

空哉は祖母のからだのあたたかさを感じながら、自分はこんなに小さい子みたいじゃだめだ、とも同時に思っていた。もっと強く、ちゃんとした人間になりたい、と。もう十一歳なのだから。どうして自分はこんなに弱いのだろう、と。

そのとき、ふと視界の端に、鏡が見えた。

祖母に抱きしめられて力なく泣いている、五年生にしてはか弱く線が細い自分と、そして
――悲しそうな祖母がそこにいた。

祖母のそんな表情は見たことがなかった。果てしなく悲しそうな、泣きたいような目で、腕の中の孫のことを見つめていた。

それはいつも溌剌とした、明るい祖母とは別人のような、ほっそりとして、優しくて儚げなおばあさんの姿だったのだ。

(ああ、ぼくはこんなじゃだめだ)

そのとき、空哉は強く思ったのだった。

(ぼくのことを大好きで、ぼくに優しいおばあちゃんに、こんな顔をさせちゃだめだ)

(そんなかっこ悪いこと、ぼくは許せない)

自分に甘えるものか、と歯を食いしばった。

ここで踏みとどまるんだ。おばあちゃんを悲しませないために。心配させないために。

おばあちゃんの朗らかな声が、頭上に降ってきた。

「空哉、お茶を飲みましょうか。『魔女の家』で買ってきたお茶を。幸せになれるお茶だって、魔女はいっていたわ」

そう、祖母のいれてくれる、空色のお茶があの頃の空哉は好きだった。名前を知らない花と

甘い蜂蜜の味がするお茶が。

　ガラスのポットで入れて、ガラスの器に注いでくれる香草のお茶は、レモンを入れると黄昏の空の優しい紫色に色を変えた。

　まるで魔法のように。

　祖母の家の庭には、もったりとした紫陽花が咲いている。あの六月にも咲いていた。

　黄昏の空の色みたいだ、と思ったのを、思い出した。

　記憶は、水底にある小石のようだと思った。ふだんは見えないし、忘れているけれど、水の中を静かにのぞき込んでそっと手を入れれば、ひとつひとつ拾い上げることができるようにそこにあるのだ。大切なことは忘れないのだ、きっと。


（ああ、そうか、それでか——）

　空哉はひとり、うなずいていた。

（あれがきっかけだったのか）

　あの日、祖母の悲しげな表情を見たとき、大好きなひとにこんな表情をさせてはいけない、自分のせいなんだ、と思ったとき、頑張ろうと思ったのだ。

　自分はもう泣いてはいけない、と。

　こんなに優しい綺麗なひとを、貴婦人のような綺麗なひとを泣かせてはいけない、と。

　祖母が好きで、本棚に並んでいた、外国の妖精物語に出てくる騎士たちが貴婦人を守るように、ぼくはおばあちゃんを守る騎士になろう、と。

それは心の奥底にそっとしまい込んだ誓いだった。誰にいうこともなかった。さすがに騎士だの貴婦人だの、誰かに話せるようなことでもない。けれど、心の中にその誓いがあるということは、いつだって密かなお守りになった。

（たぶん、ひとは自分だけのためには強くなれないんだ。いや、それでも戦える勇者はいるのかも知れないけれど、少なくともぼくはだめだった。背中にかばえる誰かがいないと、強くなれなかった）

学校で、いじめっ子や性格のきつい子たちにからまれ、つつかれて泣きそうになっても、心の中にいるおばあちゃんの泣きそうな顔を思い出すと、頑張れた。顔を上げ、涙を飲み込んで、うまく受け流すことができた。

そのうちにいつの間にか、泣かなくなった。

（お客様がいるときと同じなのかも）

ふと思う。店にいるとき、多少の災害や事故があっても、万が一不審者がやってきたとしても、空哉は自分や店の仲間たちが勇者のように振る舞えることを知っている。

お客様の無事を守り、できうる限り、店も守ること。ひとりならば慌てふためき、逃げたくなるようなときも、お客様がそこにいれば、空哉は頑張ることがきっとできる。

大切なものを守る、騎士のように。

空哉は母に、祖母の現状について連絡した。母はすぐに駆けつけてくれるという。父もあとから来るそうだ。学会に出かけている叔父もそのうちに帰宅する予定の時間になる。叔母が診察室にいる病院もそろそろ閉まる時間になるので、夕食の時間の頃には、みんな揃うだろう、という話になった。

陸緒は夕食の準備を始めた。この家での大人数の食事は久しぶりだと楽しげだった。

「きっとおばあちゃん喜ぶだろうな」

空哉も手伝おうとしたのだけれど、

「まあ何が出てくるか楽しみにして、任せておけよ」

台所から追い出されてしまった。

祖母はあれきり寝ているし、すると空哉にはできることがなかった。

庭にぽつんと佇んでいる、お腹を空かせた白猫と見つめあうしかなく、すると切なくなるばかりで。

「――よし、薬を探しに行ってやろう」

何げなく猫にいうと、白猫は不思議に輝くまなざしで、空哉を見上げ、見つめた。

駅前の繁華街を離れ、港のそばへと歩いていく。通りの名前は三日月町の三日月通り。ひとけのない裏通りの、寂れた街角の。

子どもの頃に祖母に聞いたその場所のことを思い返しながら、夕暮れてきた街にひとり歩を進める。

六月の街は、公園や庭先、店先のそこここに、紫陽花の花を咲かせていて、美しかった。

その様子は、青や紫の光がそこに射しているようで、紫の陽の花とはよく名付けたものだなと空哉は思った。

歩いているうちに、ふと思う。

十年前のあのときの鏡の中の祖母の悲しげな表情のわけを。

おとなになったいまだから、わかるような気がした。

(もしかしたら、孫がかわいそうだったからじゃなく――)

そんな孫をうまく力づけることができない自分が不甲斐なかったから、だったのかも知れない。腕の中にいる孫を守ってやりたくても、励ましたくても、やりかたがわからなくて、自分の無力さが悲しかったのかも。

「――ありがとう」

歩きながら、空哉はそっと呟いた。

自分の長い影が、路上に映っている。その影を踏むようにしながら、もう一度呟く。

「おばあちゃん、ありがとうね」

そうきっと、自分は薬が必要だったわけじゃなく、泣き虫の弱虫でもなかったのだ。

あのひとがそういった通りに。

唇に笑みを浮かべ、空哉は夕方の空を見上げる。

もう泣くことなんて、滅多にない。悲しい映画やニュースを見たり、小説を読んだときくらいのものだろう。

「ぼくは、もう泣かないんだよ。強いから」

そう一言伝えられたらいいのに、と思った。

そんな奇跡があればいいのに――。

その言葉を、自分が口にしたかどうか、よく覚えていない。

でも気がつくと、空哉は運河にかかる橋を渡っていた。港のそばにある、海水をたたえた、穏やかに黒い水が溜まっている数本の水路。

ひとけのない通りと、いつ建てられたかわからない、古い建物の群れ。その中を流れる運河にかかる橋のひとつに、いつの間にか空哉はいたのだった。

橋の先に、長い赤い髪の少女がいて、手すりに寄りかかるようにして、空と水を見ていた。高校生くらいだろうか。でももうちょっと年上にも、子どもっぽくも見えるような、変わった雰囲気の子だった。

足下には一匹の黒猫がまつわりつき、猫は空哉が近づいてくるのを見ると、何もかもわかっているような目をして、にやっと笑った――そんな気がした。

少女がいる辺り、橋のたもとには、赤や白の薔薇の花が一群れ咲いている。雨に濡れ、だらりとうつむいていた。元が美しい姿だったろうと想像できるだけに、痛々しかった。

橋に佇む少女のそばを通り過ぎるとき、空哉は悲しげな顔をしていたのだろう。

少女が空哉を見上げ、優しい声でいった。

「あなた、優しいのね。仕方ないのよ。薔薇はもともと、日本の風土には合っていないのよ。もとが冷涼なヨーロッパの花でね、梅雨時なんて、相性最悪なの」

海から吹く風のような、柔らかな声だった。

「でもそれでも薔薇は美しく咲こうとするし、薔薇を守るための薬もあれば、庭師もいる。そして、魔女もいる。病んだものを癒やす手を持つ魔女は、実は密かにどこにでもいるものよ。ひとの子がその存在を信じていても、いなくてもね」

赤毛の少女は、軽く肩をすくめるようにした。

黒猫が高い声でいった。空哉を見上げて。

『あなた、猫の口内炎の薬が欲しいんでしょう？　そういう優しい子って好きだわ』

わたしも、と赤毛の少女が笑う。薄茶色の瞳に黄昏の光を受けて、どこか怪しげに輝かせながら。

「そうね。優しい男の子には奇跡のひとつやふたつ、起こってもいいものだわ」

少女は猫が話すなんて自然なことだというように笑い、いらっしゃい、と空哉に手を差し伸べた。

「『魔女の家』に連れていってあげる」

黄昏の空に垂れ込めてきた梅雨の雲から、ぽつりぽつりと雨が落ちてきた。

間もなく静かに銀色の雨が降り始め、空哉は少女に導かれて、雨の中、その街角へと足を速めたのだった。

古いビルディングは、運河と橋に囲まれた一角にあった。辺りには同じような雰囲気の、いつの時代に建てられたのかわからないような古めかしいデザインの建物が並んでいる。商店街らしきものもある。飲食店や雑貨屋らしき店々の姿もあるけれど、窓も扉も閉ざされていて、ひとの気配はなかった。

(店休日みたいな通りだなあ)

シャッター街、というのとは違う。写真の中に入り込んだような、瞬間時が止まって、それを切り取ったような一角だと思った。

その中に、『魔女の家』はあった。ひときわ古い、煉瓦造りのビルディングのその一階に、品のよいカフェバーのような店があり、窓から優しい明かりを路地に放っていたのだ。

空哉は立ち止まり、その明かりをしばし見つめていた。

先に立って歩いていた少女と黒猫が振り返る。

「どうしたの？　濡れるわよ」

「祖母に聞いた通りだと思って」

「何が？」

「『魔女の家』」

きゅっと唇を噛んで、空哉は雨に煙《けぶ》るその光の方へと足を踏み出した。

「光がね、まるでおいでおいでをするように、優しく路地を照らしているのよ。迷子を導く灯台の光みたいに」

昔、祖母はその店のことを、そんな風に話してくれたのだ。子どもの頃から何度も通ったという、魔女のいる店のことを。

帆船の船室を思わせる、時を経て磨かれた飴色の木で覆われた店内も、瀟洒でセンスのよい古めかしい照明も、そして、カウンターの中にいる、銀色の髪を短く切った美しい魔女――店の主も、すべてが祖母から聞いた話の通りだった。

魔女は謎めいて、美しかった。年を重ねているのはわかるけれど、年齢がわからない。古く大きな木や、苔むした岩のように、そこにあるだけで畏《おそ》れを感じるような存在で、それでいてどこか愛らしい、少女のような笑みを口元に浮かべる、魅力的な女性なのだった。

たとえば――空哉の店にたまにお忍びで訪れる格式の高い家柄の奥様や、海外の著名な女優には、こんな雰囲気のひとがいるかも知れない、と、思わないこともなかった。

ただ、瞳の奥にたまによぎる謎めいた光が放つ、凜とした近寄りがたさは、普通のお年寄りが持っていないもののように思えた。

そして銀髪の魔女は、空哉に微笑みかけたのだ。

「あなたやっぱり薔子ちゃんに似てるのね」

何も説明しないのに、乳鉢に入れた乾いた香草や何かの欠片を乳棒で砕き、あわせて猫の口内炎の薬を作り、紙の袋に詰めて、空哉に手渡してくれながら。

「わたしたちもこれが仕事だから、ほんとうはただではお薬を渡さないんだけど、薔子ちゃんの孫じゃねえ。特別に差し上げるから、かわいそうな猫を助けてあげてね」

「――祖母のことを、ご存じなんですね」

銀髪の魔女はにこりと笑った。

記憶の中にある、遠い日の祖母のような表情で。

「あの子は、長くこのお店に通ってきてくれているの。常連さんよ。ほんの小さな子どもの頃から、わたしと見た目が変わらなくなるような、そんな年になるまで、変わらずずっと通ってくれている、かわいいお客様。

ここ数日も、よく来てくれていたわ。ひとの子が通うには、なかなか難しい場所にある店なのにね」

あの子が好きなお茶をお土産に持っていってね、と、よい香りのする紙の袋を、魔女は空哉に手渡した。

懐かしい花の香りがした。

その同じお茶を、魔女は空哉にいれてくれた。

晴れた空のような水色の、祖母が好きだったお茶だった。

「子どもの頃から、あの子はこのお茶が好きだったの。だからよくいれてあげたわ。小さい頃はお小遣いがないから、ビー玉や貝殻、おはじきをお金の代わりにして。そのうちにお小遣いをもらうようになって、それでお茶の代金を支払って。いつか自分で働いて、お金を払えるようになり。仕事帰りなんかにも、遊びに来てくれるようになって。どんどんおとなになっていって。お母さんになり、おばあちゃんになって。

あんな子は珍しいの。普通はね、おとなになるうちに、魔女と話したことなんて忘れてしまう。ここでわたしと話し、お茶を飲んだことも、食事をしたことも、夢の中の出来事のように思ってしまうものだから。でも、あの子はずっとこの店に通ってきてくれた」

懐かしそうに魔女はいい、一言付け加えた。

「お願いがあるの。——いつかひととしての人生が終わっても、このお店へいらっしゃい、わたしが待っているから、と、あの子に伝えてちょうだい。そのときは家に帰る時間を気にせずに、美味しいものをいつまでも食べて飲んで、長く長くお話しましょうねって。

遠い時代の、騎士や姫君や、ドラゴンや、勇気ある魔女や魔法使いの物語を、飽きるほどに聞かせてあげるわ、って」

「暗くなったから送っていってあげるわね」

赤毛の少女がそういって、ランプを手に、黒猫と一緒に、道案内をしてくれた。

運河に静かに水が満ち、たぷたぷと波が打ち寄せる音がする。もう雨は止んでいて、少女が導く方向に、街の明るい光が見えた。

「――そのお茶ね、幸せになれるように、おまじないがかけてあるお茶だから」

少女がいった。「何かいいことがあるといいわね」

「はい」

空哉はうなずいた。

ランプの光に照らされた少女の笑みと瞳は、記憶の中にある祖母のそれととても似て見えた。懐かしいひとに見つめられ、見守られているような気がした。


橋を渡り終え、ふと気がつくと、赤毛の少女の姿はなかった。黒猫もいない。

空哉はただひとり、港町の繁華街に残されていたのだった。街灯の光の下に取り残された空哉の手には、猫の口内炎の薬と、そしてお土産の香草のお茶の袋があったのだった。

不思議なことに、長い時間あのお店にいたはずなのに、時間はそうたっていないようなのだった。

「夢を見てたのかなあ」

白日夢、そんな感じで。黄昏時に見た幻なのか。

つい思ってしまう。だって辿り着いた『魔女の家』は、あんまりにも祖母から聞いた通りの場所だったから。

「でも」

空哉は微笑み、歩き始めた。

手の中に猫の薬と香草のお茶があるのだもの。

いまここは、現実だ。夢の中ではない。

現実の世界を、空哉は祖母の家へと帰っていくのだ。古い港町の石畳を踏みしめて。


「——そして、そしてどうなったの？」

自分の街で、大学のそばにある、ハンバーガーショップで、制服を着てカウンターの中に立った空哉に、常連のおばあさんたちが話しかける。

週末休みを取って、また帰ってきた空哉が、問われるままに休暇の間のことを話すうちに、魔女の話をする流れになっていたのだ。

ちょうど、常連のふたり以外には、お客様がいないタイミングだった。店長も他のスタッフたちも、そっと店内を掃除しながら（梅雨時はどうしてもクレンリネスが追いつかないのだ。特に床が）、空哉の話を聞くともなしに聞いているようだった。

「どうなったと思います？」

カウンターを手早くふきんで拭きながら、空哉は笑顔で問い返した。

「かわいそうな猫ちゃんは助かったの？」

「はい」

空哉は答える。

一度きり薬を飲ませただけで、あの痩せた白猫の口内炎は治り、食事がとれるようになった。猫はいま、陸緒の猫になって、祖母の家でかわいがられている。

「おばあさまは、どうなったの？」

「祖母は――」

ちょうどそのとき、自動ドアが開いてお客様が店内に入ってきた。

仲間たちとともに、いらっしゃいませ、と声をかけながら、空哉はドア越しの梅雨空を見上げた。一瞬のことだけれど、空から光の矢が差し、街を照らしているのが見えた。雨に濡れた街は、輝きを放っていた。


あのあと、『魔女の家』から薬と香草のお茶を持ち帰ってきた後、空哉は台所で、陸緒と二人、お土産のお茶をいれながら、『魔女の家』の話をした。互いの両親はまだ、家に戻っていなかった。陸緒は、え、うそ、ほんと、と何度も合いの手を入れながら、空哉の話を聞いてくれた。台所には、美味しそうなシチューと色鮮やかなミモザサラダができあがっていて、テーブルも冷蔵庫の中も、花が咲いたようになっていた。

家の中に、お茶のよい香りが漂い始めた頃、静かな足音がして、祖母が台所の入り口に立った。痩せ衰えていても、どこか眠り姫が目覚めたような美しさで。

「あら――あなた、もしかして」

祖母は、まばたきを繰り返し、そして、口元を手で覆うようにして、訊ねた。

「空哉なの？　そんなに大きくなって」

その瞳に、みるみる涙が盛り上がった。

「はい」

万感の想いを込めて、空哉はうなずき、微笑んだ。

昔は見上げていたそのひとを、いまは優しく視線を落として、そっと見つめて。

「もう泣き虫じゃなくなりました。ありがとうございます。おばあちゃんのおかげです」

祖母は『魔女の家』の話を聞き、銀髪の魔女からの伝言を聞き、香草のお茶を美味しいと繰り返しながら味わい――そして、

「おやすみなさい。またね」

微笑んで、ベッドに戻っていって、再び眠りについた。

両親や叔父叔母が帰ってきて、祖母の話を聞いて、祖母に声をかけ、そっと揺り起こそうとしたけれど、祖母はもう目を開けなかった。

口元に静かな笑みを浮かべて、眠っていた。


それきり、祖母は眠り続けているという。

ただ少しずつ弱ってきているので、いつかはさよならになるだろうと、陸緒がこの間、電話

をかけてきた。淡々とした、けれど伝えようとした内容の割には、さほど悲しげでもない声で。

だから空哉も、淡々と事実を受け入れ、聞いたのだ。

言葉にしなくても、いとこ同士わかっていることはいくつもある。

空哉は『魔女の家』に行き、魔女からの伝言を祖母に伝えた。

だからきっと、祖母はいまも眠りながら、三日月通りを訪れているだろうし、いつか遠くない未来に、魂がからだを離れたのちは、あの店をまた訪れ、そこで長い時を過ごすようになるのだろう。

祖母の愛した、本棚一杯に並んでいる物語の本のような日々を過ごし、ロマン溢れる物語を、魔女たちから聞いて過ごすのだろう。

お客様たちが、自分の顔を見つめているのに気づき、空哉はふと、カウンターのそばに下げてある鏡に顔を映した。

いつの間にか、涙が一筋流れていた。

空哉は鏡に微笑みかけ、手の甲でそっとあたたかい涙を拭った。

(こういう涙なら、騎士だって流していいんだ。そういうことにしよう)

幸せな涙なのだから。

鏡の中に見えた、自分の涙が一瞬光って見えた。雨粒に光が射したときのような、そんなきらめきだと思った。

そういえば昔、祖母とふたり、雨上がりに屋根から落ちる雨粒にきらめく光を、飽きずに見つめていたことがあるなあ、と、思い出した。

無数の小さなガラス玉が空から降ってくるような、そんな透明なきらめきだった。

第4話　月の裏側

古く寂れた港町、三日月町の商店街にも、まだ人通りの多い辺りはある。シャッターが下りた店がそこここにある街並みに、ちらほらとそこだけ木漏れ口が当たるように、賑わいのあるお店があったり、楽しげに語らっているひとびとがいたりするのだ。水路や海からはやや遠い、駅前商店街へと続く路地にほど近い辺りのことだ。

港のそばのこの辺りは、古い街角で、酒屋や立ち飲みの店、舶来の雑貨を売る店などが並んでいて、ひょいと店の後ろを見ると、路地の奥に植木鉢が並んでいて、古いアパートや洋館じみた家がのぞいていたりする。

赤毛の若い魔女、七竈七瀬は、通りの中の一軒のお店が、七月のここのところお気に入りで、たまに足を運んでいた。

じわじわと蟬たちが街路樹で暑苦しく合唱している。その声のシャワーを浴びながら、長い麻のワンピースをまとった七瀬は、その店のガラスの扉を開く。

吹き込んだ夏の風が潮の匂いをさせながら、七瀬の長い赤毛と、きなりのワンピースの裾をふわりと巻き上げた。

額ににじんだ汗を、白い指先で拭う。先祖を辿ると日本生まれといえる彼女だけれど、この国の蒸し暑さは得手だとはいえなかった。特にこの数十年の、気温が上がった夏には、正直閉口している。

店内に満ちる、エアコンの涼しい風の心地よさに、うっとりと目を細めた。

エアコンというものは、人間が作り出したもののうち、最高に素敵なもののひとつだと心から思ったりする。


佐藤時計店——その店は、この商店街でも、ひときわ古い造りなのが見て取れる、たたずまいの美しい時計店だった。

昭和風の色とりどりのタイルで壁や什器《じゅうき》が飾られ、扉や窓、天窓にはいまはもうあまり見ないような、飾りの入った磨りガラスが入っている。こぢんまりとした広さの割に天井の高い店内には、時計と眼鏡に宝石と、そして立派な天体望遠鏡が並んでいるのだった。古くつややかな木の床を踏んで、そっと店内を歩いていると、そのうち壁のからくり時計がオルゴールを鳴らして時を告げたりして、いつまでも飽きることがなかった。

この店の主はうさぎが好きなのか、店のあちらこちらにうさぎの絵や、置物がそっと飾ってある辺りも、愛らしくてよかった。

七瀬は美しいものが好きだ。その美しいもの、の中に、様々な機械類も入っている。時を刻む時計のように、世のことわりにそって規則正しく動くものは美しいと思うし、魔女のように魔法を使うことができないひとの子たちが、自らに与えられた知恵と知性の力によって、この世界の法則を読み取っていく、その過程と結果の表れであるところの機械たちを、美しいと思うのだ。それはまるで、はるかな天を目指して羽ばたく、鳥たちの姿を見るような気がして。魔法や翼を使うのではなく、ひとは願いと想像と実践の積み重ねによりいつか、空へと羽ばたく生き物なのだ。

時を刻む時計と時計が奏でる鐘の音と、電子音のオルゴール。衰えた目を助け、手元や遠くのものを見せる眼鏡たち。遠い天体を見るための望遠鏡と、美しく磨かれた宝石たちと。

ここに足を運ぶたびに、七瀬は、この店はひとの美しい願い事でできているような気がするのだった。

美しい願い事は、それだけではなく……。

七瀬は腕に抱えた古い童話の本をそっと抱きしめる。

この店の二階には、「文庫」と呼ばれる、子どもたちに本を貸し出す、私設図書館のような部屋があるのだった。

初夏のある日、七瀬は、たまたまこの辺りの通りを歩いていて、からくり時計のオルゴールの光のような音に惹かれ、この店の扉を開けた。店の奥、カウンターの背後にある壁に飾られた時計を見上げて店内を歩くうちに、二階へ上がる螺旋《らせん》階段に目をとめた。

木の階段のそばに立っている手書きの看板に書いてあったのは、「佐藤子ども文庫」という
その場所の名前と、「本が好きな子どものための小さな図書館です」「いらっしゃい」という言葉。

学校帰りのような子どもたちが、駆け上がる様子に出くわして、おそるおそる階段へと足を運んだ、それがその場所との出会いだった。

見上げると螺旋階段の上には明かり取りの天窓があり、そこからまっすぐに光が射していた。子どもたちに、階上に待つその部屋に、楽しいことがたくさんある、それを示すように。

本の匂いが、紙と埃とインクの匂いが、螺旋階段を下りてくるように、静かに上から漂ってきて、七瀬は胸をときめかせて手すりに手をかけたのだった。わたしみたいに大きい子でも、その図書館に行ってもいいのかな、と悩みながら。見た目はたぶんひとの子の十代くらいに見えるはずだけれど、それにしたって、もう子どもとはいいづらい年齢だ。

というか、ほんとうをいうと七瀬は魔女だけど、おまけに齢百七十を越えているのだけれど。そんなことを思いながら。

そう。見た目は十代の本好きの少女――それがいまの七瀬だった。魔女は十年にひとつほどしか年をとらず、長く地上に生き続ける。

七竈七瀬は、ひとの世界でひと知れず暮らす魔女のひとりで、幼い日からこれまで世界のい

ろんな場所をさすらってきて、いまは日本のこの港町で暮らしている。もちろん、たまの例外以外は、人間たちにはその正体は内緒だけれど。なぜってそれが魔女たちの生き方の習いだからだ。

どんなに人間たちに興味と愛着があろうと、その幸せをひっそりと祈っていても、あえて何も語らずに暮らしているのがいちばん平和なのだと魔女たちは知っている。長い長い間、魔女とひととは同じ世界で、この地上で、ときにふれあい、ときに距離を置きながら、一緒に暮らしてきたのだから。ある時期不幸な関係に陥ったこともあった。いわれのない迫害を受けたことも、与えたこともある。そんな時代を経て、いまの暮らしがある。

だから、この物語を読んでいるあなたの住む街にも、実は魔女は暮らしているのかも知れない。近所の家にいつの間にか引っ越してきていた、見知らぬ住人、いつも笑顔だったけれど、一言二言会話を交わしただけで、いつの間にかどこへとも知れず引っ越していった隣人は、魔女だったかも知れないのだ。ひとよりもはるかに長生きで、年をとるのがきわめてゆっくりな彼女たちはその正体を気づかれないために、ひとつところで長く暮らすということがない。街から街へとまるで風が吹き過ぎていくように、旅しながら生きていくものなのだから。

さすがに店の中に、猫連れでは入りにくいので、佐藤時計店に行くときは、いつも一緒の使い魔の黒猫は、店の前に置いてくるのだけれど、七瀬がいつまでものんびりと店内を歩いていると、玄関の扉のガラス越しに、黒猫がひげが下がったむっとした顔をして座り込んでいるのが見えたりもする。

（寂しがりやっていうのか、心配性っていうのか）

生まれてからもう百七十年以上も一緒にいるのに、黒猫は七瀬のそばにはりついていることが大好きだ。そうして姉のように口やかましく、世話を焼いてくる。飽きないんだろうかと思う。時の彼方で光の中に消えてしまった七瀬の家族たちから託されたという思いがあるのかも知れないけれど、あの猫はちょっと過保護だと七瀬は思っている。


さて、店の主、佐藤さんは、おじいさんというにはまだ若い、穏やかな笑みをいつも口元に浮かべている男性だ。街のひとびととにこやかに会話をする様子からして、ひと好きのするたちで、自分もひと付き合いが好きなようだ。友人も多いようで、商店街の仲間とおぼしきひとびとが、よく店を訪ねてくる。同じ町内で育った、幼馴染みだと耳の端で聞いた。

数年前までは、商店街の小さな夏祭りをともに盛り上げた仲間たちだとか。いまはもうその祭りは行われていないらしいけれど。

店は住居もかねているようで、たまに店の裏手の方から、佐藤さんの娘や息子、孫たちがやってきて、店番を替わったり、店主と一言二言会話を交わしたり、お客様たちに挨拶をしたりする。雰囲気のよく似た、穏やかで明るいひとびとだ。店に出入りする、七瀬や子どもたちを歓迎し、優しく見守ってくれる。

「子どもの本が好きなら、どうぞいらっしゃい」

あの日、螺旋階段の途中で足を止め、迷っていた七瀬に朗らかに声をかけてくれたのは、店主の佐藤さん。そして階段の上、図書館から招いてくれたのは、その奥さんだというひとだった。なんでもこの奥さんも、商店街の仲間のひとりで、幼馴染みだったとか。

ここへ通ううち、聞くともなしに聞いたのだけれど、昔の日本では、こういう私設の小さな図書館――「文庫」というものは、街のそこここにあったらしい。昔、といっても、話を聞くと、昭和の時代のことらしく、となるとそれは、七瀬にはつい一呼吸ばかり前の最近の時代のことに思えるけれど、とにかくある時代、この国には、自分の家を開放して、近隣の子どもたちを集め、本を読ませていたひとびとが存在していたのだ。

いつの間にやら、子どもの数が減ったからなのか、文庫を開いていたひとびとが年老いたからなのか、それとも時代が変わったからなのか、街中の、子どもたちのための小さな図書館はひとつまたひとつと閉まっていき、その数を減らしていっている、という話だった。

「まあ、うちは当分続けるつもりだけどね」

佐藤さんの奥さんは笑う。「そもそも、おとうさん――うちのひとが子どもの頃から集めていた物語の本がたくさんあるから。昭和の時代の、もういまじゃ手に入らないような、絶版本から、うちの子どもたちがお小遣いで買い集めた軽装版の本まで、とにかくうちには子どもの本がたくさんあるものね」

読んでくれる子どもがいないんじゃ、本もかわいそうでしょう、そう言葉を続けた。

「おとうさんの影響か、それとも血筋か、我が家の子どもたちもみんな本が好きで、せっせと買い集めて大切にしてきたの。死蔵しておくのは、もったいなくってね」

奥さんは、そういって笑った。


そして、今日も七瀬は螺旋階段を上がってゆく。

小さな図書館で、借りた本を返し、棚一杯に並ぶ、魔法と冒険と友情の物語を選ぶ。今日は一昔前に書かれた、宇宙旅行の物語を棚から手にとった。銀河系宇宙を旅する正義の宇宙人が、地球を訪ねてきて、勇気ある少年やロボットたちと冒険を繰り広げる、そんなお話だった。奥付の日付からして、佐藤さんが子どもの頃に読んでいたものかしら、と思う。本の表紙も本文の紙も色褪せ、長い年月の間、何度も読まれた証拠のように、カバーと、本文紙の親指が触れる辺りが変色していた。

魔女である七瀬には、どちらかというと、ドラゴンや騎士、魔法使いが活躍するような物語の方が、リアルに読めて楽しめるところがあるのだけれど、こういった物語も読んでみれば面白かった。――そもそも、ロボットだの、科学の力による宇宙旅行だのは、錬金術が発展していった末の物語のような気がして、それはそれで臨場感があるというか、興味深くもあったのだ。

科学は、魔法の力を持たない人間たちが得た、いわば「人工の魔法」であり、自然と対峙して、幸せになるために得た、願いの結晶のような力だと七瀬は思う。そこに切なさと強さと、そして憧れを七瀬は感じるのだった。

古い小さな図書館の小さなカウンターには、エプロンを掛けたアルバイトの大学生。この「文庫」で本を借り、読んで育った子どものひとりだといつだったか教えてくれた。

「佐藤さんの文庫で育った子どもは、この辺にはたくさんいるのよ」

七瀬を同世代の、子どもの本が好きな仲間だと思ったのだろう。自分のことを語ろうとしない七瀬なのに、彼女は気安い感じで、あれこれと話してくれた。

「といっても、この文庫も全盛期ほどは子どもたちが集まらないのよね。まあね、最近は街のこの辺りは人口が減るばかりだし。数少ない子どもたちも塾や習い事で忙しいし、わずかな遊べる時間も、本よりもスマホのゲームで忙しかったりするみたいだし」

大学生は、はあ、とため息をつく。

「まあ、ゲームも面白いしね。わかるのよ。一日は二十四時間しかないし、スマホの画面を見ながら、本は読めないわよね。ましてやここにあるような、少し昔の子どもの本なんて、ゆっくり開いて、文章を一行一行味わいながらじゃないと楽しめないだろうし。

腰を据えて読めば、ページをめくるごとに魔法の世界に入れるみたいで、味があるんだけど、それをまどろっこしいと思う子どもだって多いんだろうと思うの。

仕方ないっていうかさ、時代は変わっていくってことなのかなあ……」

たしかに、部屋の広さ、テーブルと椅子の数に比して、七瀬が会う子どもたちの数は少なかった。

七瀬には宝の山のように見える、部屋一杯の物語の本は、しんとした空間の中で、少しずつ化石になっていっているように見えた。

　自分が忘れられたわけじゃない、置き去りにされたわけではないのに、なぜか魔女である自分もまた、本たちと一緒に子どもたちに忘れられてしまったような気がして、七瀬は寂しくなった。

　カウンターには、くじつきの苺飴や、薄緑色の瓶に入ったラムネ、紙の箱に入ったチューインガムも並んでいる。あまり売れないのよね、けっこう美味しいのにな、と、前に大学生が頬杖をついてぼやいていた。

「七夕の夏祭りも、なくなっちゃったんだものね。駄菓子屋さんと煙草屋さんと、靴屋さん。商店街のおじさんおばさんたちが、子どもたちのために、七月の七夕の頃には、手作りの夜店を出してくれてね。毎年、わたしたちこの町の子どもの楽しみだったのよ。苺や練乳のシロップがかかったかき氷に、冷たいラムネに綿菓子に、小さな子には掬ってくれる金魚すくい、ヨーヨー釣り。綿飴に、林檎飴。お好み焼きに焼きそばは、本職のコックさんや食堂のおばちゃんたちが作ってくれてたから、そりゃあ美味しくて。熱々で、香ばしくって。いい匂いが夜空に立ち込めてね。

　端から端まで歩いても、何分もかからないような、小さな小さな夏祭りだったんだけどね。

——いまはもう商店街も寂れちゃったし、あの店もこの店も閉店しちゃってさ。夏祭りも数年前におしまいになっちゃった。夜店なんてやっても、そもそも子どもたちが集まらないだろうとは思うんだけどね。仕方ないんだけど——でも子どもの頃は、商店街の夏祭りは、ずっと続いていくものだと思ってたな」

七夕の願い事、毎年書いたのよ、と彼女はいった。遠い目をして、付け加えた。

「――夏祭りが永遠に続きますように、って書いておけばよかったな」


よい匂いの笹の枝が、カウンターのそば、部屋の一角に置かれていて、折り紙で作られた色とりどりの輪つなぎが飾られていた。

駄菓子のそばには紙の箱に入れられた色とりどりの短冊が用意してあった。

「願い事を書いてつるしてくださいね」

おとなの綺麗な字で、そう書き添えてある。

「文庫」のひとびとが用意したものなのだろう。この国の人間たちは――特に子どもたちは、七夕の頃にそれに願い事を書いて笹の枝につるすものだと、七瀬は知っている。

短冊には願い事らしき言葉がいくつか書き込まれ、まばらにつるしてあった。短冊は箱の中に、まだずいぶんたくさん残っていた。

自分も書いてみようかと思って短冊を手にしたけれど、何も思いつかなかった。

肩をすくめる。

魔女である自分は、願い事はいつも自分の手で叶えてきた。だから、ひとの子たちのように、叶えたい願いはないのかも知れない、と思った。

小さな図書館にぱらぱらと訪れていた子どもたちも、夕方五時の時計台の鐘が聞こえる頃には、ぱったりといなくなっていた。

気がつくと、カウンターの大学生の姿もない。そういえば今日は用事があるから早く帰るといっていたような、とぼんやりと七瀬は思い出した。

古いエアコンが動く音が静かに響く部屋で、七夕の笹と一緒に取り残されたようにひとりきり本を読んでいるのは、妙に気が滅入った。

新しく借りた本を今日は一冊だけ、七瀬は胸元に抱き、螺旋階段を下りていった。

時計店のカウンターの中には、店主の佐藤さんがいて、片方の目に当てたレンズをのぞき込みながら、うつむいてピンセットを動かしていた。お客様から預かった時計の修理でもしているのだろうか。

七瀬が軽く会釈すると、目線を上げ、おや、というように気遣わしげな表情をした。

佐藤さんのそんな表情を見るのは、珍しかった。

いつも笑顔で、街のひとたちや家族やお客様たちと、朗らかに会話をしているひとだからだ。

とにかく話し好きで、表情が豊かで、会話だけでなく、子どもたちに面白い話を聞かせるのもうまかった。本の朗読も。

七瀬は、そのひとが小さい子どもたちに、絵本を読み聞かせしているところを見かけたことがある。図書館のカウンターで本を返す手続きをしているときに、気がつくと、読み聞かせが始まっていたのだ。

佐藤さんは、店にいるときにしているネクタイを、そのときは蝶《ちょう》ネクタイに替えて、楽しげに、物語を語っていた。

小さな図書館に、佐藤さんの声を聴く子どもたちは、そのときは五人ほどいたろうか。ゆったり響く声の波に包まれるようにして、物語に聴き入っているようだった。

七瀬もまたその声に聴き惚れていると、耳元で、バイトの大学生がささやいた。

「──店長さんね、読み聞かせだけじゃなくて、子ども相手に語るのがほんとにうまいの。それも、ちょっと不思議な話とか、怪談とかすごく得意でね。普通に考えたら、嘘かほんとうか耳を疑うような話でも、目の前で聴いているときは、何もかもが本物みたいに聴けてしまうの。子どもの頃に、お化けに会ったとか、妖怪が友達で、一緒に街の夏祭りに行った話だとか、その妖怪は空のお月様に帰っていったんだ、とかね。作り話じゃないかとか思いながらも、子どものときはみんな信じてたなあ」

「──妖怪が、友達？」

七瀬は少しだけ、肩をすくめた。魔女の七瀬だって、人間からすれば、妖怪の一種みたいなものだろう。実際、子ども向けの妖怪図鑑に、『魔女』という項目があるのを見かけたことがある。

大学生は、楽しげに微笑んだ。

「──ほら、妖精とか魔女とか吸血鬼とか、そんなもの、いるわけないって思いながら、存在を信じたくなる、夢見がちな年頃があったりするじゃない？

その上に店長さんはお話がうまいんですもの。信じたって仕方ないでしょ」

佐藤さんは、気遣わしげな表情を浮かべたまま、それでも微笑んで、佐藤時計店のガラスの扉をくぐる七瀬を見送ってくれた。

店を出たあと、ふと、七瀬は思った。

美しい造りの時計店を振り返って。

（いつかは、このお店もなくなるんだろうなあ）

子どもたち、孫たちの誰かが店を継いだとしても、寂れた商店街で、どれだけの長さ、持ちこたえていることができるだろう。

否応なく、時は過ぎ去ってゆく。

店だけでなく、佐藤さんも、地上からいなくなるのだろう。あの美しい声も、微笑みも、やがて消えてしまうのだろう。子どもたちのために続けられていたという七夕の夏祭りが、いまはもう行われていないように。

この地上には永遠に存在し続けるものはなく、七瀬はいろんな慕わしいものたちとさよならを繰り返しながら、この先の長い未来を、ひとり、生きていかなければならないのだ。

「——単なる感傷だってわかっちゃいるのよ」

商店街のはずれ、港のそばの、暗い水路にかかる橋の上で——そこを渡れば彼女が身を寄せている『魔女の家』にほど近い場所で、七瀬は独りごちる。

橋の手すりに寄りかかり、街灯の光の下で、読みさしの本のページに視線を落として。

辺りにはひとけがなく、ただ水路に寄せる水音だけが、静かにたぷたぷと響く。

黒猫が、闇に溶け込むようにして、足下に佇み、光る目でひとつまばたきをした。

「ひとの子の寿命は短くて、素敵に思える日々の暮らしも、流行も文化も、文明だって、すぐに移り変わり、消えていってしまうんだわ。——わたしたちがそれに勝手に、どんなに愛着を感じたとしても」

『片思いみたいなものだしね』

「そうかもね」

七瀬はふうっとため息をつく。

どんなにある時代に愛着を感じても、ひとの世界のものは、ひとでないものたちの視界から、やがて消えていくのだ。

「一昔前の」物語の本だとか、本を読む習慣だとか、そんな、世界から見れば、ほんの小さな、おそらくはささやかな事柄に限らず、もっと大きな文化だって、文明だって、さらさらと七瀬たちの目の前から消えてゆく。地上に生きる命そのものだって、風に吹かれたように去っていくのだ。

子どもたちのために繰り返されていたという、小さな商店街の夏祭りだって。

この街の出来事に限らず、この国のこの地上の、いろんな場所で、さらさらと砂が流れ落ちるように、いろんな「よいものたち」が消えていっているのだろう。

(なんて儚い)

七瀬は変わらずに生きているのに。

下唇を、きゅっと噛みしめた。暗い水を見つめる。

(この世界は、消えてゆくことの繰り返しだ)

特に七瀬のように、生まれあわせ育ってきた時の流れが、天災や人災の多い時代と重なると、余計にそう思うのかも知れなかった。

ひとの暮らしも文明も、いつだって儚く、途絶え、消えてゆくものだけれど、七瀬の生きたこの百七十年ほどの時代は、この国も、そしてどの世界でも、自然はひとに優しくなく、その上に人間同士の間で戦乱も続いた。

七瀬たちは、人知れず、いくらかの命を救ってきたけれど——古い時代の魔女たちがそうしてきたように——流れる水を小さなてのひらで掬い上げようとするように、掬っても掬っても、儚い命は指の間から、空しくこぼれ落ちていった。

そもそも、地上には魔女たちはもうわずかしか残っていないのだ。はるかな昔、世界に魔法や奇跡がいくらも満ちていた時代とは、この世は変わってしまった。変えたのは、ひとの子たちの科学と、未知のものを恐れなくなった心の変化だった。科学の光が世界を解明し、世界から不思議や謎、暗闇は払いのけられ、魔物たちはわずかに残った物陰に身を潜めるようになってしまった。

地上はもう、ひとならぬものたちが生きていけるような場所でなくなってしまったから。闇を恐れる心、不思議を信じる心をひとの子が持たなくなった世界には、魔物たちは存在することができない。

この世界はもう、隅々までが明るい光に照らされて、ひとの子を主とする、ひとの子たちの領土のような場所になってしまっているのだった。

「変わらなくてもいいのに」

七瀬は呟く。いや変わってもいいのだ。たぶん変容していくことこそが、ひとの子に翼を与えるのだから。

「——そんなに急いで、変わっていかなくてもいいのに」

七瀬たちを、時の中に置き去りにして。


「寂しいのは……」

七瀬は呟く。

「わたしがどう考えてようと、何を思ってようと、誰もそれに気づかないってことなのかもね、たぶん」

『片思いだもんね』

「そうよねえ」

運河の水を見下ろして、七瀬は深くため息をつく。

闇をたたえたような水の流れは、これまでとこれからの時の流れがそこにあるように見えて、鬱屈《うっくつ》した気分になった。

と、水面で魚が跳ねたような軽く明るい音がして、光が散った。

ゆらゆらと水面に光が躍っている。

月だった。

いつの間にか、空に大きく丸い月がかかっている。

丸い月があの位置にあるということは、夜も遅い時間なのだろうと思ったけれど、魔女である七瀬には、いまさら叱る家族もいない。

月の光だけは変わらないのかも知れない、と七瀬は思う。空のあの場所から、地上を見下ろし、ひとの世の営みを見て、七瀬たち魔女のことをも、たぶん見守っているのだ。

「――月には、うさぎがいるのよね」

七瀬は呟く。「それからあそこには……」

あるものたちがいる、と聞いたことがある。

ずっと昔、幼い日に、家族から聞いた。

ここからずっと遠い国の、森の中を旅しているときに。焚き火の揺れる炎を見ながら、その頃一緒に旅していたひとびとから、子守歌を聴くように、聞いたのだ。

あれはほんとうの物語ではなく、その頃、家族と呼んだひとびとが、幼い七瀬を眠らせるために話して聞かせた、おとぎ話かも知れないけれど。

お話に登場した、そのものたちが、もし存在しているとしたら――そのものたちがいまもあそこにいるとしたら、彼らは、ひとりきり月を見上げる若い魔女、七瀬のことを見下ろしているのだろうか。見てくれているのだろうか。あの場所から。


そんなことを思いながら、ぼんやりと月を見上げていたら、

「七竈さん」

優しく、背中から声をかけられた。

佐藤時計店の佐藤さんだった。片方の手に、一冊の本を持っている。その本を、七瀬に歩み寄り、手渡した。

「七竈さんが少し前に捜していた本、長く借りていた子が、さっき返しに来たんですよ。よかったら――」

ありがとうございます、と七瀬は頭を下げ、大切に本を受け取った。

そういえばとても読みたかった本だった、と野鳥が描かれた古い海外の物語の本の表紙を見つめる。でもそこまで切羽詰まって読みたいというわけでもなかったけれど、とふと首をかしげ、そして気づく。

このひとはもしかして、去り際の七瀬が気がかりで、この本を渡すことを理由にここまで、捜しにきてくれたのだろうか、と思った。さりげない様子で、ここにいるけれど。

佐藤時計店からこの橋までは、やや距離があるはずだ。ましてやここは、少しばかり浮き世とは違う世界への入り口。誰もが簡単に辿り着ける場所でもないのだけれど。

「若いお嬢さんが、こんな夜に、こんなに暗いところにいてはいけませんよ」

身をかがめ、いい聞かせるようにそういった。走ったのだろうか。少し、息が切れている。街灯に照らされた、まなざしの奥に、心配そうな色がある。

「――つい、本を読んでいたら、こんな時間に」

本を胸元に抱きながら、七瀬はいった。

「すみません。でも、もう家に帰ります」

身を翻《ひるがえ》して橋を渡りきろうとしたけれど、ふと立ち止まり、もう一度そのひとの表情を見上げた。

この優しいひとがこんなまなざしをすることがかわいそうだった。胸が痛くなった。

きっと今夕の、佐藤時計店を出るときの七瀬は、よほど悲しげな表情をしていたのだろう。だから気がかりに思ってくれたのだろう。普通の――見た目が十代の、人間の少女を心配するように。

そう、このひとはいつも、小さな図書館に集まる子どもたちのひとりひとりの表情の変化に目をとめている。そんな風に見えた。

まるで学校の先生のように。自分の庭に集まる小鳥たちをそっと歓迎し、見守っている庭の主のように。

（そういう心配をしていただくには、わたしはもうずいぶん大きな子どもなんだけど）

それでも自分に向けられた優しい思いが、嬉しかった。心配してくれつつも、こちらを尊重して、踏み込まずにいてくれているような、そんなあたたかな優しさが嬉しかった。

だから七瀬は、佐藤さんを見上げ、さりげない感じで問いかけたのだった。

「あの、アルバイトの方にうかがったんですが、店長さん、子どもの頃、妖怪のお友達がいたって、ほんとうですか？　そのお友達は月に帰ってしまったって」

そのひとは、にっこりと笑った。

「ほんとうですよ」


水路にかかる橋の上で、引いては寄せる水音を聞きながら、高く上がる月の光を浴びながら聴く物語は、とても不思議な響きを帯びて聞こえた。

まるで舞台劇のような。七瀬と佐藤さんだけが舞台の上にいる、観客のいないお芝居の世界の中に入り込んだようだった。

それは遠い日の七月の物語。

まだ小学生だった佐藤さんと、同じ商店街の子どもたちの、夏祭りの物語。

「その頃は、いまよりももっと、三日月町の商店街にはお店がたくさんありましてね。駅前商店街に続く、長いアーケードだってあったんです。夏祭りの頃には、たくさんの子どもたちが、浴衣を着たりして、集まってね。

笹に願い事の短冊をつるしたりしたものですよ。『健康になってたくさん遊べますように』――そんな願い事を書いたのを覚えてます。子どもの頃、わたしはからだがあまり丈夫じゃなくてね。商店街の仲良しのみんなで遊ぶときも、自転車に乗ってどこかに冒険に行こう、なんて話が持ち上がったときも、わたしだけ熱を出して行けなくなったりしたんです。

その頃、うちには白いうさぎがいましてね。学校で飼っていたうさぎたちの子どもで。わたしは飼育係だったので、学校で生まれたうさぎの子どもを先生に頼まれてもらってきて、育ててたんです。ふわふわして、干し草の甘い匂いがしてね。あたたかくて、かわいくて。うさぎたちは――学校のうさぎも、家にいるうさぎも、とてもかわいがっていたんですけど、うさぎはね、寿命が短いから、数年で死んでしまうんです。わたしは悲しくてね。そしたら、友達の中の、あれは誰だったのかな、『大丈夫。うさぎたちは月に帰ったんだから。みんなあそこからおまえや俺たちを見下ろして、見守ってくれてるんだよ』って。そう思って見上げると、たしかにそんな気がしてね。月に銀色のすすき野原があって、そこを駆けるうさぎたちの、ぴくぴく動く鼻と、こちらを見下ろす黒い目が見えるような気がしてきて。

だから、うさぎを思い出して寂しいときはよく月を見上げていたんです。――そして、言葉には出さないけれど、わたしがもしいつか死んだら、魂はあそこに行って、うさぎたちと一緒に地球を見下ろすのかな、なんて思ってました。

そんなことをいうと、友達だって家族だって心配するから、言葉にしなかったんですけどね。でも実をいうと、あの頃のわたしは、自分がおとなになるまで元気でいられる自信がなかったんです。わたしはよく、月を見上げて、そっと話しかけてました。いまにぼくもそっちに行くから、って。そしたら月のすすき野原を一緒に走ろうって」

　佐藤さんは、そっと微笑み、そして言葉を続けた。

「その頃、ちょうど、人類が初めて月に降り立った時期で。その様子が、テレビで全世界に放送されたりして。わたしたち街の子どもたちは、月のうさぎはどこにいるんだろう、なんでテレビに映らないんだろう、なんて声を潜めて話したりしていました。

　いまどきの子どもたちにそんな話をしたら笑うかも知れませんね。でも、わたしたちは月に人類が行く前に生まれた子どもたちだったから、あの場所で生き物が生きていけるはずがないって頭ではわかっていても――でもどこかで、月には銀色のすすきが風になびく野原があって、そこにぼくらが……わたしたちが愛したうさぎたちが跳ねているような、そんな気がしていたんです。――実をいうと、おとなになったいまも、心のどこかで、そんな気がしてるんですよ。月よりもずっと遠くまで宇宙船が行く時代になってもね。

　そうそう、当時、友達の誰かがいったんです。『月はいつも表側だけを地球に向けているから、月の裏側は観測できないんだってさ。きっと表側にアポロ宇宙船は着陸して、裏側にうさぎたちがいる場所があるんだ。そこにかぐや姫なんかもいるんじゃないの？』

　なるほど、ってみんなでうなずいたものでしたよ」

「月の裏側に」

七瀬は、頭上の月を見上げた。

月はまばゆくさえ見えるほど大きく、銀の粉を散らすように、地上に光を放っていた。

「『うさぎもかぐや姫も、地下に住んでいるのかも知れない』なんて説を提唱した友達もいたなあ。『月の裏側に隠し扉があるんだ』なんてね」

懐かしそうに、佐藤さんは笑う。

「わたしたち当時の子どもは、月のうさぎやかぐや姫のお話が好きで、だけど、アポロ宇宙船や宇宙飛行士にも憧れていたんですよ。男の子はみんな、将来は宇宙飛行士になりたい、なんていってたような気がします。わたしも憧れて、勉強に力を入れたりしたのを覚えてます。アポロに乗るためには、英語ができなきゃだろうと子ども用の英会話の本を買ってきたり。英会話のカセットテープをねだって買ってもらって、繰り返し聞いたり。

だけど、わたしはからだが弱かったから、宇宙飛行士にはなれないかな、と少しだけ、諦めてました。そんなときわたしは、うさぎたちを抱きながら、物語の本を読んで、想像の世界の中で、宇宙飛行士になったり、銀河旅行をしたりしていたんです。それはちょうど、妖精の国を旅したり、魔法使いになったり、そんな気持ちに似ていたかも知れないですね。物語の世界の中では、わたしは病気がちの子どもではなく、勇敢で何でもできる元気な子どもで、ロケットに乗って宇宙を旅したり、妖怪や妖精と友達になったりしました」

「妖怪とお友達、ですか？」

「そう。子どもって、ほら、いまも昔も、妖怪が大好きですからね。妖怪図鑑を宝物にして、何回も読んで内容を暗記したりとか。友達同士で、街中の空き地の土管の中で、街のどこそこで妖怪を見かけたとか噂したり。怖い表紙の怪談の本やまんがを読んだり、怪奇映画や心霊写真の話をテレビで見ては、夜、トイレに行けなくなったりしてました。

怖かったけど、でも、友達だったんですよ。ひとの目だとなかなか見えないけれど、でも自分たちのそばに隠れ住んでいるんだって信じていました。会えるなら、会いたいってね」

たぶん、いまどきの子どもたちもそうなんだと思いますよ、と、佐藤さんは笑う。

人間の子どもだったことがない七瀬にはわからない、楽しげな子ども時代の思い出を懐かしむように。

「妖怪が友達で、宇宙飛行士にも憧れていて。そんな夏に、わたしたちは不思議な女の子に会ったんです。――あの子の正体はいまも謎なんですけどね。でも……」

佐藤さんは声を潜めた。

「いいおとなが何をいうんだ、って笑われちゃうかも知れないけれど、わたしたちはあの子が人間じゃなかったって信じてます」

「七夕の夏祭りの夜でした。その夜、わたしは暑さに負けたのかひどく具合が悪くてね。だけど、どうしてもお祭りに行きたくて、友達と遊びたくて、無理をして出かけたんです。

みんなでわいわいと夜店を冷やかして歩いてね。そしたら、ひとの賑わいの中に、知らない女の子がひとりいたんです。

とても綺麗な、長い黒髪の外国の女の子でした。翻訳物の子どもの本の挿絵みたいに、素敵でした。いまも思い出せます。お姫様が着るような、長い黒のワンピースを着ていてね。青い目をしていて、まるで絵から抜け出してきたような、不思議な感じの女の子だったんです。——でもね、わたしと商店街の子どもたちが、その子に目をとめたのは、その子が綺麗だったから、それだけじゃないんです。

その子ね、とっても楽しそうだったんですよ。お祭りの夜店の、歩いていけばあっという間に終わってしまう、アセチレンランプに彩られた光の中で、目を輝かせて、水に浮かぶヨーヨーや綿菓子や、泳ぐ金魚たちに見とれてね。色の白い頬を染めて。とびきり素敵な遊園地にいるような、そんな幸福そうな笑顔で。桜色の唇からのぞく、ちょっと長い糸切歯がかわいくて、チャーミングでした。

それでいてその子は、寂しそうでもあったんです。ひとりぼっちでしたしね。家族連れや友達同士みたいな、楽しそうなお客さんたちを見て、うつむいたりしてました。

わたしたちは、その子が気になりましてね。寂しそうなのが気になったのと、あと、知らない子どもがこの町の七夕の祭りを楽しんでくれていることが、嬉しくてね。

地元の商店街の、両親や近所のひとたちが子どもたちのためにって続けている小さなお祭りをここまで楽しんでくれてるということが、嬉しくて。

お互いに目配せして、その子に駆け寄って、そして友達になったんです。その子、日本語はあまり話せなかったけど、でもわたしの勉強中の片言の英語と、みんなの身振り手振りと笑顔があれば、なんとかなりました。

あの夜は、ほんとに魔法みたいな夜でしたね。わたしは熱が高くて、どうにも辛かったけど、その子とみんなのそばにいたくて、家に帰りませんでした。

そのうち、その子に学校のうさぎを見せたいね、って話になったんです。その頃、わたしたちはうさぎが大好きだったし、特に、うさぎ小屋にいる年とった優しい灰色のうさぎが大好きで、だから宝物を見せるみたいな気持ちで、その子に見せたかったんだと思います。

わたしたちは繁華街を離れて、子どもたちだけで、急ぎ足で学校に向かいました。

あの夜は、ちょうど今夜と同じで満月で、雨じゃないのはよいけれど、天の川が月の光に負けて見えないね、なんて話をしながら歩いていったのを覚えてます。

そしたらその子がいったんです。月を指さして。『わたしはあそこから来たの』って。たどたどしい日本語で。

『かぐや姫みたいだね』ってみんな笑ったんです。冗談だと思いました。その子はただ笑っていて、何も答えませんでした。その子はそのとき、小さい声で、自分は○○だ、と、英語で名乗ったんです。わたしはその言葉を耳で聞き取ったけれど、そのときは変だな、と思っただけで、聞き流しました。あり得ない単語でしたからね。

月の光に照らされて、わたしたち商店街の子どもたちは、その子を連れて夜の小学校に入り込みました。その頃はその気になれば、夜に学校に入るなんてことも簡単にできましたからね。冒険するみたいなどきどきした気持ちになって、学校に忍び込んだんです。

そして、校庭のうさぎ小屋の、年老いた優しい灰色のうさぎのそばに行ったんです。うさぎはその夜も柔らかくて、あたたかくて。甘い草の匂いがして。けれど、ほんとうに年老いていて、お別れのときが近いんだって、みんなわかってました。うさぎ小屋の柵を通して、まるで空から招くように、月の光がさあっと射してきていました。

わたしたちは、その子に老いたうさぎを手渡し、その子は優しいうさぎを膝に乗せて、そっとそっと、白い手で撫でてました。

わたしはいまさらみたいに寂しくなりました。自分の具合が悪いから、というのもあったんでしょうね。そこにいる誰よりも、飼育係として、そのうさぎとの付き合いも長かったですし。ほんとうに、かわいかった。その年の七夕の短冊には、どうかうさぎが長生きしますように、って書いていたくらいでしたから。

だけど――だめだって、世の中には願ってもだめなことがあるって、わたしも、みんなも知っていました。うさぎはどこか、二度と会えないところへ行ってしまうのだ、と。

外国の女の子はうさぎを抱きしめて、そしてわたしを、わたしたちみんなのことを、優しい青い目でじっと見つめました。

そして、月の光の中でうさぎを抱いて立ち上がると、いったんです。

『この子を連れていくわね』って。『向こうにはお友達がたくさんいるから』って。

『向こうって？』

『月の裏側』

その子は、英語でそう答えて笑ったんです。そのあと付け加えて、『わたしたち、ひとでないものが棲《す》むところ』って。そうも答えたと思います。

そしてその子は、わたしに手を伸ばし、熱のある額をそっと触ってくれて——すると、不思議なことに、熱がすうっと引いていったんです。その子は今度は日本語で、わたしたちに優しい声で、いいました。『今夜は楽しかった。これはお礼。わたしの命をわけてあげる。わたしたちは人間と違って、少しだけ、いろんなことができるから。少しだけね』

『人間と違って？』

女の子は不思議な感じで笑ったんです。そして言葉を続けました。

『朝になるまでに帰らなきゃ。お日様が昇る前に。灰になってしまう』

英語で。うたうように。『いつも空の上から、人間の街の光を見下ろしていたの。みんな楽しそうだと思っていたの。とても綺麗で、楽しかった。素敵な夜を忘れない。ありがとう』

その子は、夜空にふわりと浮き上がりました。背中にはえた闇色の蝙蝠《こうもり》の翼を羽ばたかせ、腕にうさぎを抱いたまま、長い黒髪と服をお姫様のようになびかせて。

その姿は月の光の中を、どんどん遠ざかり、そしていつか見えなくなりました。

わたしたちは、ただ口を開けて、それを見ていました。夢を見ているみたいでした。それか、物語かテレビアニメや特撮の世界の中に入り込んでしまったみたいな。

だけど、夢じゃない証拠に、わたしたちはみな、あの子のことを覚えていたし、年老いた灰色のうさぎはうさぎ小屋からいなくなっていたんですよ。

でもわたしたちは、その夜のことは、おとなには話しませんでした。自分たちだけの大切な秘密にしました。そして、それからたまに声を潜めてその夜のことを話しながら、あれは夢じゃなかったよね、と確認しあったりしました。

それから、わたしたちは、改めて、宇宙飛行士を目指しました。もちろんわたしもね。月の裏側に行けば、もう一度あの子と、そして大好きだったうさぎに会えると思いました。よし、この際、みんなで宇宙船に乗って訪ねていこうって」

佐藤さんは、懐かしそうに微笑んだ。

丸い月を見上げて。

「まあ、実際は、そう簡単には夢は叶うもんじゃありません。わたしたちの誰も、宇宙船には乗れないままに、おとなになりました。

でもね、いまもみんな、あの夜の不思議な女の子のことは忘れていないんです。そしてわたしはね、いまも、月を見るたびに、あの子とうさぎは、あの月にいるのかな、と思うんですよ。お日様が苦手な、蝙蝠の翼を持つ、妖怪の女の子は、人間の街の光を懐かしみながら、いまもあそこにいるのかな、って」

いつかまた、商店街の夏祭りを復活させたいと思っているのだと、佐藤さんはいった。

「綺麗で素敵な夜の祭りは、終わらせてはいけないと思うのです。いまと未来の子どもたちの思い出にも残っていて欲しいから。みんなで長生きして、夏祭りを復活させて、ずっと続けていきたいねってあのときの仲間たちと話してるんですよ。——あの年の夏以来、わたしは元気な子どもになって、熱なんか出さなくなりましたしね。まるで魔法をかけられたように」

月の光が、暗い水の上で跳ねるように光る。

静かに、少しいたずらっぽい口調で、佐藤さんは言葉を続けた。

「太陽の光の中では見えないような存在は、いまも月の裏側にはいるのかも知れない。そんなことをわたしたちは子どもの頃、何度も話しました。おとなになったいまは言葉にすることはなくなったけれど、いまも互いの心の中でそう信じてるってわかってます。

蝙蝠の翼の、八重歯の長い、お日様の光が苦手な女の子——あの子は、あの夜、自分のことを、vampireだってささやいたんです。わたしたちは、あの子が月に帰ったあと、妖怪図鑑の中の、そんな名前の妖怪のことをすぐに思い出しました。

優しい妖怪の娘は、ひととは違い年をとらないまま、いまもあの頃と変わらない姿で、月の裏側にいるのかも知れません。うさぎを腕の中に抱いて。遠い日の夏祭りのことを思い出しながら。わたしたち商店街の子どもが、あの夏の夜を懐かしく思い出すように」

七瀬は、「素敵ですね」と微笑んだ。

「ありがとう」

佐藤さんはそういって、「また文庫にいらっしゃい」と笑顔で手を振って、橋を戻って帰っていった。

「ええ。今日も本を借りちゃったから、またうかがいます」

街の光の中に消えていった後ろ姿を見送って、七瀬は微笑む。

黒猫が呟いた。

『佐藤さん、話し上手だったわね』

「そうね」

『臨場感あるっていうか』

「そうねえ」

『いまの話、信じるの？　昭和の時代、人間の子どもたちが、妖怪の女の子と友達になったとか——月の裏側に、その子はいまも住んでいるかも、とか』

「わたしたちが信じなかったら、誰が信じるのって気がするけど」

『あ、やっぱり？』

七瀬はどこか晴れやかな気持ちで、明るい月の表を見上げる。


幼い日に、焚き火のそばで、おとぎ話のような物語を聞いたのだ。

昔、世界には魔女たちだけでなく、妖精や人魚や、巨人や狼人間や、吸血鬼や、そういうお話に出てくるような、ひとでないものたちがたくさん暮らしていたのだと。

彼らはひとの子のきょうだいのように、ひとの子とともに地上に生きていたのだけれど、やがて人間たちが科学の力を手に入れて、地上の端々までを、知力の光で照らすようになった頃、闇を恐れなくなった頃に、地上を離れていったのだと。

魔法の力で、空間に扉を開いて。

月の裏側へと。

彼らの故郷である地上から近く、きょうだいであるひとの子たちのそばを離れすぎずに、いつまでも見守っていられるその場所へ。

そうして彼らはこの星・地球からいなくなってしまった。だからもう、人間は、昔のようには、妖怪や妖精と出会うことがなくなってしまったのだ。


「その女の子は、いまも、あそこにいるのかしらね」

『そうねえ。いるのかもね』

優しい吸血鬼の娘は、いつかまたこの街に降りてくることがあるのだろうか。この港町のことを懐かしく思っているだろうか。七夕の夜、一晩きりの彼女の友達だった子どもたちが、いまも彼女のことを友達だと思い、懐かしんでいるということを、知っているのだろうか。

おとなになっても覚えていると知っているのだろうか。

(もしかして、その子だけじゃなく――)

ふと思う。――他の魔物たちも、ときどきは、月から地上に降りてきていたりして。

密かに、街の中に紛れているのかも知れない。七瀬たち、魔女のように。

たとえば、ニューヨークの繁華街に、ひとのふりをした雪男が、お洒落な背広を身にまとい、流行のスニーカーを履いて、闊歩《かっぽ》しているかも知れないのだ。

そして――。

ひとの子の友達を作ったりしているのかも。

ひとの子は、彼らを友達だと思っているのかも。


古い物語の本を抱きながら、少しだけ、スキップするような足取りで、七瀬は橋を渡りきった。

七瀬とすれちがうように、長い黒髪の少女がひとの街へとかろやかに歩を進めてゆく。古風なデザインの黒いレースのワンピースをなびかせ、青い目を輝かせ、懐かしそうな表情を浮かべて。

微笑む口元に、白く長い糸切歯がのぞくのが見えたような気がして、七瀬は使い魔と視線をかわし、少女の後ろ姿を見守ったのだった。

第5話　サンライズ・サンセット

八月半ば。

街の中心部、西側が海に接していて、いわば海のかいなに優しく抱かれているようなかたちのこの港町は、その時期、日差しに翳《かげ》りを帯びる。昼日中も黄昏が続いているような、静かな、時が止まったような空気が街に立ち込めるのだ。勘のよいひとや、幼い子どもなら気づくかも知れない、そんなわずかな変化だ。

海から吹き寄せる風の中に、懐かしい誰かのささやき声やかすかな笑い声が聞こえたりもする。

『ただいま』という声や、玄関の扉を開けて、軽く駆け込む足音も。

怪訝《けげん》に思って振り返っても、そこには誰もいない。気のせいだったろうかと肩をすくめ、ひとびとは日常の中に帰っていく。視界の端に佇む誰かの優しいまなざしに気づかないまま。

そう、ふつうの人間は大概気づかない。その季節、遠い海の彼方の世界から帰ってくるひとびとが、ちゃんとそこにいることに。

仏壇のそば、回り灯籠《どうろう》の放つ光の中や、たなびく線香の煙の辺りに、そっと微笑むひとびとがいることに。

この街に長く棲み、街を守護することを生業《なりわい》としている老いてなお美しい魔女、ニコラは、海からの風の変化に、またその時期が来たのかと、穏やかに目を細め、店の窓を開けて空を見上げる。気温はまだ高いけれど、吹き過ぎる風の底にはひやりとした秋の訪れを感じる、そんな時期だ。

死者たちを迎え、見送るのと重ねあわせるように、この街は夏にさよならし、秋を迎える。

「いまはまだ冷えたポタージュが美味しいけれど、じきに熱いシチューが美味しい季節が来るわ」

栗や鮭、きのこのクリームシチューが美味しい季節が来る。そしてその先には、ホットワインの美味しい、冬が待ちかまえているのだ。その頃には、空の色も風の匂いも変わり、鈍色《にびいろ》になった海に、冬鳥たちが白い翼を輝かせて飛ぶだろう。

季節の移り変わりも、時が過ぎてゆくことも、見えない誰かの手が使う魔法のようだとニコラは思う。魔女として長くこの世界をさすらい、この街で暮らすようになってからもそれなりの年月がたったけれど、この街の空と海の季節の移り変わりにはいつも感動さえ覚える。

鍋で炒《い》るようなこの暑さが終わるということが信じられないと毎年思い、けれど必ず、いつか季節は移り変わるのだ。何か計り知れない無念か未練があるというように、いつまでも続く残暑は、特にこの十年二十年ほどはかなりしぶとい。あたかも大きな魔物の断末魔のようだけれど、いつか「今年の夏」も絶命し、秋にその座を譲り渡すときがくる。

盆の入りの十三日と、その終わりの十五日。この街のひとびとが送り火を焚く頃には、夜に寂しげな秋の風が吹くようになる。

波止場のそばの三日月通りは、いまは寂れた小さな商店街。この世界と少しずれた世界の狭間《はざま》にあるので、店によっては、客の誰もが足を運べる場所ではない。たとえば彼女の店、古今東西の美味しい食べ物と飲み物、菓子を供する『魔女の家』がそうであるように。

古い港町の、海に近い一角で、過ぎ去る歴史の中に潜むように存在し続ける小さな店の窓辺で、街を見守ってきた魔女は、静かに空を見上げる。薄青い色の空には、秋の気配を宿した絹のような雲がうっすらとたなびいている。

吹き過ぎる風の中に、儚く美しい色の空や雲の中に、魔女の目は彼岸から帰ってきたひとびとの姿を見、気配を感じ取る。街に海の香りが満ちるのは、そこから帰ってくるひとびとがいるから。足音もなく、帰郷するひとびとが街のそこここに佇んでいるからだった。

家に帰るひとびとが迷わないようにと家々に灯された迎え火を、提灯《ちょうちん》や灯籠の明かりを目当てに、魂たちは帰っていく。楽しげにはずむ足取りで、あるいは静かな足取りで。その中には、ニコラが知っているひとびともいる。生前にこの店の近所に住んでいたり、ときには客として迎えたひとびとだ。窓越しにニコラはひとびとを迎え、帰宅してゆくひとびとの背中をそっと見送る。

「――優しくて、素敵な習慣よね」

そっとニコラは呟く。魔女として長く生き、世界をさすらってきた彼女にも、ときとしてひとの中でひとりの人間のように暮らした時期があった。愛して、馴染んだ土地もあった。密かに故郷と呼んだ地も。家族のように愛したひとびとも。ずっと昔、ニコラが若い魔女で、いまとは違う名前を名乗っていた頃の話だ。これまでにいくつもの名前を口にした彼女が、おそらくはいちばん愛した名前の記憶。その国を離れるときに、過去に置いてきた名前。

人間と魔女とでは命の長さが違うし、それは遠い遠い昔の時代のことなので、ここよりはるかに遠いその地に生きていたひとびとは、いまはもう地上には存在していない。国も残っていない。ひとびとの墓すらもおそらくは残っていないだろう。

ニコラの記憶の中におぼろにしか残っていないひとびとのことを思うとき、彼女は縁あっていま暮らすこの国のこの街の、八月の優しい行事をうらやましく思うのだ。

こんな風にもう一度、失われたひとびとに会えればいいのに、と。夏ごとに魂を迎えるための明かりを灯し、再会を繰り返せればいいのに、と。

「考えても詮のないことかも知れないけれど」

ニコラは笑みを浮かべ、軽くため息をつく。自室から持ってきた古いランタンを窓辺に置いた。そっと灯を灯す。

今宵この街に帰ってくる冥界からの旅人たちのその旅の終わりを、少しでも明るく照らせれば、と思う。

この灯はその昔、遠く遠く旅をしていた頃、使っていたもの。馬車につるしたこともある。旅の途中、気まぐれに暮らした街の窓辺に置いたことも。深い森の中を行く道を歩くとき、足下を照らしたことも。

旅の連れとなった友人たちの思い出もこの明かりの中には灯る。いまはもう彼女のそばにいない、彼女の使い魔だった猫の思い出も。その猫は雷雲のような灰色の毛並みの長毛の猫で、緑色の瞳が宝石のように美しかった。ふさふさしたしっぽと、心配性でややお節介な性格は、いまこの街で彼女の管理する建物で暮らしている、年若い魔女、七竃七瀬の黒い使い魔と似ていたかも知れない。

七瀬の黒猫は、彼女が生まれる前から彼女の家族のそばにいて、やがて生まれた七瀬を妹のように思っているらしい、と七瀬から聞いたことがある。ニコラと灰色の使い魔との関係も、ややそれに似たところがあって、子ども時代のニコラが、ひとり旅の途中にヨーロッパのとある国の街角でどこかえらそうなひとりぼっちの子猫と出会った、それがひとりと一匹が互いに互いを生涯の伴走者に選んだきっかけとなったのだった。

『わたしが一緒に行ってあげる』と子猫はいったのだ。

『ひとり旅は寂しいでしょう？　だからわたしがついていってあげる。ずっと一緒にいてあげるわ。わたしは優しい猫だから』

（遠い昔のことだけれど……）

あの猫は、いまはもうニコラの傍らにはいない。

子猫と子どもだった時代から長くともに旅をして、はるばると世界をさすらった末に、この国のこの街の三日月町に辿り着き、ここを生涯最後の地にしようと誓いあったそののちに、死に別れた。面倒見のよい猫は、主を支え守るために、自らの命を削り、寿命を迎えたのだ。使い魔は概して長生きで、その主と同じほども長く生きる魂を手に入れるはずなのに。

ニコラと使い魔がこの地に来たのは、明治と呼ばれた時代のこと。その時代、この通りはいまよりも賑わい、人通りがあったことを、ニコラは覚えている。馬車が通り、ガス灯が灯り、西洋風の服を着た紳士淑女が煉瓦造りの道を行き交った。

魔女には未来を読めるものもいるけれど、ニコラはそれが得意ではなく、だから華やかで楽しげな異国の商店街を楽しみ、世界に向かって窓を開いたばかりのそれからのこの国の未来と幸福が楽しみになった。――まさかそれから、日本にも世界にも激動の日々が続いて、ついにはこの街が空襲で焼かれてしまうことがあるなんて思いもしなかった。国家間の戦争にひとをたくさん殺す兵器が使われるようになったその前の戦争――第一次世界大戦は彼女の記憶には新しかったけれど、まさかまた大きな戦争が、それも彼女の棲む街が戦火に巻き込まれるだなんて、思ってもみなかった。

魔女がこの街で暮らしているなんて、街のひとびとに話すことはほぼない。当時も、そしていまも、その必然がなければ、魔女は黙ってそこにいる。街角に佇み、密かに自らの街を守護している。世界のいろんな街や村で、魔女たちがそうしているように、ニコラもこの海辺の街を守り、空から降りそそぐ、鉄と火薬の雨から街を守ろうとし、街を包む炎からひとびとの命を守り抜こうとしたけれど、力及ばなかった。ひとの科学の生み出した炎には魔法じみた怒りや憎しみの力が燃える。魔女の心やからだをむしばむ、強い力を持った炎だった。

あの頃、多くの命が失われ、ニコラもまた力つきるところだったのだけれど、使い魔の灰色の猫が、彼女の身代わりになって死んだのだった。猫の持つ九つの魂のすべてを犠牲にして。

「ずっと一緒にいるっていってたのにね。嘘つき」

窓辺の灯りを見つめてそういうと、記憶の中の灰色の猫が、つんとすまして、『何事にも例外というものはあるものなのよ』と答える、その甲高い声が聞こえるような気がした。

そして、刻一刻と八月十三日は暮れてゆき、街を優しい青と藍色のとばりが覆うような夜が深まってゆく。

街には懐かしいひとびとの吐息と足音が満ちるようだ。

家々にそっと灯る迎え火に呼ばれ、招かれて、つぎつぎと魂たちが帰ってくる。ただいまと、笑みを浮かべ、ささやきながら。軽やかな足取りで駆けながら。

小さな子どもがスキップして行くのは、今年が初盆で幼い子どもを見送った家だとニコラは知っている。長く入院していた子どもの魂が、家に帰るところなのだろう。同じ道を仕事帰りのような初老の男性が、古びた革の鞄を提げて歩いている。一見普通の帰宅のようだけれど、真冬のコートとマフラーがそのひとの亡くなった季節を教える。

街に立ち込める空気は、懐かしさと優しさに満ちていて、静かな祭りが続いているようだ。実際、魔女の目には街はいつもよりも人口が増えて賑わっているように見えるのだけれど、死者たちの姿が見えるものはほとんどいないだろうとニコラにはわかっている。死者たちもそれを知っていて、それでも家族やゆかりのひとびととの再会を喜ぶのだ。八月半ばの数日、懐かしい家に帰り、ただ静かに、そこに佇むことを。誰とも言葉を交わすこともないままに、ただ幸せそうに微笑んでいることを。

海からの訪問者たちには、ニコラが知っている顔もいる。店を訪れたことがあるものたちも。彼ら彼女らの方でもニコラに気づいて、手を振ったり、軽く会釈などしたりもする。ひととして生きていた頃は、この店のすぐそばを通っても辿り着けないことがあったりもしたけれど、その生を終えたいまでは、魔法や奇跡の存在に近づくのか、魔女の結界などたやすく越えるのだった。

「たまには店を休むのもいいかもね」

ニコラは懐かしさを持て余し、今日はもう営業を諦める。どうせ長く生きる一生の暇つぶしにしているような店だ。世間様もお盆休みなどもうけているのだし、魔女だってお盆の数日くらい、懐かしさにひたることを自分に許したっていいだろう。

帰ってくるのは、人間たちだけではない。ひとの家族となってその短い生涯を終える生きものたちも、この時期には海から帰ってくる。

「あらあら」

と、ニコラが思わず声を上げたのは、夜空をてのひらほどもある大きな金魚が、長いひれをなびかせて泳いでくるのに出くわしたからだ。

自分が泳いでいた懐かしい水槽、日々餌をくれた家族のもとへと、金魚は透き通るひれで夜空を泳いでゆく。魚といえど礼儀正しいのか、通り際に丸い目を動かして、ニコラに黙礼して頭上を通り過ぎていった。

あの金魚のことなら知っている。金魚すくいで掬われた、弱った小さな金魚を洗面器に入れて、幼い兄妹がなんとか助けて欲しいと魔女を頼って訪ねてきたことがあったから。

ニコラは金魚をまじないの力で助けてやり、かわいがって育ててあげなさいね、と子どもたちを街に帰したのだけれど、あれは何年、いや十数年も前のことではなかったろうか。

「まあ、大きく育ったものねえ」

幸せな生涯だったのだろう。お盆にその家に帰りたいと思うほど、かわいがられてもいたのだろう。

気がつくと、ニコラの足下で、腰を落として、空飛ぶ金魚を見上げている三毛猫がいる。つやつやと美しい、緑の目の三毛猫で、一瞬それが誰なのかニコラにはわからなかったのだけれど、懐かしそうにこちらを見上げる瞳を見るうちに思い出した。

「そうか、あなたは今年が初盆だったのね」

猫はにっこりと笑う。

老いて病を得て死んだ猫だったから、最後は痩せて毛並みも乱れていた。海の彼方から帰ったいまの姿は、この猫がいちばん元気で美しかった頃の姿だった。

猫は商店街のそばにある古い大きな家に飼われていた猫で、人間が好きなのか、よく繁華街に散歩に来ては、街の子どもたちや旅行者と遊んだり、撫でてもらったりしていた。時代もいまよりも穏やかで、まだ猫たちがのんびりと外を歩いていても許されていた。

魔女の店にも、よく訪ねてきた。猫は人間と違って、魔法や奇跡に近い存在なので、多少の境界線は楽々と越えてくる。長い年月通ってくれた、いわば常連のような猫だった。

ニコラが魔女だと知っていて、様々な魔法を使えることを知っていても、特に何かを願うことはなかった。おそらくはこの猫は生涯幸福で、猫の家族もまたそうだったのだろう。

いやそう思えるようになったのはつい最近のことで、実は三毛猫は最期の床で苦しんでいて、死にたくないとあがいていたのでは、と、悲しくなった時期があった。ニコラの助けを待っていたのでは、と想像すると、なかなかに辛いものがあった。自分にはあの猫のためにできることがあったかも知れないのに、と。

昨年の秋、この猫の寿命がつきて、もう訪ねてくることがないことを、ニコラは街を吹き過ぎる風のささやきで知った。気に入っていて、よく佇んでいた玄関マットに猫が来ることはもうないのだと思ったとき、ニコラはふと、気づいた。——もしかして、あの三毛猫はわたしが寂しいと思って訪ねてきてくれていたのかしら？

使い魔のいない、ひとりぼっちの魔女は寂しいのではないかと。何しろこの猫はひとなつこい、優しい猫だったので。

そして今夜、帰ってきた三毛猫は、いま懐かしい笑顔で、ニコラを見上げ、さて、というように優雅な仕草で立ち上がり、住宅地の方へと歩を進めた。

猫がいらっしゃいと呼んだような気がしたので、ニコラはそのあとをついていった。

猫は軽やかな足取りで、音もなく、懐かしい家への道を辿ってゆく。それが街に遊びに来ていたときのいつもの帰り道なのか、たまに立ち止まり、視線を周囲に懐かしそうに投げて、そしてまた歩いてゆく。

公園を横切り、いまは眠っている店々や家の前をのんびりと通り過ぎ、やがて庭木の多い、古い家へと辿り着く。玄関からではなく、庭の生け垣の間を抜けて縁側の方へと足を運ぶのは、そこが彼女専用の出入り口ということなのか。ちら、と、猫が自分を振り返ったので、猫でないニコラは、ひとの目には見えないように夜風にとけ込んで、その家の庭に立った。

部屋の掃き出し窓は開け放たれていて、猫は縁側からひょこりと中に飛び上がってゆく。部屋は仏間なのか、ゆっくりと回り灯籠が回り、色とりどりの花びらのような光を部屋の中に投げていた。線香の煙と香りがたなびいてくる部屋には、その家のおばあさんが夏の布団でうとうとと眠り、里帰りをしてきた孫娘が幼い曾孫をあやしながら、両親と話をしていた。

縁側には、主のいない籐《とう》の籠がある。猫がいつも寝ていた場所だということがニコラにはわかる。眠っている老女はもうほんとうに老いていて、一日のほとんどを柔和な笑顔を浮かべたまま眠っているということも。孫娘が泣きはらした目をして、たまに視線を本棚の方に投げるのは、そこに死んだ猫の写真が飾ってあるからだということも。小学生の頃の彼女が子猫だった猫を拾ってきたのが、猫がこの家の家族となった始まりで、それから長い間、猫と家族は幸せに暮らしてきたのだということも。

帰ってきた猫の姿は、家族には見えないのだろう。けれどほっそりとした足が畳を踏んで、家族ひとりひとりにただいまをいうように近づき、品のよい仕草で鼻を寄せ、目を細めて、からだをすり寄せてゆく。

老いたひとのそばを通り過ぎたとき、そのひとの目が薄く開いた。皺くちゃの手が伸びて、猫のからだをそっと撫でた。それは人間にはけいれんのようにしか見えないかすかな動きだったかも知れない。でも猫は立ち止まり、てのひらに優しく頭をこすりつけた。

猫が小さな曾孫のそばに近づいたとき、彼女は黒々とした瞳で不思議そうに猫の方を見つめた。きゃっきゃと笑い声を上げ、小さな手を叩くと、ぬいぐるみにするように猫の首を抱こうとした。猫はこの上もなく優しい表情をして、身をかがめ、幼い子どもに身をゆだねるようにした。

その家のおとなたちは、不思議そうに子どもの様子を見た。幼い子どもの目は、彼らの目には何もないように見える空間を見つめ、上機嫌な様子で、にこにこと笑っていた。

猫の魂は幼い子どものそばを離れ、おとなたちひとりひとりのそばにそっと寄り添い、それぞれに愛情を込めて、ただいまの挨拶をした。

そして猫は、彼女の席だった縁側の籐の籠の中にゆっくりと丸くなった。

幼子の母が、目に浮かんだ涙を指先で拭い、笑っていった。

「みけちゃん、帰ってきているのかもね」

「そうだね」

彼女の両親も、涙ぐみながらうなずく。

「帰ってきているだろう。だって、あの子は、この家が大好きだったんだもの」

「お盆だものねえ」

「お盆だしね」

そうそう、というように猫は目を閉じ、猫の笑顔で笑った。


その家のそばをそっと離れながら、ニコラは思う。

あの猫の生涯はやはり幸せだったのだろう、と。猫はそれを魔女に伝えたかったのだろう。猫というものは親切で面倒見がよいものだと、ニコラは知っている。

ニコラは優しい猫に心の中でお礼をいい、生涯自分に何も願わなかったあの猫のために、この家のひとびとがいつまでも幸せであるようにと、ささやかにまじないをかけた。


そして、翌十四日の夜。依然街には、静かな祭りの気配が立ち込めていた。

切ないような幸せなような、少しだけ酔ったような気分で街を歩いているうちに、ニコラの耳は懐かしい音色を聞いた。

おや、誰かがトランペットを吹いている。

そうあれは、『サンライズ・サンセット』だ。昨年の夏にふとした事故で命を落としたひとが、たまに河原で吹いていた曲だった。

そのひとの本職はタクシー運転手。車に楽器を積んでいて、仕事が終わった時間にひとり、音楽を奏でていた。飲むことも遊ぶこともなく、こつこつと働いていたそのひとの、それがただひとつの楽しみのようだった。若い頃は音楽家を夢見ていたこともあるというそのひとの演奏は、たしかにうまかった。

そうか。あのひとも今年が初盆なのか、と思う。

それにしても、夜風に乗ってくるこのトランペットはどこから聞こえるのだろうと、音を追うように目を上げる。片方のてのひらを広げると、そこに魔法のほうきが現れ、ニコラは軽やかにその柄に腰を乗せると、音色を追って夜空に舞い上がった。


小さな古い家の屋根の上で、彼は楽器を吹いていた。からだに馴染んだ、タクシー会社の制服のままだった。

澄んだ音色は、夜のこの街に投げかける、優しい光のようで、音符のひとつひとつが、街のひとびとへの愛に満ちているような気がして、ニコラは胸の奥が痛くなった。彼は日々この街の空の下を愛車とともに走り、たくさんのひとびとを車に迎え入れ、軽妙洒脱な会話でお客様たちを笑わせ、なごませながら、いろんな道を走り続けた。いつも楽しげで、誠実な仕事ぶりだったということも、魔女のニコラにはわかっている。彼はとても自分の仕事が好きで、その命がつきる日までハンドルを握っていたのだ。

そばの空に浮かんだニコラに気づくと、彼は楽器を口から離し、こんばんは、お久しぶりです、と笑った。

『屋根の上のバイオリン弾きならぬ、トランペット吹きですよ、なんてね』

そういって、得意げに笑った。いたずらっぽい笑顔だった。

『一度こんな風に、屋根の上で吹いてみたかったんですよ。絶対に気持ちいいよな、と思ってました。いやー気持ちよかった。お化けになる前に、吹いてみたかったですけどね。まあ仕方ないか、と』

その家の屋根は台風の被害にでも遭ったのか、瓦があちこち落ちていた。隙間に雑草が生え、ブルーシートが雑にかけてある。

この家は彼の趣味で、アトリエのような洒落た設計の家、屋根には大きな天窓がある。家の造りが美しいのが、よけいに痛々しかった。

『いつかは直さなきゃと思ってたんですがねえ、そのいつかが来る前にお陀仏《だぶつ》しちゃいましてねえ。貧乏暇なしで、これもまあ仕方なかったです』

運転手は笑う。『家族には恥かかせてしまって、申し訳ないんですけどねえ』

一言付け加えた、そのときだけ、うつむいた。

小さな家には灯りが灯されていた。

ひとり暮らしだった家に、たくさんのひとの気配がするのは、初盆の法事が行われているからだ。

彼の妻と娘が、狭い家には入りきれないほどの数の訪問客の相手をしていた。目の端に涙は光っているけれど、彼女たちは笑顔で、どこか幸せそうに挨拶を繰り返し、会話を続けていた。

その様子を、彼は少し照れくさそうに、けれど誇らしげに見守っていた。


彼はニコラの店に、客として訪れたことがあった。

十年ほども前のことだろうか。ニコラにはつい最近のことのように思えるくらいの過去だけれど、人間には一昔前の出来事だろう。何しろそのとき、彼と一緒だったひとり娘が、いまは美しく成長してあそこにいるのだから。

店を訪れたときの彼女の様子を、ニコラは覚えている。父親の手を強く握りしめ、唇を噛みしめて、ニコラをにらむように見つめていた。

ニコラがほんとうに魔女なのか、半分疑いながら、半分は魔女だと信じ、心をときめかせている、そんな目でまばたきもせずに見上げていたのだ。

父親から、この街には魔女がいると聞かされて、そんなものいるはずがない、いるなら魔女に会わせて欲しい、といったのだという。

運転手は、恐縮した笑みを浮かべながらニコラにいった。

『いやあのね、わたしは嘘つきだから、わたしが話すことはひとつも信じられないってうちの子がいうもので。じゃあ、父ちゃんが必ず、『魔女の家』に連れていってやるよ、って約束しちまったんですよ。ほら、父ちゃんはお客様をその行きたいところに安全運転で連れていくのが仕事だから、ってことで。絶対連れてってやるからって』

そして彼は、子どものように邪気のない笑みを浮かべて、言葉を続けたのだ。

『探しに来てよかった。魔女ってのはほんとにいたんですね。正直いって、絵本やおとぎ話の中にしかいないもんだと思ってました。——いや、この街にはいるって信じてましたよ。信じてましたけど、でもあの』

彼の幼かった娘が、ニコラが魔女だということを信じたかどうか、彼女の父親がそこまで嘘つきではないということを信じる気になったかどうかは、ニコラにはわからない。

あの日、彼女は口を結んだまま、ほとんどしゃべらなかったし、あの一度きりしか、会う機会はなかったからだ。それは父親である運転手も同じこと。これが久しぶりの再会だった。

あの日黙ってうつむく幼い娘のそばで、いまよりは若い頃の運転手が話した言葉をニコラは覚えている。魔女に会えたのがほんとうに嬉しかったのか、なのに何を話せばいいのかわからなくなったのか、頭に何度も手をやり、額に汗を浮かべ、でも上機嫌な笑顔で、彼は話し続けたのだ。

自分は遊び好きな、悪い夫であり、父親だったのだと。なまじ器用でひと好きがする雰囲気がある故に、たいていの仕事に就くことができた。そのせいもあって、いろんな仕事に就いては辞め、就いては辞めの繰り返し。ひとつところにいると飽きてしまう。人間関係でもめるといやになって辞めてしまう。あげく、いまの自分は本来の姿ではない。いまにきっと世に見出され、一角《ひとかど》の人物になるのだと。

『若い頃に、音楽の世界に憧れましてね。でも都会に出ていく勇気も、自分にはそれだけの才能もないってわかってました。で、夢を諦めたつもりだったんですが、まあずっと未練やら不満やらがくすぶってたんですね。心のどこかで、結婚なんてしなきゃよかったとも思ってました。家族がいなければ、どんな無茶でもできたのに、なんてね。好きで結婚したし、所帯も構えたはずだったのに。——そんな気持ちが言葉の端々に出てたんでしょうねえ。ある日、嫁が娘を連れて家を出ていっちまいました。

ひとりになった家の中で、初めて反省しました。自分には音楽の夢なんてどうでもよかった。そんなものよりも、家族と一緒にいることの方が大切だって、なくして初めて知ったんです』

といっても、彼の妻は彼を本気で見捨てたわけではなかった。置き手紙が残されていたのだそうだ。

『いつかあなたがちゃんとした夫になり、父親になれる日が来たら、またここへ帰ってきます』

それから彼の幼い娘は、たまに父親の様子を見に家に通ってきてくれるのだという。

『そういうわけで、心を改めて、心機一転タクシー運転手として働き始めて早数年、というのがいまのわたしなのでありまして』

運転手は照れくささそうに頭をかいた。『真人間になったという自信ができたとき、迎えに行くと決めてるんです。あ、それとね、何か贈り物も用意しようと。最高のプレゼントを持って、ふたりを迎えに行こうとね。まだ何にするかは決めてないんですが、ひらめいたときに何でも買えるように、まずはお金を貯めてるところでしてね』

だからね、まじめに働いてるし、遊んだりする余裕もないんですよ、と運転手はニコラに笑って見せた。

幼い娘は、父の言葉を聞いているのかいないのか、うつむいたまま、膝に置いた両手にぎゅうっと力を込めていた。

ニコラにはついこの間の出来事のように思える、そんな過去の出来事だ。父親が緊張のあまり、コーヒーに砂糖を何杯も入れて飲んでいたこと、娘がコーヒーフロートを頼んだときの声がおとなびて美しかったことも。けれど背のびして注文したものが苦いと、彼女は小さくいって眉根を寄せて、ニコラはそれがかわいくて、かしてごらんなさいとミルクとシロップをたしてあげたのだった。甘くなった冷たい飲み物を一口飲んだときの彼女の、美味しいとささやいた声の愛らしさも、ニコラは覚えている。

親子が『魔女の家』を離れ、繁華街へと向かう橋を渡っていくとき、しっかりとつないだその手が何だか愛しくて、ニコラは親子の背中に、そっとまじないをかけた。この親子が再び、父と子として心寄り添わせる日が来るように、と。

いま、ひとの気配で切なくも賑わっている小さな家の様子を、ニコラは夜空から人知れず見下ろす。

あの場で、たまに涙をこらえつつも、笑みを浮かべて弔問客を迎えている美しい娘は、あの日魔女と会ったことを覚えているだろうか。あれが夢ではなく、現実のことで、父親は嘘でなくほんとうに魔女のもとへと彼女を連れていったのだと、知っているのだろうか。

去年の夏、運転手は自らのタクシーとともに街路樹につっ込んで命を落とした。暑さのあまり寝不足だったらしいという。節電のためにと家のエアコンを入れていなかったとか。会社の同僚たちから、少し休むようにいわれたのに、ため息まじりに笑って『いやもうちょっとだけ頑張るから』と答えたのが、最後の会話だったと。

だから、彼の妻子を迎えに行くという夢は叶わなかったのだ。

ニコラの視線と表情に、屋根の上の運転手は何かを感じ取ったのだろう。

笑顔でいった。

『わたしは才能と勇気がなかったんですが、どうもあの子にはそれがあったみたいで、音楽の道に進んでくれそうなんですよ。まだまだ無名なんですけどね、シンガーになりました。一度、あの子の歌を聴きに行きました。お化けになってからですけどね。なかなか堂に入ったもので、ああ、生きてるうちに聴きに行けたらよかったな、と思ったもんです。だってこの身じゃあね、花束も持てないし、拍手しても声援を送っても聞こえやしないでしょ？』もっと早く、賭けるみたいな気持ちでもいい、自信を持って、あの子と嫁さんを迎えに行けばよかったなあ、と、運転手は笑った。

灰色のワンピースを着た娘の胸元には、真珠の一連のネックレスが輝いている。同じものが妻の胸元にもあった。

『似合ってるでしょ？　あれね、なかなかね、高かったんです。最高品質の真珠だからって、宝石店で薦められた品でしてね。ほんのり桜色で綺麗なの。ちょっと無理して買った甲斐があったっていうか、ふたりとも、去年のわたしの葬式のときも、喪服にあわせてつけてくれましてね。箱にふたりの名前を書いたカードを添えて置いといてよかったと思ったものですよ。生前の俺、よくやった、みたいなね。

清水の舞台から飛び降りるような気分で買ったものでした。——ええ、こういう場面で使えるってね、見越して選んだんですよ。

なんてね、嘘です』

泣きそうな目で、運転手は笑った。

『嫁さんやら若い娘やらが、何を贈られたら喜ぶか、長い間考えてわからなくて。わたし、けっこう頭がいいし女心がわかる方だって思ってたんですけどね、センスもまあまあいいって。だけどねえ、考えれば考えるほどわからなくなって。まあわたしの世代ですと、とりあえず真珠のネックレスが上等なんだろうと、それくらいの知恵しかなくて。で、贈り物は用意したんです。けっこう早いうちにね。でも、夫や父親として恥ずかしくない人間になれた自信がいつまでたってもねえ。だからいつまでも、ふたりを迎えに行けませんでした。

そのまま時を重ねるうちに、ネックレスを入れた宝石店の箱が、タンスに入れていても古びて色褪せていくんですよ。それを見ながらどうしよう、これ高かったのに、って頭を抱えていましたよ。ははは。早く渡さないと、古くなっちまうって』

運転手は笑う。どこかさばさばと。

『まあ、あのネックレスをああやって無事に使ってもらえたってだけでも、わたしはもう未練もなく文字通り成仏できたなって感じがしてますよ』

法事が始まった。ニコラには異国の魔法の言葉のように聞こえる読経があり、やがて和やかに食事の会が始まった。そのひとが亡くなってから一年の後のことなので、悲しみよりも懐かしさや、故人の思い出話に花が咲き、たまに笑い声も聞こえるような、そんな穏やかな時間になった。

屋根の上で、運転手は嬉しげにその様子を見守っていた。集まったひとびとは、仕事仲間を中心に、馴染みの客たちや商店街のひとびと、若い頃の音楽関係の仲間たちとにかく大勢で、いつまでも話がつきることがなさそうだった。

それでも終わりの時間はやってくる。

母と眼で会話した娘が、客たちの前に進み出て、よく通る声で挨拶をした。「本日は故人のため、お忙しい中、お集まりいただきまして、ありがとうございました」と。

「父は我が父親ながら、器用で賢いひとでありましたが、どうも怖がりで自分に自信がないところがありました。父として夫としての自分にもなかなか自信が持てなかったようで。――でも、今夜こうして、たくさんのみなさまにお集まりいただいて、生前の父の話をうかがい、あなたはこんなにみなさんから好かれ、尊敬されている立派なひとだったのよ、もっと自信を持ってよかったの、お父さん、と文句をいいたくなるような、そんな気持ちでおります」

視線を落とし、胸元の真珠のネックレスを見つめながら、娘は微笑んだ。

ああ、そうか、とニコラは思う。

妻と娘は、待っていたのだろう。夫が父が自分たちを迎えにくるその日を。あのひとは立派なひとだ、頑張れるに違いない、きっと迎えにくるはずだと、もしかしたら本人よりもその日が訪れることを信じて。

「父の魂は、いまここに帰ってきているのでしょうか。わたしにはわかりませんが、父にたむける供物の代わりに、そして本日お集まりいただきましたみなさまへのささやかなお礼の代わりとして、うたわせてください。

父が好きだった曲です。『屋根の上のバイオリン弾き』より、『サンライズ・サンセット』

――」

娘の声は、静かに夜の庭へと流れてゆく。

父親が娘の成長を想い、祝福してうたう歌を。時の流れに想いを馳《は》せ、その中で生きてきた自分たちを、これからも生きてゆく人間の命の流れについてうたう歌を。

夏の終わりの気配とともに、静かに庭の草の間で虫たちがうたっている。その音色を背景に、静かに、密やかに、娘はうたう。言葉にしない無限の想いとともに。

古い小さな家の屋根の上で、タクシー運転手は我が子のうたう歌にそっと耳を傾けていた。目を閉じたその頬に、静かに涙が流れ、口元は楽しげに微笑んだ。

そして彼は自らの楽器を手に取ると、同じ曲を奏でた。

ふと、うたう娘が視線を上げた。ふつうの人間には聞こえるはずもない晴れやかなトランペットの音色が聞こえるというように、天窓の上にいるこちらへとまなざしを向ける。

そう、そのときたしかに、娘は父親を見上げ、微笑んだのだ。

視線が一瞬、ほうきに乗るニコラにも向けられたのを、彼女はそのとき、感じ取った。

娘の歌声は、朗々と響きわたり、その父の奏でるトランペットの音色も、夜風の中に静かに透き通っていった。


そして、八月十四日、夜。

満月に近く、丸くなった月が、お盆の中日を迎えた海辺の街を、優しい光で包み込むように照らしていた、その夜のこと。

生前、この街を愛車とともに走り続けたひとりの運転手が、自宅の屋根の上で、常人の耳には届かないトランペットを高らかに吹き鳴らしていたその夜のこと。

静かな空にほうきに乗って浮かび、愛する街の様子を見守っていた、老いた魔女、ニコラは、ふとそのまなざしを地上の路地へと向ける。

そこには、よく日に焼けた少年がひとり佇んでいて、うっとりとした表情で、夜空を見上げ、流れる曲に聴き惚れている。それがわかるのは、メロディにあわせて、ご機嫌な感じでふんふんと鼻歌を歌い、緩くからだを揺らしているからだった。

野球帽を斜めにかぶった少年は、小学校の高学年くらいだろう。白いランニングに短パン姿で、その年頃の子どもらしい、華奢でほっそりとしたからだつきなのに、むき出しの腕も脚もしっかりと筋肉がついて、見るからに運動が得意そうな様子なのだった。口元やがっしりとした顎《あご》の辺り、明るく凜とした表情には負けん気な性格も窺える。

(かわいいこと)

ニコラは目を細めて、少年を見つめる。

いまはあまり見ないような——そう、昭和の頃にはよくこの街で見かけたような、夏休みの少年の姿だ。

ニコラのまなざしに悲しみの色がよぎる。

少年の指が開いた大きな足は裸足で、その姿は月の光を受けていても、路地に影を落とさないからだった。

そしてニコラはこの少年を知っている。ニコラにはつい最近のことのように思える、けれど人間にはきっと遠い日の、あれも夏のこと、この少年は弟の手を握り、ふたりでニコラの店を訪ねてきたことがあったから。

眼下のあの少年が、ニコラの記憶のとおりにあのときの子どもなら、あれはいまを生きている子どもではない。あの時代に、どこかで儚くなった子どもだろう。そうか、とニコラはそっとうなずく。あの子もまた、お盆で帰ってきたのだろうか。

視線に気づいたのだろうか。地上の少年が、ふとニコラへとまなざしを向けた。野球帽を脱いで、『こんばんはっ』と、勢いよく頭を下げた。

『お久しぶりです、魔女様』

「お久しぶり、健太《けんた》君」

少し照れたように、でも目を輝かせて、少年はぱあっと明るい笑顔になった。

『俺の……ぼくの名前、覚えててくれたの？　嬉しいなあ』

「覚えていますとも」

ニコラは微笑み、ふうわりと地上に舞い降りると、魔法のほうきを軽くはらいのけるようにして消した。ほうきはかすかな星のようなきらめきを残しながら、ニコラの手の中に吸い込まれるように消えてゆき、健太少年は、うわあと口を開けて、魔法に見とれた。

ひとけのない路地の、少年のそばに立ち、秋の訪れを告げる虫たちの声を聞きながら、ニコラはそっと少年の方に身をかがめ、語りかける。

「魔女はお店を訪れたお客様たちのことは忘れないし、あなたたちは——健太君と弟の優司《ゆうじ》君は、とてもかわいらしい子どもたちでしたもの」

その姿も。そしてふたりが口にした言葉も。

「わたしがあなたたちに夏休みの宿題を出したこと、覚えてますか？」

『はい』

健太は嬉しそうに大きな声で答える。そして、言葉を続けた。

『よかった。夢じゃなくて。この街を守る魔女様に会えて、夏休みの宿題を出してもらったなんて、夢だったんじゃないのかな、ってあれから何度も思ってたんです。優ちゃん……弟の優司も覚えていたから、ほんとにあった出来事だったって信じたいって思ってたんだけどさ、でもほら、日本のふつうの街に魔女がいるなんて、物語の本の中の出来事みたいなことがほんとにあるなんて、やっぱりちょっと嘘みたいで。……時間がたつごとに、少しずつ、夢みたいな気持ちになってきて、そのたびに弟と魔女様の話をして、夢じゃなかったよね、って話してたんです。

でも、夢じゃなかった。ぼくがいま実は寝てて、夢を見てるわけじゃないのなら、ぼくはあの日、ほんとうに、魔女様に会ったんだね。あれはほんとうのことだったんだ』

「ええ、いまは夢じゃないわよ」

ニコラは優しい声で、少年に答えた。

「あなたは、いま、夢を見ているわけじゃない。いまも、そしていまからずっと前のあの夏休み、健太君がわたしと会ったのも、誓ってほんとうの出来事なの」

そう。魔女ニコラは、昭和の夏の遠い日に、この子が弟とふたり、ニコラの店を訪れたことがあったことを覚えている。

夏の日差しが降りそそぐ、魔女の店の玄関口で、日に焼けた少年は顎を上げ、好奇心でいっぱいのまなざしで、ニコラのことを見上げていた。その子の後ろに、半ば隠れるようにして、彼の弟だという少年優司が、目を伏せて立っていた。兄とは違って、色が白く女の子のように優しげな姿のその少年は、腕に重そうな物語の本を抱えていた。古びた本には図書館の蔵書の印のシールが貼ってあった。

優司はときどき、おそるおそるというようにそのまなざしを上げては、ニコラを見上げ、ニコラがそれに気づいて微笑みかけると、頬を赤く染めて、内気そうに視線を床に落とすのだった。

「初めまして、魔女様。似鳥《にとり》健太です。こっちは弟の優司」

健太は大きな口でにかっと笑うと、弟を自分の前に出し、ニコラに頭を下げさせた。

「えっと、弟が魔女や魔法使いが出てくるような、分厚い本が大好きで、外に遊びにも行かないで、家で本ばかり読んでるんです。もう、一日中。そういうの、健康によくないと思ってたんですよね。そしたら弟が、この街には魔女がいるって話があるけど、ほんとうなの、って訊くから、じゃあほんとうかどうか探しに行こうって、出かけることにしたんです。

俺……ぼくも、魔女様に会ってみたかったし、もし会えたら、夏休みの自由研究にすればいいかな、って思って。へへ、いいこと思いついたと思っちゃったんですけど、来てよかったです。会えたもの」

少年は、向日葵のような笑顔で笑う。その陰で、弟の優司ははにかむように笑っていた。似ていないけれど、握りあう手の様子から、ふたりが仲良しなのが見て取れた。

ニコラの店は、食事やお菓子を用意するお店。いまほどではないけれど暑い夏の日のことだ。ニコラはふたりに、ひんやりとする夏の甘いものを出してあげた。

赤いチェリーを載せた、バニラの香りのする甘いミルクセーキと、同じくチェリーと薄く切ったバナナを添えた、つややかなプリンだ。プリンには茶色く透き通るカラメルシロップも載っている。アラザンを散らした生クリームも。

長い銀のスプーンと銀のフォークを使って、子どもたちはうっとりとした表情で冷たく甘いものを楽しんでくれた。

ニコラの店の窓には、青や緑、水色の、海のような色合いのステンドグラスが入れてある。ステンドグラス越しの光の中で、子どもたちがふたり並んで、まるで絵のような様子でテーブルにひじをつき、スプーンでひとさじ掬うごとに、美味しい美味しい、と声を上げていた幸せな情景を、ニコラはいまも覚えている。

ニコラの店は、ひとの身にはなかなか辿り着けない場所にあり、そこで供される食べ物も飲み物も、いわば辿り着いたことへのご褒美のような意味合いもある特別な品だった。

そしてもうひとつ。この街を密かに守る魔女の店に辿り着けたひとの子が得ることのできる恩恵がある。

願い事を何でもひとつ、言葉にして残していけば、気がつくといつかそれは叶っている。ニコラが祝福のまじないをかけるからだった。


子どもたちにその話をしたら、健太は、えっ、と叫んだあと、

「どうしようかな。あれにしようか、それともこれに」

と、首を振ったり、爪を噛んだりしながら、考え始めた。

「長嶋のホームランボールが欲しいかな。できればサイン入りのやつ。いや、学校の野球チームでエースになりたいし、四番も打ちたいな。いっそ、おとなになったらプロ野球の選手になりたい。大リーグにスカウトされて、アメリカで活躍するのっていいよなあ」

夢見るような目で、うたうようにいった。

一方で、弟の優司の方は、最初は頬を紅潮させて、本をぎゅっと抱きしめ、何事か考えていたようだけれど、そのうちうんとひとつうなずくと、ニコラにいった。

「魔女様、ぼくの願い事は、お兄ちゃんの願い事と同じでいいです。お兄ちゃんの願い事を叶えてあげてください」

「えっ」

健太は絶句した。

ニコラは優司に訊ねた。

「あなたには叶えて欲しい願い事はないの？」

「うーん」と、優司は恥ずかしそうに頭をかき、そして考え考え、少しずつ、こんな言葉を口にした。

「もしかしたら、ずっとあとになったら、あのとき自分も願い事をすればよかったって思うかも知れないけど、ぼくはいま本物の魔女様に会えて、それだけでとても嬉しいから。これ以上は、もういいです。お話の世界の中に入ったような気持ちになれたから。

ぼく、いつかこういう、不思議とか魔法とか、そういうものに出会ってみたかったの。魔女も魔法使いも、お話の中だけの存在じゃなく、ほんとにいるんだって、思いたかったから。目に見えることだけが世界じゃなくて、ふだんは見えていないところに、魔法はちゃんとあるんだって信じたかったから。

だから、その分、お兄ちゃんの願い事を応援したいんです。お兄ちゃん、叶えたい夢があるから。だからぼくはいいの。お兄ちゃんのおかげでここに来ることができたし、いつもお世話になってるから」

「お世話って、何いってるんだよ、おまえ」

健太は弟の頭をこづくようにした。いて、と、優司は笑う。

ニコラは笑った。

「わかったわ。じゃあ、健太君の願いが叶うように、わたしは倍、おまじないに想いを込めるようにしましょう。

それで健太君、あなたは何を願うの？」

「……」

健太は自分の頭をかきむしるようにして、そしていった。

「ちょっとたんま、ってことでいいですか？　『考え中』ってことで」

「考え中？」

「魔女様がほんとにこの街にいて、ぼくの願い事を叶えてくれるなんてすごいことが起こってるのなら、すぐ思いつくような、そんなに簡単な願い事じゃもったいないって思って。だからちょっとだけ考える時間をください。思いついたら、またこの魔女のお店を訪ねてくるから」

「ここにまた来るのは、なかなか難しいかもよ？」

少しだけ意地悪な口調でニコラが笑うと、少年はぶんぶんと強く首を横に振り、誓うようにいった。

「俺、いや、ぼくはきっとまたここに来ます。三日月町の『魔女の家』に。

そして、魔女様に願い事を聞いてもらうんです」

少年はそう約束し、そして弟とふたり、運河をわたる橋を通って、ひとの街へと帰っていった。

一歩一歩歩きながら会話する、その言葉が、夏の風に乗って、ニコラのもとに届く。

「お兄ちゃん、エースで四番打者になりたいって、そんなに簡単な願い事じゃないと思うよ。

プロ野球選手になりたいっていうのも、大リーグで活躍したいっていうのも」

「そんなことないよ」

朗らかな声で、健太はいった。

「それくらい、兄ちゃんは自分で努力して叶えることもできるからさ。魔法に頼らなくても。きっとね」

「ほんと？」

「だって兄ちゃん、才能に溢れる男だし」

「そっかなあ」

「なんだよ、信じろよ」

子どもたちはじゃれるように取っ組み合いをしながら、橋から遠ざかってゆく。

「だからさ、優ちゃん。魔法で叶える願い事は、もっとずっと大切な、かっこよくて素敵なことにしたいって兄ちゃんは思うんだよ」

「ここへ戻ってくるのは、ひとの身にはやはり骨が折れることだと思うんだけど」

運河をわたる風に乱れた髪をかき上げて、ニコラはそっと笑った。けれどあの子はまたここへ帰ってくるだろう。そうも思っていた。魔女の予感ははずれない。

それからは来客の気配がするたびにあの子かと思い、そうでないと知ると、がっかりもした。気がつくと、待っていたような気がする。特に、あの子たちが訪れたような、夏の日の午後には。

けれど、それきり、あの少年も、そして弟もニコラの店を訪ねることはなかった。長い時を生きる魔女にはつい昨日のように思える出来事だけれど、気がつくと、人間にはずいぶん遠い昔のことになっていた。

そして、いま目の前に立つ少年は、あの日と同じ日に焼けた肌をして、野球帽に白いランニング姿。快活な笑顔を浮かべているけれど、明らかにもう生きてはいない。生きている子どもはこんな夜更けにひとりで街を歩かないし、裸足で街角に立っていることもない。

(何よりも――)

夜空に流れる、死者が奏でるトランペットの音色に耳を傾けることもないだろう。


「願い事、思いついたの?」

たんま、考え中、とあの日の彼はいったけれど、ずいぶん長い「たんま」になったものだ。

『うーん、それはまだ』

少年は腕を頭の後ろにやって、照れくさそうに笑う。

『俺、いやぼくはやっと街に帰ってきたばかりだから、まだあの宿題のことはなんにも考えてなくて。よくわからないけど、ここに戻ってくるのにすごい時間がかかったみたいだから、一度家に帰って、弟に相談しなくっちゃ』

気がつくと、少年のからだは水に濡れている。足下に闇の色の水たまりができている。少年は大切そうに何か——どうやら野球のボールのようだ——を持っているのだけれど、それからも絶え間なく、水滴がしたたり落ちていた。

見つめるニコラの視線をどう思ったのか、少年は笑って教えてくれた。

『あの日、願いたかったことのひとつね、長嶋のサインボール、ぼく、冬休みの雑誌の懸賞で当てたの。で、嬉しくて友達に見せたくて、優司と一緒に、港のそばの公園に、ボールを持って走っていったんです。学校帰り、よくみんなでそこに集まって、遊んでたんで。

友達が来るまでの間、優司とふたりでキャッチボールしてました。そしたら、優司が投げたボールをぼく、うっかりして受け損ねちゃって。優司のやつ、勢い余って、遠くまで投げちゃったんですね。はしゃいでたんだと思います。あの日、ぼくもうきうきしてたし。で、ボールが、海に落ちちゃったんですよ。

ぼく、公園の柵をつかんで、海に飛び込んで。泳ぎは得意だったし、ボールは波の上に浮いてるし、すぐ掴えるかと思ったんだけど——』

少年の笑みを浮かべていた口元が、曖昧《あいまい》な感じにゆがんだ。

『水が冷たかったし、海も、浅そうに見えたけど、深くて。足が立たなくて。ぼくは、そのうちボールのことを見失っちゃって。——でも気がついたら、からだが軽くなってたし、魚みたいにじゃぶじゃぶ泳げるようになってたから、ぼく、それからずっと、見失ったサインボールを捜してたんです。海のどこかにボールはあるはずだから。それにきっと、優司が、弟が自分のせいでボールが海に落ちたんだって、しょげてると思ったから。早く捜して、持って帰ってあげなきゃって。
捜して、ずいぶん長い間探して。海は広くて、すごく。昼も夜も捜し続けて。ヨットや豪華客船やいるかやくじらともすれちがって。どこまでも泳いで。ずいぶん遠くまで捜しに行って。でもやっと見つけたから、この街の海まで戻ってきたんだけど——気がつくと、なんだか、長い時間がたっちゃったみたいで』

あの日と同じ姿をした少年は、肩を落とす。

『一度家に帰って、それから出直してもいいですか？　優司にこのボールを渡して安心させてやらなきゃ。あと、父さん母さんも、ぼくがずいぶん長く家に帰ってこないから、きっと怒ってると思うし。家出したって思われてたら困るし。ぼく、優司と違って、いつも危ないことばかりで。高いところ大好きで、飛ぶのも大好きで、ブランコやジャングルジムから飛び降りるの好きだし。藪《やぶ》に飛び込んで、有刺鉄線なんかにも突っ込んじゃうし。自転車で石段を下りようとして、下まで転がり落ちたりとか。

きっとまた、怒られちゃうと思うけど、今度ばかりはすごい心配させちゃっただろうから、ここはぼくもおとなになって、仕方ない、怒られてやろうかなと思って』

健太少年は、少しだけ洟《はな》をすするようにして、笑う。

ニコラは静かに訊ねた。ああこの子は、気づいていないのかも知れない、と、心の中でしんとした切なさを感じながら。

「——あなたは、お盆だから、帰ってきたのではなかったの？」

『お盆？』

　ぴくりと少年は肩を震わせる。

「今日は八月十四日。お盆ですもの」

　違うよ、と少年は弱々しい笑顔を浮かべて、首を横に振る。

『ぼくはボールが見つかったから、やっと今日、帰ってきただけですよ。たまたま、今夜だっただけで。お盆に帰ってくるのは、死んだひとでしょう？　海の向こうの、ええと、西方浄土《さいほう》ってところから帰ってくるって、前に誰かから聞いたことが』

「ええ、そうね」

　少年はうつむいて、少しだけ笑った。

『……もしかして、ぼく、死んじゃってるんでしょうか？』

「ええ。たぶん」

『そっか、道理で、からだが透けてるみたいな感じなんだ。ひとにぶつかりそうになっても、誰もよけてくれないし、ぶつかっても痛くないの。ごめんなさいって謝っても、聞こえないみたいに無視されて。あれ、無視されてたんじゃなくて、ほんとに聞こえてなかったんだ。ぼくの声はもう聞こえないし、姿は見えないんですね。お化けだから』

　少年は黙り込み、やがて、呟いた。

『なんかね、薄々わかってはいたんだ。俺——いやぼくはたぶん、死んじゃってるんだろうなって。ずっと昔に、お化けになってたんだろうなって』

少年は、ランニングから見える丸い肩に、ぎゅっと力を込め、手の中のボールを握りしめた。うつむいたまま、しばらく黙り込んでいた。

『――ま、いいや』

顔を上げたときには、もう明るい笑顔に戻っていた。

『俺ね、いやぼくはずっと落ち込んでるって、性に合わないんだ。お化けになったからってね、その辺変わりやしないんです。

もう落ち込むのはやめにした。帰ってきたのがたまたま今日だったなら、じゃあ仏様になったつもりで、家に帰ることにします。帰っても、ぼくのこと、誰にも見えないのかも知れないけど、でもせっかくだから。ていうか、せっかく見つけたボール、優司に渡したいから』

泣きそうな笑顔で少年は笑い、手の中の濡れたボールを左手で握りしめると軽く投げるようなポーズを取った。

『ちぇ。友達みんなにこれを自慢したかったのにな。――でももしかして、あれから時間がたったのなら、みんなもう、サインボールなんて、興味ないのかな。ぼくのことも、忘れちゃったかな』

優しい声で、ゆっくりとニコラは少年の亡霊に話しかけた。

「そうね。だいたい、四十と数年くらいは、時間が流れてるかもね」

『へへ』と、少年はおかしくてたまらないというように笑った。

『なんだかなあ。じゃあぼくだけ残して、みんなおとなになっちゃってるじゃあないですか。

――優司も、もう立派なおとなだ』

手の中のボールに視線を落として、少年はそっと笑う。

『もう、こんなのどうでもいいのかなあ。懸賞が当たったとき、すごい喜んでたけど。――でもまあ』

少年はさばさばしたような明るい表情になって、ニコラに、じゃあ、と片手を挙げた。行ってきます、と。

裸足の足で、軽く地を蹴り、ふわりと宙に浮き上がる。

『お、こりゃ面白いや』と表情をほころばせた。

『そんな気がしてたんです。ぼく、空を飛べるんだ。お化けですものね。オバケのQ太郎が飛んでたから、ぼくも飛べるかなって思って。こんなにからだが軽いんですもんね。お化けになるのも、悪いことばっかりじゃないな。そうだよ、ぼく、高いところに上がるのも、飛ぶのも大好きだったんだもの。

よし、新幹線よりも、飛行機よりも速く、行ってきます』

少年は、ニコラに敬礼をすると、夜風に乗って、軽やかに舞い上がり、家路を辿ったのだった。

少年がニコラのもとへ帰ってきたのは――『魔女の家』を訪ねてきたのは、翌十五日、この街のお盆のおしまいの日の夕方のことだった。

『ただいま、魔女様』

　少年はいつの間にか店の中にいて、えへへ、と照れたように片方の手を挙げた。

『うちに帰ってきました。笑えるんですよ、父さんも母さんも、テレビドラマやまんがの中のひとみたいに、すごい年とってました。皺々になっててさ、おじいちゃんおばあちゃんになってるの。家もさ、なんか古くって、ぼろくなっちゃっててさ。ほんと笑えるの。なのに、子ども部屋のぼくの机だけ、もとのままなんです。それで、古い家の、仏壇の前で、年とった父さんと母さんが、線香を焚いて、懐かしそうにぼくの思い出話とかしてるわけ。お化けになったぼくがそこで話を聞いてるなんて気づかずに』

　そういいながら、少年は洟をすすり、目元をこするようにした。

『仏壇にぼくの写真が飾ってあったんです。ピースとかしてるやつ。難しい漢字が書いてある位牌《いはい》とかあって。で、ぼくの好きだった、チョコもキャラメルも飴も、たくさんお供えしてあるの。生きてた頃は、虫歯になるからって、あんまり買ってもらえなかったのに。ああ、ぼく、ほんとに死んじゃったんだなあ、と思いました。お供えのお菓子、食いたいなあ、なんて思っちゃった。話しかけてもふたりとも気づいてくれないから、ぼくも仏壇のそばにあった空いてる座布団に正座して、うんうんってうなずきながら、話を聞いてたんです。

　でね、思ったんです。父さん母さん、ごめんね、って。ぼくね、生きてる頃は、野球が大好きだってことくらいしか取り柄がなくて、学校の成績も体育以外は3ばかりだし、やんちゃなことして叱られてばっかりで。だから、正直いって、優等生の弟の方がきっとぼくよりもかわいくて、馬鹿なぼくのことなんかどうでもいいんだろうなんてちょっと思ってたんだよね。だってさ、あんまりいつもいつも叱られてたもんだから。たまにいじけてたの。

でもそうじゃなくて、ぼくのことも、大事に思ってくれてたんだなって、死んでから、わかった。親孝行なんかできなくなってからやっとですよ。

ぼく、ほんとに馬鹿だったんだなあ』

少年は笑うと、日焼けした腕で伸びをするようにした。その片方の手にはまだ、あのサインボールが握られていた。ニコラの視線に気づいたのか、

『弟のところにいまからボール配達に行ってきます』

そういって少年は笑った。

『おとなになった弟は、東京で出版社に勤めてるんですって。子どもの本を作る会社で働いていて、毎年お盆休みの頃には帰ってきてたんだけど、今年は仕事が忙しいから、まだ仏壇を拝みにきてないんだって、父さん母さんが話してたから、ここはひとつ、仏様の方から訪ねていってやろうかと思ったんです。お盆特別大サービス、なんて。

あいつ、どんなおとなになってるんでしょうね。プロ野球の選手になってくれてたらよかったんだけど、運動苦手だったし、しょうがないか。子どもの頃のまんま、本が好きなおとなになったんだなあ』

それじゃ、と店を出かけて、軽やかに少年は振り返る。

『弟に会ってみて、それから魔女様の夏休みの宿題の答え、考えようと思います』

扉を開けないまま、透き通るように少年のからだは店の外へ駆けていった。少年の気配が、風に乗り、都会へ向けて飛んでいくのがニコラにはわかる。寂しさよりもときめきや懐かしさの方が、彼の心の中では勝《まさ》っているだろうということも。子どもというものはそういうものなのだ。特に健太のように、明るくて冒険や無茶なことが好きだった子どもなら、きっと。

鳥が羽ばたいていくように、空を遠ざかる気配を、見守るような気持ちで感じつつ、ニコラはふと思った。――彼女が出した「宿題」が、あの子どもにとって、人生最後の夏休みの宿題になるのかしら、と。

東京、西新宿にある高層ビルの中のひとつ、その上層階のふたつのフロアに、似鳥優司の勤めている出版社は入っている。規模としては小さいながら、戦後、まだ日本に焼け跡が残っていた頃に起こされた子どもの本の出版社のひとつとして、長く良書を作ってきた。優司は学生時代から、子どもの本と関わる仕事に就きたいと夢見ていて、この出版社の本と姿勢に惚れ込んで、自らもそこで本を作る道へと進んだ。年月を重ねるうちに、それなりに役職にも就いたけれど、いまも本を作る現場から離れてはいない。

八月十五日、月遅れの盆であるこの日は、優司の会社は休みではないものの、仕事相手のいろんな会社は盆の休みを取っているところも多く、優司の属する編集部でも、夏休みを取っているものが何人もいた。遠くへ旅行に行ったり、子どもを連れて帰省をしたり。優司自身も――彼は子どもには恵まれなかったのだが、妻の休みが取れれば伴って、タイミングが合わなければひとりで、それに当ててきた時期だった。

「——今年はちょっと休み損ねちゃったなあ」

秋に刊行する本のゲラを読むのにまとまった時間が欲しくて、どこで読むかと考えると、お盆の時期の数日しかなかったのだ。

今年は秋のお彼岸の頃に帰ろうと思う、と両親には連絡をしてあった。お兄ちゃんにもそう伝えておいてね、と。

『なんだよ、もう。寂しいなあ』

口をとがらせる、小学生時代と同じ顔の兄の表情が見えるような気がした。でもきっと、兄は——兄の霊は、『仕事じゃあ仕方ないな』と、笑って許してくれるだろうと思った。

そういうひとだった。子どもながら、筋の通った考え方ができる、物語の主人公のようだった少年。

「ていうか、ヒーローだったよなあ」

野球が得意で、誰よりも足が速く、元気だった兄。高いところから飛び降りたりして、いろんな無茶やけがをしても、ひるまずに冒険を繰り返していた、無鉄砲な英雄。でも、間違ったことや弱いものいじめはしなかったし、落ち込むことがあっても、すぐに元気になって明るい笑顔を見せた。いつだって、兄は優司の憧れのひとだった。

その年齢を子どもの頃に追い越して、長くたったいまでもそれは変わらない。

優司は子どもの頃、兄に嫌われたくなくて、いつも兄に恥ずかしくないように生きてきた。

誰にも——兄本人にもその話をしたことはなかったけれど、いつだってそれが、彼の行動原理だった。

「ほんとうは、お兄ちゃんみたいに野球が得意ならいちばんよかったんだけど……」

優司だって野球は大好きだった。王も長嶋も神様みたいに思っていた。けれど、兄の背中を追いかけようとしても絶対に追いつけないくらいに、優司は足が遅かったし、優司は兄と違って、雨の日も晴れの日も、ずっと空の下にいられるほど、健康に恵まれたからだでもなかった。

だから、優司は自分にできることで頑張った。勉強を頑張り、間違ったことはせず、似鳥健太の弟にふさわしい少年であるように。健太はそんな優司を、おまえは賢いなあ、何でも知ってるんだなあ、かっこいいよ、と、誉めてくれ、かわいがってくれた。

遠い日の水の事故で、健太が自分のそばからいなくなったあとも、幻のように——いや実際、それは優司の願うままの幻想だったのだろうけれど、健太の姿や笑顔、声は、優司の中に残り続けた。立派な弟であろうと頑張り続ける優司をいつも見守り、励まし、誉め続けてくれた。

いまおとなになった自分を、優司は内心けっこう気に入っていて、そんなとき、兄が自分を育ててくれたようなものだな、と、思うのだ。

窓の外の広々とした空は、気がつくと金色を帯びた夕暮れの色になっていた。

広いフロアに、午後まではほかの編集者たちもいたけれど、読み込んでいたゲラから目を上げると、優司ひとりがぽつんとそこにいるのだった。

節電のために、ひとのいない辺りの照明は落としてあるので、フロアはなんとも薄暗く、寂しげな感じになっていた。何しろ誰もいないので、防音がきいた部屋の中は、ただひたすらにしんとしている。天井のエアコンが風を送り出す音や、部屋の遠くにあるウォーターサーバーが内部の水を循環させるための音が聞こえるくらいだ。どちらも普段はまるで意識しないような静かな音だ。

「なんだよ、ぼくひとりかよ。寂しいなあ」

つい独り言が口から出るのは、窓越しに見える空が澄んでいて、綺麗すぎて見ていると切なくなるからかも知れない。毎年、盆と正月前後には、都内は人口が少なくなって、車も走らなくなり、そのせいか空気は澄み、空が美しくなるという話がある。

優司は席から立ち上がり、窓から広い空を見た。

二十階の窓から見ると、周囲の同じような高層ビルはSFの中の情景のように見える。眼下に広がる新宿の街並みは、模型のようだ。窓ガラスに、夕暮れの光が射して、まばゆく輝いている。金色の炎がうっすらと燃えているような情景にも見えた。

背の低いマンションや古いビルと、街路樹や公園の緑が、高層ビル群と入り交じって、不思議な情景を作り出していた。

「怪獣や宇宙人が歩いてそうな情景だよなあ」

ウルトラマンが――ヒーローが空から舞い降りて助けに来てくれそうな情景だということでもある。

ねぐらに向かうのだろうか、鳩が翼を輝かせながら、ゆったりと目の前の空を羽ばたいてゆく。この窓の高さは、鳥の目と同じ。魔女がほうきで空を飛ぶなら、これくらいの高さの視点になるのだろうか、と、優司は口元に笑みを浮かべて思う。

「お兄ちゃんにこの眺めを見せてあげたかったな」

高いところが大好きだったあの少年は、きっと夢中になって、窓の外の景色に見入っただろう。子どもの頃の夢とロマンをそのまま現実にして広げたような景色にうっとりしただろう。朝から晩までそうしていても飽きなかったに違いない。――自分だって、若い頃からもう長いこと見ていても飽きることのない情景なのだから。

「お兄ちゃんに、ここから飛び降りたい、なんてわがままいわれたら、きっと困ってただろうなあ」

くすくすと優司は笑う。

いくらあの兄でも、この高さから落ちればさすがに助からないだろう。子どもの頃の自分と兄が大好きだったテレビアニメや特撮のヒーローたちならば、新宿の高層ビル街を縦横無尽に駆け抜け、ビルの上を走り、屋上から飛び降りて、恐ろしい悪人たちの手から世界を守り抜いていただろうけれど。

「――この空と街を見せてあげたかったなあ」

優司は微笑み、久しぶりに、兄がここにいればよかったのに、と思った。自分と一緒に、ここにいたら楽しかっただろうなあ、と。

「あのボールを、ぼくがちゃんと投げていれば」

兄は生きていたのだろうかと思う。優司に背中を見せたまま、おとなになり、いまも憧れの存在のまま、スーパーヒーローとして生きていてくれたのだろうか、と。

(お兄ちゃん、プロ野球の選手にはなれなかったかも知れないけれど)

心の内に勇気と冒険心を抱いたまま、明るい笑顔を浮かべたおとなになり、日本のどこかで、社会を支える一角の人物になっていたに違いない。

「――そんな兄貴と話してみたかったなあ」

いろんなことを。

もうお兄ちゃんという呼ばれ方でなく、兄貴、なんて呼びかけられるようになった健太と、おとな同士の会話をしてみたかったと思う。

笑みを浮かべたまま、うつむき、目元に浮かんだ涙を拭う。

それが叶わない夢になってしまったのは、自分のせいだとわかっている。兄が海に沈んだあの日から、優司は永遠の不在を抱えて生きている。帰ってこないとわかっている兄を待ち続けているようなものだった。

「でもね、お兄ちゃん」

優司は空に話しかけた。

「お兄ちゃんが世界に存在していたということを、どんなにかっこいい人間だったかっていうことを、ぼくは忘れないから。――そしてね」

いままで作ってきた、一冊一冊の子どもたちのための本、そのすべてに、あの頃の自分と健太の思い出が込められているのだと思う。あの頃考えていたこと、好きだったこと、嫌いだったこと、怖かったこと。夢見ていたこと。

時代が変わっても、子どもの魂の深奥の、変わらない部分があると優司は信じている。自分の中のその部分を通して、優司は本を編む。

わからなくなったり迷ったりしたときは、心の中の兄に相談することもあった。そうすればきっと、道は開けた。

「ぼくたちは、ずっと一緒だったんだよ。二人三脚みたいに、ふたりでたくさんの本を作ってきたんだ」

この秋に刊行する本は、あの頃の自分たちきょうだいのように、野球が好きな子どもたちのために編んでいる本だった。子どものための野球入門であり、野球の歴史の本であり、同時に、より速く投げ、打ち、走るための技術論や方法論にも触れた、分厚い、野球百科事典のような本。子どもから読めるけれど、成長し大きくなっても、本棚の片隅に置いておいてもらえるような、完成度の高い、質のよい本を目指した。

「いまの時代の、そして未来の野球少年少女たちへの贈り物であり、生涯の友達になるような本にしたいと思っているんだ」

健太のように、野球が好きで得意な子どもたちのための。そして子どもの頃の自分のように、野球が好きでも運動があまり得意ではない子どもたちのための野球の本。

「ずっと前から、企画は心の中にあったんだ。若い頃、子どもの本の編集者になった頃からかな。でも、あっという間に時間がたっちゃってね。気がつくとぼくもこの年になってて。この仕事をしているうちに、あと何冊の本を作れるだろうと思ったとき、この本だけはきっと現実のものにして、未来に残さなきゃと思ったんだ。

ぼくがこの先、この会社や世界にいなくなって、ぼくやお兄ちゃんのことを記憶しているひとがいない世界に、未来の世界になっても、たくさんの子どもたちへの贈り物として、この一冊が残るように」

著者と違って、編集者が本を通して名前を残すことはまずない。けれど、本をかたちにする魔法の力は、およそ編集者だけが持つものであり、ほかの誰にもできるものではないのだ。そうして世界に誕生した一冊の本は、そこから未来へと、時を超える長い旅に出ることができる。その本に関わった著者や編集者をはじめとする多くのものたちがその生涯を終え、世を去ってしまっても、はるか未来まで辿り着く可能性のある旅人になる。

「旅の先、遠い未来をぼくらは見ることはできないけれど、遠くへと送り出すことはできる。この手で思い切りボールを投げるように、本を遠くへと送り出すよ」

優司は黄昏色の空を見上げて、微笑んだ。

「大丈夫。今度は失敗しないから」

子どもの頃、思い切り暴投してしまったあの日と違って。

今度はきちんと、思うとおりに投げてみせる。

まあちょっと勇気がいることではあるんだけどね、と、そっとひとりごちる。会社のほかの社員たちの前では言葉にできない、見せられない、自信のない言葉と、表情で苦笑する。

今回の野球の事典は、いずれはWebサイトと連動して、たくさんの資料や容量の大きな動画も見られるようにしようと思っている。新しい情報を常にアップデートしてゆく予定もある。あってはいけないけれど、本文やWebサイトに記述や内容の誤りがあれば、即座に訂正していくつもりだ。

ゆくゆくは会員制サイトを立ち上げて、読者や学校、スポーツ少年団や保護者たちにも交流をさせよう――などと考えていったら、初期の企画より派手で大きな企画になった。

つまりは、その準備のそのまた準備のためもあって、今年の盆の帰省ができなくなった、というわけなのだった。

ほかの出版社では、似たような企画が過去に立ち上がり、成功もしているけれど、それよりもずっと大がかりだし、優司の出版社では扱ったことがないような企画だった。前例がないということと、やはりこの業界は体質がやや古く、紙の本だけを丁寧に作っていればいいのでは、という声も多い中で企画を通すのは、いまの優司の立場でも、それなりに難易度が高かった。

企画が通り、本体の本の原稿がそろい、編集する時期になったいまも、前途を考えると胃が痛くなることがある。これから先に起こりそうなトラブルをいちばんリアルに想像できているのは、発案者の優司自身だからだ。

「まあ次々に困難がやってくるのは目に見えている企画だけどね。実現したら、絶対に子どもたちは喜ぶと思うんだ。だから、頑張るよ」

まだ地上には存在しない一冊の本。本を中心に広がってゆくサービス。たぶんそれは、いまの時代に合わせた、進化した本の姿だ。

この本があれば、あの頃の自分と兄はきっと夢中になる。

そんな確信があるから、実現させてみようと思うのだ。

目をぎゅっとつぶり、拳を握りしめる。

「——頑張るよ、お兄ちゃん。このボールはちゃんと投げる。絶対に、見失ったりしない」

そのとき、誰かの手が、軽く肩に触れたような気がした。

『おう、頑張れ。見てるからさ』

風が吹き過ぎるように、懐かしい声が聞こえたような気がした。

はっとして目を開ける。

瞬間、視界の端に、白いランニングに短パンをはいた、日に焼けた少年の姿と、明るい笑顔が見えたような気がした。

そして、ひとけのない、いつもより照明を落とした編集部の自分のデスクの、さっきまで見ていたゲラの束のそばに、薄く光を放つように置かれているのは——。

信じられない、そんな表情で、優司はゆっくりとデスクに歩み寄り、濡れたボールを手に取った。

「——長嶋の、サインボール」

古びて汚れたボールからは海水の匂いがした。

優司はボールをぎゅっと握りしめ、胸元に抱きしめた。

その手に落ちる自分の涙の、その音を聞きながら、笑った。

お盆だもの。こんな奇跡があったっていいのだろう、と思った。

そもそも優司は、奇跡を信じることには慣れている。——何しろ、少年の日に、故郷の街で街を守る魔女に会ったことがあるのだから。あの日、魔女の存在を信じたことに比べれば、お盆に兄の霊に会うことくらい、まったくリアルな出来事といってもよいだろう。

優司は笑顔のまま顔を上げ、黄昏の光の色に染められた部屋を見回し、いった。

「お盆にぼくが帰らないから、会いにきてくれたんだね。ありがとう」

広い部屋の中に、そして窓の外に、健太の姿は見えなくても、どこかに兄がいることを感じていた。そのまなざしがそばにあることを。

兄とはあの日、別れたけれど、それは永遠の別れではなかったのだ。

「見ててね。ぼく、頑張るよ」

遠い日に教わったとおりに、ボールを右手に握りしめる。縫い目に指をかけて——そう、覚えている。教えてくれた兄の声とともに。

「きちんと未来に投げてみせるよ」

子どもの頃のように、あの兄に誉めてもらえるように。かっこいいよ、といってもらえるように。


『魔女様、ただいま』

海辺の街の空がゆっくりと夜の色に染まってゆく頃、白いランニングの少年は、ニコラの店に帰ってきた。

その手にはあのボールはない。弟に届けることができたのだろう。

上機嫌な、明るい表情で、少年は笑った。

『へへ。優司の奴さあ、すっかりおじさんになってて、最初は笑っちゃったけど、かっこいいおとなになっててさ、なんかこう、嬉しいっていうか、ほっとしちゃいました。あいつは大丈夫なんだ、ってさ』

少年のままの姿なのに、おとなびた、優しいまなざしをした。

『でも、願い事を叶えてもらえるなら、魔女様、あいつの夢が叶うように力を貸して欲しいです。あいつが作っている子どものための野球の本が、立派に完成するように。未来まで、届いていくように』

「わかったわ」

ニコラはうなずいた。

「あなたの——あなたたちきょうだいの夏休みの宿題、きちんといま、受け取りました。この街を守る魔女のニコラが心を込めて、まじないをいたしましょう」

子どもたちの想いが、未来に届くように。

この子たちが、この時代、この世界に生きていたという記憶が、本を通して未来まで届くように。


やがて日は落ち、夜はとっぷりと暮れてゆく。

この数日、海辺の街に還ってきていた魂たちは、また、海の彼方の世界へと帰っていく。

残してゆく家族や友人たちに見えない手を振り、笑顔で頭を下げ、街の西の港の方へと、透き通る足取りで歩いてゆく。

また来年、八月に戻ってくるから、と家族には聞こえない声で、そっとささやきながら。

ニコラの店は、今日も窓辺に古い灯りを灯し、行き過ぎるひとびとを見送り、見守っていた。

店の中には、健太少年のほかに、先ほど訪れたお客様たちもいた。

ひどく老いた母親と、防空頭巾を愛らしくかぶった、もんぺ姿の少女だった。

幸せそうな笑みを浮かべて話しているこの親子の、母親はこれが初盆。彼女の場合は、昨年ではなく、今年の初夏に亡くなったばかりだった。

彼女の家はもうない。長く入所していた老人ホームに帰ってきていた。最後の日々、親切にしてくれた職員さんたちや、日常をともにした友人たち、なついてくれていたコンパニオンアニマルの動物たちに挨拶をして、西方浄土に帰ろうとしているところだった。

ずっと昔の若い日に、ニコラの店に辿り着いたことがあったので、懐かしくなって、その帰途の前に、立ち寄ってくれたのだそうだ。

遠い日の彼女の願いは、昭和の時代の空襲で亡くした我が子ともう一度会い、明るい照明の下で、たくさん笑い、お話をして、甘いものをたくさん食べさせてあげること。

長い時間がかかったけれど、その願いはいま叶い、老いた母親は、愛娘と楽しい時間を過ごしていた。

砂糖と生クリームをたくさん使った、甘い甘いババロアにプリン、バナナを贅沢に飾ったアイスクリーム、キャラメルとチョコレートのソースがかかったケーキ。それが懐かしく美しい銀や陶器のお皿に載っているのだ。戦争で焼けた家と一緒になくしたはずのお皿たちに。外国のお菓子だけではなく、女の子が大好きだった、どらやきにぜんざい、あんみつだって、載っている。お菓子作りが得意だった母親が、女の子に作ってあげたくても、材料が手に入らなくて作ってあげられなくなった甘いものがたくさん。

それは何もかも、戦争が終わる日が来れば作ってあげたいと思っていたものばかりで、母親は優しい魔女に感謝しながら、女の子にあれもこれもと勧めてゆく。

そのうちにふと気づく。皺だらけ、しみだらけだった自分の手が、若い頃、女の子と暮らしていた頃と同じように、白くなめらかな手に戻っていくことに。気がつけば、テーブルの上の銀の食器に映っている自分の顔が、若い日のものに戻っていることに。

『お母さん』

女の子が、嬉しそうに母親の腕に抱きついて、その顔を見上げる。

『ずっと一緒にいられて嬉しいな。お話がたくさんできて、嬉しいな』

女の子は、昭和二十年夏の空襲で亡くなったあとも、ずっと母親のそばにいた。その声が聞こえないだけ、姿が見えないだけで。

母親が亡くなってやっと、話せるようになったのだった。

『ごめんね。ごめんねえ』

母親は涙をはらはらとこぼしながら、笑みを浮かべ、娘を腕の中に抱きしめた。

その様子を、健太少年は、ミルクセーキを飲みながら、もらい泣きをしながら、よかったよかった、と見守っていた。

穏やかな時間は過ぎてゆく。

死者たちは、波が引くように街を離れ、海へと戻ってゆく。

『――ねえ、魔女様。ぼくも行かなきゃなのかな。そんな気がします』

ニコラの店の窓辺から、帰っていく死者たちを見送って、健太少年はニコラを振り返った。

「海の彼方へ？」

『やっと海から帰ってきたばかりだし、このままお化けとして家に帰ったり、街で遊んでいたいような気もしてたんだけど、みんなと一緒のところへ行かなきゃいけないような気がして。——どこかよくわからないんだけど、そこがたぶん、西方浄土、ってところなんだと思う』

少年は唇を結び、凛としたまなざしで遠くを見つめた。

でも、と、表情が自信なげに曇る。

『——ぼく、行ったことがないところに行くの、怖いし、寂しいな』

その手を、ふと、小さな手が取った。

防空頭巾をかぶった少女が、にこにこと笑って見上げている。

『大丈夫よ。わたしが一緒に行ってあげる。お母さんも』

少女が振り返ると、母親がにっこり笑ってうなずいた。

健太は少しだけ恥ずかしそうに頬を染めて、少女に訊ねた。

『怖いところじゃないのかな？』

『うん。綺麗なところだよ』

『閻魔《えんま》様とかいない？』

いないよ、と、女の子はきゃっきゃと笑う。

そして、少年の手を引いて、店の扉を外へと開けようとする。

思い出したように振り返って、もう片方の手を、母親の方へと伸ばした。

その小さな手を取り、ぎゅっと握りしめて、母親はニコラを振り返る。

幸せそうな笑みを浮かべて、お礼の言葉を口にして、また来年、といった。

魔女ニコラは微笑む。

母と娘と、少年に優しいまなざしを向けて。

「ええ、また来年、きっとお会いしましょう」

この街の、この場所で、待っていよう。

この街のひとびとを迎えるために。窓辺に灯りを灯して。


店の外に出て、お客様たちを見送ろうとすると、軽くクラクションを鳴らすような音がした。

あのトランペットが得意な運転手が、軽やかな仕草で運転席のドアを開け、車から降りると、笑顔で歩みよってきた。

『わたしも、向こうに帰ります。また来年、この街に帰ってきますね』

タクシーは、運転手が亡くなったそのときにひどく損傷し、そのまま廃車になったものだった。自動車にも魂があるのだろう。主を乗せて、ともに海の彼方に帰るところらしい。

運転手の生前、よく手入れされて磨き上げられていたタクシーは、魂だけの存在になったいま、元通りの姿に戻り、美しかった。どこか得意そうにも見えた。

『わあ、タクシーだ』

健太少年が、目を輝かせて車と運転手の制服に見とれる。

女の子と母親も、まあ、というように目を見張る。

『よかったら、ご一緒に』

得意げな、嬉しそうな表情になった運転手は、多少気障《きざ》っぽくても優雅な仕草で、助手席と後部座席のドアを開け、子どもたちと母親を誘《いざな》う。

『いいのでしょうか』

母親がそう言葉にすると、運転手は笑って、

『もう一年も、お客さんを乗せて走ってないんで、わたしも車もつまらなかったんですよ。よかったらぜひ、乗ってやってください。海の彼方の西方浄土まで、安全運転でまいりましょう』

その言葉が終わる前に、健太少年はもう助手席に乗り込んでいた。女の子は母親の手を取り、後部座席に乗り込もうとする。母親は運転手に頭を下げ、ニコラを振り返ると、深々と頭を下げた。

運転手は、丁寧にドアを閉めると、運転席の方に回り込み、帽子を脱いで、ニコラに頭を下げた。タクシーに乗り込む。ドアが閉まる。

そして、タクシーは、ニコラの店の前から静かに走り去っていった。

窓を開けてもらった子どもたちが、それぞれの席から、ニコラに、街に、手を振り続ける。

街に満ちる夜の闇と、商店街に送り火のように灯る街の灯りの中、タクシーは静かに走り去

る。幻の光を放ちながら。その姿も、幻のエンジン音も、やがて遠ざかり、小さくなってゆく。港の方へ、西の海の彼方へ向かって消えてゆく。

同じ方向へと、静かな気配たちが遠ざかっていくのを、店の前でニコラは見送り続ける。名残惜しげに来た方を振り返り、街に手を振り、ニコラに会釈したりしながら海へと戻ってゆく、優しい魂の群れを。

「――また来年、会いましょう」

ニコラは呟き、小さく微笑む。

今年の夏もまた終わるのだなあ、と思う。

日が落ちて、夜風はすっかり秋の肌寒さだもの。

「毎年のこととはいえ、見送る側は辛いわねえ」

つい、ひとりごちてしまう。さよならにはいつまでたっても慣れない。この先、自分の命がつきるその日まで、ニコラはひとりきり、この場所で愛するものたちにさよならを告げ続けなくてはいけないのだろうか。

さよならから解放されるときは、ニコラの魂が世界から消えてしまうときか。そう思うと、なんて悲しいことなのだろうと思った。

そのときには、ニコラ自身がこの街や愛するひとびとに永遠の別れを告げないといけないのだ。そうしてニコラの魂は、どこへも行けずに消えてしまう。

「寂しいわ。とっても」

その言葉が口をついて出たとき、ふわりと懐かしい気配が、肩の辺りに漂った。

懐かしい親友、灰色の雲のような長い毛の猫が、遠い日のように肩に乗っていた。昔と違うのは、そのからだには重さがなく、爪は肩に食い込まず、何よりも体温のあたたかさがないのだった。

『寂しがりやさん、お久しぶり』

それでも猫は緑色の眼を細めて笑う。懐かしい、喉が鳴る音がする。

『なんでわたしがここにいるのかなんて訊かないでね？　ただどうしても一度だけ、寂しがりやの魔女のところに戻りたいって、死ぬ気で——死んでるけど、願ったら、どういうわけか、いまここにいるだけなんだから』

ニコラはただ微笑んで、首を横に振った。触れることのできない猫に、頬を寄せた。

猫は優しい声でいった。昔のように、お姉さんぶった、そんな口調で。

『思うに、魂はきっと消えたりはしないのよ。人間たちのだけじゃない。魔女や使い魔の魂も。消えたように見えても、世界のどこかに溶けているだけなんだわ。会いたいと思えば、こうして会えるの。お盆じゃなくたってさあ』

「——溶けている？」

『そう。きっとみんな永遠なの。魂も、大好きだって想いも』

灰色の猫はにっこり笑い、ふわふわの顔を寄せて、ニコラの頬を舐めた。実際にはその舌は届かなかったけれど、懐かしいざらりとした熱い舌の感触を、ニコラは涙に濡れた頬にたしかに感じ取ったのだった。

『だからね、みんな一緒なのよ』

猫の言葉が耳の底に残った。甲高い、懐かしい響きの声が。

そのときにはもう、猫の姿も、気配もどこにもなかったのだけれど、言葉はいつまでも、ニコラの耳の中に、潮騒のように響いていた。

街を今日も、月の光が照らす。

満月の光は、銀色で優しい。

少女時代のニコラが、世界のいろんな街や村を、灰色の猫とともに旅した日のように。たくさんの愛するひとびとと出会い、別れを繰り返していた、あの遠い時代と同じに。

この街で、ニコラが無力に、多くのひとびとを亡くした、あの昭和の時代の焼け跡を照らしていた光と同じに。

「溶けている……」

ニコラは月を見上げる。

吹き過ぎる優しい夜風の中に、その風音に紛れて、見送ってきた魂たちのささやく声が聞こえるような気がした。光の中に、ニコラを見守る懐かしいまなざしが見えるような気がした。

「そう、永遠なのね」

ニコラは手で涙を拭い、そして微笑む。

それならいいのだ、と思った。

この世界にお別れは存在しないのだ。

それならば。

ニコラ自身も、いつかこの世界の風や空に溶け込んで、愛するものたちとずっと一緒にいられるのならば。

『泣き虫の魔女をほうっておくわけないでしょ？』

ふいに耳元で、けらけらと甲高い声が笑う。その声は夜風に溶け、月と星が光を灯す空へと駆け上がっていった。

第6話　ある人形の物語

　それは少しだけ昔——いや人間たちにとっては、きっとずっと昔に思えるくらい昔に起こったこと。若い世代のひとびとや、幼い子どもたちにとっては、もしかしたら伝説やおとぎ話に思えるほど昔の、何十年も昔にあった、誰も知らない物語。

　日本がいくつもの国を相手に戦争を続けていて、国民の思いとは別に、敗色濃厚になってきた、そんな昭和二十年の夏。

　山奥の、古い町のそばにある小さな森に、金色の髪に青い目のお人形がひとり、隠れ住んでいた。


　お人形は昼間は森を散歩して過ごした。夜は木のうろの中に、草や木の葉、花びらを敷いて作った寝床に眠っていた。

　栗鼠《りす》やうさぎとすれ違ったり、蟬や小鳥の声を聞くことはあっても、誰もいない森の中にひとりきり。

お人形はたまに寂しくて、ため息をついたりした。

お人形は――特に、その金髪の抱き人形は、子どもたちの友達になるようにと作られるもの。ひとの気配のない森の中にひとりきりでは、寂しくて凍えてしまいそうだった。

『心が凍えて、死んでしまいそうだわ』

いまは夏だけれど、とても寒い。

そう考えてから、お人形は、

『といっても、わたしは人形だから、ほんとうは寒くも暑くもないんだけど』

と、呟いた。――もっというと、人形だから、ほんとうは心があったり、ものを考えたり、ひとりで森を散歩したりもしないはずなのだけれど。

なぜ自分にはこんな風に心があるのか、自由に動くことができるのか、お人形にはわからなかった。

どんな魔法なのか、奇跡なのか、ある月の夜、気がついたら動けたのだ。

お人形はもともと、この森の近くにある町の、古い尋常小学校、のちの国民学校初等科――いまでいう小学校の玄関の辺りにガラスのケースに入れられて、大切に飾られていた。海の向こうのアメリカから、ふたつの国の間に長く平和が続くように祈りを込めて贈られた人形だった。日本の子どもたちへの愛と友情を込めて、たくさんのひとびとの手によって、手作りされ、海を渡った人形たちの、そのひとりだったのだ。

人形たちは全国の幼稚園や尋常小学校に飾られ、大切にされていた。けれど、アメリカとの間に戦争が始まった。人形たちは敵の国の人形として、焼かれたり壊されたり捨てられたりした。

そのお人形も焼かれてしまう運命にあったのだけれど、お人形をかわいがっていた若い女の先生が、その前にひと知れず、こっそりとお人形を持ち出した。月の綺麗な夜のことだった。満月がぽっかりと見守るように灯っていた。

先生はお人形をそのまま匿《かくま》いたかったけれど、小さな学校には、この子を隠す場所はないし、家にも持って帰れない。

このお人形をどうしたら守れるだろう。

「——ごめんなさい」

考えに考えた末、先生は、お人形を森の奥に置いて帰った。枯れて倒れた木の上に、そっと寝かせて置いてきた。べそべそと泣きながら、ひとりで夜道を帰った。

おがくずや土でできたお人形を、そんなところに置いてくれば、いずれ朽ちてしまうだろう。それがわかっていても、人間の手で焼かれたり壊されてしまうよりも、よほどいいと思った。

「だって、そんなのひどすぎる」

平和を願って、大切に作られて、はるばる海を渡って、陸路を旅して、この町の学校まで来てくれたお人形なのに。

子どもたちから大歓迎されて、大切に飾られて、十数年もたったいまではだいぶ古くはなったけれど、毎年ひな祭りはこのお人形を囲んで、歌をうたったりもしたのに。――そう、子どもの頃のこの先生も、お人形とひな祭りをしてきたひとりなのだ。

先生になってからは、夏服しか持たなかったお人形のために、外套《がいとう》を縫ってあげたり、ブーツを作ってあげたりもした。

お人形はしゃべれないけれど、綺麗な服を着せてあげると、青い目が嬉しそうに見つめてくれたり、口元が微笑むような気がした。

そしてお人形はいつも、学校にいる子どもたちを、優しい目で見守ってくれているような、そんな気がしていた。学校の玄関の、同じ場所で、ずっと変わらずに、永遠の友達として、子どもたちを見ていてくれているような。

「ごめんね、ごめんね。さようなら」

守ってあげられなくて、ごめんなさい。

若い先生は泣きながら、月の光に照らされて、ひとりきり町へと帰っていった。

お人形に心が生まれたのは、そのときだった。お人形はからだを起こし、青い目で、去っていく先生の姿を見ていた。月の光に照らされて、遠ざかる姿を、ただ見つめていた。

『さようなら――』

それがお別れの言葉だということは、伝わってきた。

お人形に心が生まれて、最初に知った感情は、哀しみだった。悲しさと寂しさが、何も入っていないはずの胸の中に、いっぱいに溜まって、絵の具で描かれた青い目から涙が流れた。

お人形は硬い指先で、自分の涙を掬いとり、じっと見つめた。

涙は月の光に照らされて、光っていた。


お人形には、どうして自分に心が宿ったのかわからなかったし、自分が森の奥に置いていかれた理由もわからなかった。

ただ、自分は懐かしい場所に——あの学校の玄関のそばのガラスケースの中に帰れないということはわかった。この森の中で、ひとりきり、人間に見つからないようにしていなくてはいけないのだということも。

『今日からわたしは、ひとりぼっちで、ここにいなくちゃいけないのね』

お人形は、月に照らされて泣いた。大好きだった場所には帰れない。子どもたちのそばにいてはいけない。

お人形には心臓はないはずなのに、胸の奥のその場所がきりきりと痛んだ。

昔から、人形には魂が宿ることがあるといわれている。ましてや彼女は、大切な願いを込めて作られ、海を渡ってきた人形だった。同じときに日本に辿り着いた人形の、その中のひとりに魂が宿るなんて奇跡があっても、おかしくはなかったのかも知れない。

あるいは、奇跡を起こすという満月の光、その光に照らされたことが魔法になったのかも知れない。お人形のために泣いた、若い先生の涙が奇跡を生んだのかも。

あるいは——そのすべてが小さな奇跡を生んだのかも知れなかった。

理由はわからない。けれど、森に捨てられた青い目のお人形は、その月の夜から、心を持つ存在になり、森の奥でひとりきり暮らすようになったのだった。


さて、その頃の日本では戦争が続いていて、その町からもお父さんやお兄さんたちが兵隊さんになって、遠い外国へ送られたりしていたけれど、山奥の小さな町のこと、都会の街のように、空襲に遭うことはなかった。

けれど、空を飛行機が飛んでいくことはあったし、夜に空襲を受けた遠くの街が燃えて、その炎が明るく空を焦がすのが遠目にも見えることはあった。

お人形は、森の奥から、ひとりきりそんな夜空を見て、怖くて震えたりもした。

お人形にはあの炎の中で、たくさんのおとなや子どもや、それから動物たちが逃げ惑い、死んでいることがわかったのだった。


そして、ひとりぼっちの暮らしが何日か続いた頃、雨が降りしきる森に、ひとりの女の子が迷い込んできた。

雨雲に覆われて薄暗い森の中で、女の子は木の根や濡れた泥に足を取られ、転んでうずくまった。

もんぺの上に、都会風の、袖がふくらんだ白いブラウスを着た女の子のことを、お人形は知っていた。腕に抱えている、お母さんの手作りだという防空頭巾と、肩にかけた布の鞄は、外国製の洒落た小花模様の布でできたもの。そんなことも覚えていた。

遠い海辺の街から、親戚を頼って預けられたというその子は、ガラスケースの中のお人形に、よく会いにきて、話しかけてくれていたのだ。話しかけないときも、通りすがりに笑顔を見せてくれていた。だからお人形はその子のことを覚えていた。

「海辺の街のわたしのおうちにはね、あなたみたいなお人形がいるの。亡くなったお父様が、お誕生日に百貨店で買ってきてくださったの。いちばんのお友達、大好きな親友なのよ」

あの子、わたしがいないから寂しがってると思うわ。女の子はそういっていた。

自分の方が寂しそうな、泣きそうな目をして。

女の子はからだが弱く、そして海辺の街はたびたび空襲を受けていたので、山間の町に預けられているのだと話してくれた。その頃、日本ではそんな風に、都会から、縁故を頼って、あるいは学校ごとまとめて、安全だと思われる町や村に預けられる子どもたちがいた。その女の子もそんな子どものひとりだったのだ。

「親戚のおばさんたちはみんな親切で、優しいけど、でもほんとはおうちが恋しいの」

女の子は小さな声で、そんなことも話してくれた。ほんとうは家に帰りたいけれど、お母さんがこっちは危ないから、まだ帰ってきてはだめよ、と、手紙に書いてくれたとか。

「『まだ』帰ってきちゃだめって、いつになったら帰ってもいいのかなあ」

女の子は大きな目いっぱいに涙を溜めて、お人形に話したこともあった。


その女の子が、雨降る森の中に、ひとりきりで迷い込んできた。

どうしたのだろう、と思いながら、お人形は木の陰に身を隠した。——だってお人形は誰にも見つかってはいけないから。

けれど女の子は、降りしきる雨に濡れていて、寒そうで、震えているようで。

お人形は思わず女の子に駆け寄ると、小さな手で女の子の手を引いて、森の木陰の、少しでも雨に当たらないところへと導いたのだった。

女の子は最初驚いたように、目を見開いていたけれど、すぐにはっとしたように、お人形に手を取られたまま、大きな木の下へと身を寄せたのだった。

「よかった。またお人形さんに会えた」

女の子は花が咲いたような明るい表情で笑った。お人形が見つけた、乾いた草の上に腰をおろし、濡れた手で、お人形の頭をそっと撫でてくれた。

「お人形さん、急にいなくなってしまったからどうしたんだろうと思っていたの。こんなところにいたのね。ひとりで暮らしていたのね。お話の世界の中のお人形さんみたいね」

人形が動くとか、ひとりで森の中で暮らしているとか、女の子には不思議なことではないようだった。女の子が「海辺の街のおうち」でたくさん読んでいた絵本や物語の世界ではよくあることだから、と女の子はいった。

「あれはほんとうにあることだと信じていたの。お母様やお姉様にそういったら、みんなお話の世界だけの作り事よ、っておっしゃってたけど、わたしは信じていたのよ」

そして女の子は、手を顔に当てて泣いてしまった。

「お母様も、お姉様も、ご無事でいらっしゃるのかしら」

八月のある日、海辺の街にひどい空襲があって、街は半分も燃やしつくされてしまったのだと、そんな話を親戚のおばさんが教えてくれたのだという。きっと大丈夫だよ、とおばさんは慰めてくれたけれど、おばさんの青ざめた表情や、言葉の調子で、ああだいぶひどい空襲だったのだ、お母さんとお姉さんからは何の連絡もないのだ、と、女の子にはわかったのだという。

「だから、わたし、おうちに帰りたくて」

雨の中、闇雲におばさんの家を出てきたのだという。

「お金なら、少しくらいはあるし。防空頭巾の裏に縫い込んで、お母様が持たせてくださったから。方角も、わかっているの。この山を越えて、ずっとずっと行って、お船に乗って海を渡って、それからまたずっとずっと行けばいいのよ。そうしたら、おうちに帰れるの」

女の子は膝を抱え、思い詰めたような表情で、そういった。そうしてひどく咳き込んだ。どうしよう、こんなときにまた具合が悪くなっちゃった。そういって笑いながら。

そして女の子は、お人形に一枚の写真を見せてくれた。布の鞄の中に、大切にしまわれていたのは、家族の写真。

女の子の、戦地で亡くなったというお父さんと、優しそうなお母さんと、賢そうなお姉さん、そして幸せそうに笑っている女の子が、美しく、居心地のよさそうな部屋で、身を寄せあって写っている写真だった。部屋にはたくさんの本と大きな南の国の植物があり、女の子の腕には、かわいらしい人形が抱かれていた。

「お父様が戦地に行かれる前に、写真館の方に来ていただいて、おうちで写真を撮ったの。みんなでお守りとして持っているために。もし、離ればなれになっても、心だけはずっと一緒にいるために。大好きなおうちで一緒にいられるために――」

何度も見たからなのか、写真の端には皺や折れたところがあって、けれどとても綺麗な写真だと、お人形は思った。

『いいなあ』

お人形はつい呟いた。

『あなたには帰るところがあるのね』

「あなたにはないの？」

女の子は不思議そうに訊いた。

お人形は黙ってうつむいていた。

雨は降り続いたまま、山の夜は明けて、やがて朝が訪れた。

「さようなら」

女の子はいうと、山を越えていこうとした。

濡れたままの姿で、冷え切った足で、ぬかるんだ森の中の道をよろよろと歩きながら。

お人形は黙ったままその後ろ姿が遠ざかるのを見守っていたけれど、やがて、駆けだした。

やわらかな革でできたブーツも、大切にしていたドレスの裾だって、濡れて泥だらけになっていたけれど、そんなことは気にしないで、女の子に追いついた。

『待って、わたしも一緒に行く』

疲れ切って青ざめていた女の子の表情が、ふわりと明るくなった。

「ほんとう？　嬉しい」

女の子は身をかがめ、お人形を抱き上げ、抱きしめた。

お人形は、そんな風に子どもの腕に抱きしめられるのは、もうずいぶん久しぶりのことだったので、天にも昇る心地になった。そして、人形として、ひとりきりの子どものそばにいることは正しいのだ、と思った。小さな抱き人形である自分には、できることは何もないだろうけれど、やはりこの子についていかなくては、と思った。旅の道連れになってあげることと、話し相手になってあげることくらいは、自分にもできるだろう、と。

けれど、ずっとあとになってお人形は、何度も何度も悔やんだ。女の子の旅についていくのではなく、自分はその旅立ちを止めるべきだったのではないだろうか、と。

女の子はただ必死に、山を越えようと歩き続けた。

けれど、都会育ちの女の子に、それもからだが丈夫でない子に、ろくな道もないような山の中を歩き続けるのはそもそもが無理だったのだ。

雨は上がったものの、その分蒸し暑さも増した森の中で、木の根に足を取られながら、ただ山の向こうを目指そうと闇雲に歩き続けた女の子は、そうたたないうちに歩き疲れ、少しずつしか歩けなくなった。

ごつごつした木の肌や、草の蔓《つる》、藪の草葉で手足は傷だらけになり、けれどうっそうと茂る森を抜けようと女の子はそれでも歩き続け、そしてお人形は、やはり何もできなかったのだ。ただ自分も泥だらけになって、女の子のそばを歩き続けるだけで。

お人形は、女の子の旅がとても大変なものになるだろうということがわかってきた。わかってきたから、とても心配で、だんだん思うようになってきた。

(そのうち諦めて、山間の町へ戻ってくれないかしら)

けれど女の子は、疲れて朦朧《もうろう》としてきても、歩くのをやめようとはしなかった。

女の子はその夜、森の中で疲れ果てて眠った。布の鞄の中に、ふかした薩摩芋《さつまいも》を一本入れていて、食事の代わりにと食べようとしたけれど、お腹空いてないから、といって食べるのをやめてしまった。

犬や猫の子どものように、草むらの上に身を丸めて目を閉じてしまった。

そして、女の子とお人形の旅は、始まったばかりで、その次の日には終わってしまった。

木々の枝にすがり、藪蚊に刺されながら、やっと暗い森を抜けた女の子が、明るい夏の空の下に、その身を乗り出した、笑顔でお人形の方を振り返った瞬間に、足を滑らせて、木々と藪に隠れていたはるか下の川に落ちていったのだった。


それはあまりにもあっけない、突然の出来事で、お人形は、夢でも見ているような気持ちになりながら、木々の枝につかまり、蔓草にぶら下がったりしながら、川へと下りていった。

女の子の姿は、どこにもなかった。

ただ雨のせいで水が汚れ、水かさが増えた、流れの速い川が、轟々《ごうごう》と流れているばかりで。

それでもお人形は、川辺を走り、水に何度も踏み込んで、流されそうになったりしながら、女の子を捜し続けた。川の下流へ下流へと、あるときは岩を登り、草木にすがり、何度も水に落ちそうになりながら。

森の空が少しずつ夕暮れになってゆき、やがて夜になるまで。淀《よど》んだ匂いのする夏の風に吹かれ、蝉たちの声や何も知らずにさえずる小鳥たちの声が渦巻く中で。

やがて、晴れた夜空に、満天の星たちがさんざめく頃、お人形は川辺の草の中に、女の子の亡骸が打ち上げられているのを見つけたのだった。

女の子は、奇跡のように川辺に流れ着き、這うようにして、草むらの上にその身を持ち上げたのだろう。けれどそのまま力つき、息絶えたらしかった。

汚れた手にはあの家族写真を大切そうに握りしめていた。

『かわいそうに。ああ、かわいそうに』

お人形は星の光の下で、涙に暮れた。

『どんなにおうちに帰りたかったでしょうに。写真の中の、この素敵なおうちに』

あの月の夜に、森に置き去りにされて、もう学校には帰れないのだと思った、心が凍えそうになったあの夜よりも、辛い思いがお人形の空洞の胸いっぱいに広がっていた。

お人形は、星明かりの下で、女の子の亡骸と、笑顔の家族の写真を見つめ続けた。家族に囲まれた、幸せそうな女の子の、その笑顔を。

『——わたし、決めたわ』

お人形は一言呟くと、顔を上げた。

女の子の手の中の写真を、そっとそっと取り上げて、写真の中の女の子に話しかけながら、大切に胸元に抱きしめた。

落とさないように気をつけながら、歩き始めた。

『この写真を、あなたのおうちに届けてあげる。あなたが帰りたかった海辺の街に届けてあげる。そうしたら、少しくらいは、あなたも帰った気持ちになれないかしら。魂の欠片くらいは、おうちに帰れないかしら』

不思議なことに、そのとき、写真の中の女の子が、嬉しそうにうなずいた。ありがとう、という声が聞こえたような気がした。

お人形は、星明かりの下でしばし立ち止まり、耳を澄ました。

辺りは虫の声が響くばかり。もう女の子の声は聞こえず、写真の中の姿が動くこともなかったけれど、お人形はしっかりとした足取りで、遠い遠い知らない街を目指して、歩き始めたのだった。


お人形は、人間の子どもとは違って、疲れることもないし、休む必要だってない。ずっと歩き続けていられるのだから、きっと大丈夫だと最初のうちは、お人形は思っていた。

空を見上げると、心の内に、女の子のおうちと、行ったことのない海辺の街の風景が見える。写真の中にいる女の子の魂が見せてくれるのだろうとお人形は思った。自分はあの子の魂と一緒に、あの子の街へ帰るのだ。きっとすぐに旅を終えて、送り届けてあげよう、と。

けれどひとりきりの旅を始めて、そうたたないうちに気がついた。お人形のからだは小さい。人間の一歩と、お人形の一歩とでは、なんと違うことだろう、と。小さなからだで、どれだけ前に進んでも、振り返ればほんのわずかしか進めていない、そんなことの繰り返しの旅になった。

それに人間の足なら、きっとなんとか歩けるような、でこぼこの獣道も、お人形にはからだが埋まってしまうような深さの穴が空いているように思えたり、逆に両手を使って登らないと先に進めないような、断崖絶壁が出現する、そんな道になった。ひとの膝くらいの高さに茂る藪は、お人形には頭まで埋もれるほどのジャングルのようなものだ。

苦難の旅路になった。

やっと山を抜けて、ひとの住む里に下りてきた頃には、お人形の着ていたドレスも、長い金髪も汚れ、裂けて、ほつれていた。

久しぶりにひとの街に辿り着いた。それは夜だったのだけれど、街には美しい明かりが灯っていて、お人形は暗闇に佇んだまま、しばらくびっくりしていた。

ひとに見つからないように、そっと家々に近づいて、窓から中を見た。

明るい部屋の中には、幸せそうな家族がいて、大きな声で笑いながら、何か話したりしていた。音楽を聴いたり、美味しそうなお菓子を食べたりしていた。みんな綺麗な服を着ていたし、部屋には本がたくさん並んでいた。それから、部屋の真ん中には、光を放つ大きな箱、テレビが置いてあって、そこには魔法のように、遠い世界の情景や、いろんなひとたちが次々に映し出されるのだった。

お人形が知っている、山の中の小さな町の夜は暗かった。電気が灯っていると、それを狙って敵の飛行機が来るというので、電灯には布で覆いをかけて暗くしていたからだ。

お人形の知っている夜は、山奥の暗い小さな町の中で、みんなが声を潜め、身を潜めて、息を詰めて過ごす、そんな夜だった。怖くて、静かで、日本のどこかで空襲があって、誰かが死んでいることを感じているような、この先のこの国は、自分たちはどうなるのだろうと、みんなが不安に思っている、その鼓動の音とため息が満ちているような、そんな辛い夜だった。

けれど、いま、目の前にあるのは、それとはまるで違う、明るい、幸せそうな夜だった。

お人形はくらくらするのを感じた。

お人形が旅をしている間、昼と夜を数限りなく繰り返した。だから、人間たちの世界では長い時間がたっていたのだった。それは思いがけないほどに、長い長い年月で、戦争はとっくに終わり、人間たちはいまはもう平和に、静かな、そして豊かな暮らしに戻っていたのだった。

人形には、まるで、あの日々が夢の中の出来事だったようにさえ思えた。

ふと、遠い山の中の小さな町にあった学校の、懐かしい玄関のことを思い出した。お人形を助けてくれて、そっと森の奥に置いていった、優しい若い先生のことを。それから、大好きだったあの学校の子どもたちのことを。

戦争が終わったのなら、お人形はもう、敵の国の人形ではない。あの懐かしい学校の玄関のガラスケースの中に帰ってもいいのかも知れない、と思った。

——けれど。

『もう、戻れないんだわ。わたしにはそんな時間はない』

お人形はそっと呟いた。

森を抜け、山を越えて、ここまで来ただけで、髪とドレスだけでなく、手も足もぼろぼろになってしまっていた。ころんでぶつけたときに顔に傷もできてしまった。お人形には心だけでなく、賢い頭もあって、ものを考えることができたけれど、こんな風にぼろぼろになってしまって、いずれ完全にからだがぼろぼろになってしまったとき、自分がどうなるのか、そのことだけはどうしてもわからなかった。人間のように、天国に行けたりするのだろうか？　それとも心も魂もすべて、ぼろになって朽ちてしまうのだろうか？

お人形にはわからないけれど、からだがぼろぼろになれば、きっともうどこへも行けないだろう。歩けなくなるのだろう。

『それならもう、あの町と学校に帰るだけの時間はないわ。わたしにはどこよりも行かなきゃいけないところがあるんですもの』

いつの間にか時がたって、姿が変わったなんて、わたしちょっと浦島太郎になったみたい。お人形はそう思って、少しだけ笑った。そのおとぎ話は、いつだったか、絵本を子どもたちが朗読しているのを聞いたことがあったから知っていた。

いつだって、教室から溢れる子どもたちの声を、お人形は聴いていたのだ。まだ心もなく、動ける手足も持っていなかった、あの頃から。ずっと、耳を澄ましていたのだ。

子どもたちが大好きだったから。

人形というものは、そういうものだからだった。子どもたちのために、そのそばにある友達として一生を過ごすように、ひとの手で作られた存在だからだった。

『いつか、この旅が終わって、まだわたしが旅を続けられるなら――』

夜道を歩きながら、お人形は呟き、うっすらと微笑んで、首を横に振った。

それからまた、長い長い時間がたった。

山を離れ、人里に下りてからは、道は平坦になったものの、人目につかないように旅しなくてはいけない。自分の意志で動いている、ひとり旅をしている、それも怪しげなぼろぼろのお人形なんて、ひとの目に触れたら、どんな目に遭うかわからないからだった。旅をやめる羽目になる、それだけは避けたかった。

そうして、昼と夜の限りない繰り返しの中を、お人形は古い写真を抱き、ひとりぼっちで歩き続けた。

ひとの作った道路のそばの山道に沿って、ときに遠回りしながら、はるばると歩いていったり、大きな川を渡るときは、橋を探して、夜通し、川の上流や下流をさまよったり。

ときに好奇心旺盛な鴉《からす》や鷗《かもめ》たちに追いかけられたりしながら、長い旅を続けた。

ひとの住む町のそばだけではなく、深い森に再び分け入ることも、はるかな山の尾根を越えて、遠くへ旅する道へと足を運ぶこともあった。

『日本という国は、ほんとうに大きくて、長くて、広い国なのねえ』

青い目のお人形はひとりきりの旅路を辿りながら、たまにそういってため息をついた。

この長い旅が終わって女の子の家に辿り着いたとき、女の子の家族はそこで待っていてくれるのだろうか？　無事でいてくれるのだろうか？　たまに考えて足が止まった。けれどお人形は歩き続けた。旅に出たのだもの。前に進むしかない。

長い旅を続けるうちに、思いもかけない道連れも生まれた。

あるとき、黄昏時から深夜まで、大きな川を渡るための橋を探して、川沿いの草原の中をさまよっていたときに、

『もしもし、そこの小さいひと』

誰かの小さな声が、お人形を呼び止めた。

『ねえ、そこを行く、不思議な小さい、ひとりぼっちで歩いているひと』

『人間みたいだけど、そうじゃないひと』

川のせせらぎの音に混じって、くるくるとうたうような、明るい声が聞こえてきたのだ。

ぱしゃん、と、水が跳ねる音も聞こえた。

呼ばれるままに、お人形は川に近づき、そして、青い目で水面をじっと見つめた。

犬のような猫のような、お人形が見たことのない、首の長い生き物が川の中に何匹も浮かんでいて、黒い瞳を好奇心いっぱいな様子できらめかせて、こちらを見ていたのだ。

『わたしは人間じゃないわ。人間の子どものお友達の、お人形よ。海を越えて、遠い外国から来たの。あなたたちは、なあに?』

『川獺《かわうそ》』

『かわうそだよ』

獣たちは、きゃっきゃっと嬉しげに笑うと、踊るように楽しげに、器用そうな前足で、ぱしゃりと水を跳ね上げてきた。

『もう生きてはいないけど。ほんとうにはもうわたしらの誰も、この故郷の川で泳いではいな

いのだけれど』

　ひっそりと言葉を継いだ川獺がいった。

　そういわれてみると、獣たちの姿は、夜目にも淡い光を放っていて、その姿は半ば透き通るように、川の水の中を漂っているのだった。

　昔に死んだ獣たちなのね、と、お人形は悲しくなり、うつむいた。

　川獺の一匹が、優しい声で訊ねてきた。

『海を越えて、外国から来たお人形さんは、いまどうして、こんなところを、ひとりぼっちで歩いているんだい？』

『それは――』


　お人形は、夜露に濡れ、柔らかな夜風に吹かれながら、これまでの話を優しい川獺の魂たちに話した。今日ここまでの旅の、長い長い物語を。

『だからわたしは、女の子の魂の欠片を、懐かしい街のおうちまで届けてあげることにしたの。――だって』

　お人形は描かれた青い目から、涙を流した。

『帰るところがある魂には、帰らせてあげたいと思ったの。わたしには帰る場所がない。行く場所もない。だから、この子の魂は、わたしがきっと送り届けてあげようって』

　幻の川獺たちは、夜の色に沈む川の水の中で、長い首をもたげ、ひげを蠢《うごめ》かせて、互いに何かしらささやきかわすようにした。

やがて、川獺の一匹が首を伸ばしていった。

『それならお人形さん。わたしらもその旅についていってあげよう。――帰るところがないのは、わたしらも同じだから』

他の川獺が言葉を続けた。

『もう懐かしいこの川は、人間たちの川になってしまった。ぼくたち古い獣は、この川の流れに住んでいてはいけないんだ』

川獺は悲しそうに涙を流した。

『みんなもう死んでしまって、魚もとらなくてよくなったけれど、泳ぐためのからだも柔らかな毛並みもなくなってしまった。魂だけふわふわとこの場所にあっても切ないばかり。それならせめて、帰る場所があるという、その女の子の魂を送り届ける旅に我らもともに行こう』

『もはや爪も牙もなく、魚の一匹も捕れやしないけれど、小さなお人形と女の子の魂のために、我らにも何かしらできることがあるだろう』

『人間は怖いけれど、家族と離れてひとりきり死んでしまった子どもはかわいそうだ。せめて魂の欠片でも故郷に戻してやらなくてはね』

川獺たちの魂は川面《かわも》からふうわりと浮き上がり、雲母《うんも》のようなかすかな光を放ちながら、川岸に立つお人形のそばで、守るように漂った。

川獺たちの魂は、そうして透明な前足と前足をつなぐと、ふわりと夜空に浮き、川の向こう岸まで、柔らかな橋を作ってくれた。

ひとの目には見えない橋を渡って、お人形は川の向こう岸に辿り着いた。

お人形が胸を熱くしてお礼をいうと、

『こちらこそ、ありがとう』

と、川獺の魂たちは優しい声でお礼をいった。

『わたしらに気づいてくれてありがとう。わたしらは、ずっと昔に死んだまま、故郷の川に浮かんでいても、誰の目にも見えず、誰もわたしらの声を聴いてくれなかったのだから。ずっと寂しかったんだよ。わたしらがここにいるということに気づかれず——かつてはこの川にたくさん泳いでいたということを、忘れられてしまっているということが』


旅の道連れは、他にも増えた。

雪降る中、凍えそうになりながら、山の尾根を越えてゆくときに、

『もしもし、もしもし』

と呼びかける、低い声があったのだ。

『川獺の魂を連れてそこを行く、小さなひと、いったいどこへ行くのだね?』

『こんなに寒い、雪の日に、高い山を越えて、どこへ行こうというのだね?』

降る雪に埋もれそうになりながら、凍り付いて雪原に倒れそうになりながら、お人形は声の聞こえた方を振り返り、そこに大きな犬のような影がいくつか並んでいるのを見た。

『わたしは旅のお人形。子どもたちの友達よ。日本の子どもたちの友達になるために、海を越えて、はるばると、遠い外国から旅してきたの』

『我らは、狼だ』

喉を低く鳴らすようにして、狼たちはいった。かちかちと牙を打ち鳴らすような音がした。白い闇のような雪煙の中で、黄金色の瞳をきらめかせながら、狼たちは笑った。

『もう生きてはいない狼だけれどね。遠い昔は群れを作り、故郷のこの山を、はるばるとはるばると駆けていたのだ。もはや我らの仲間は死に絶えて、この山にも、どこの山にも野にもいないけれど』

そういわれてみると、狼たちのからだはうっすらと雪に透き通り、この世のものならぬかすかな光を放っていたのだった。

『それにしても、海を渡ってきた小さなものが、なぜにいまひとりきりで、この雪山をさすらっているのだね？』

『わたしはいま、大切な旅をしているの』

お人形は胸元にだいぶ古びてきた白い手を当てて、誇り高く顔を上げ、今日これまでの旅路の物語を話して聞かせた。

途中からは、彼女のまわりに守るように漂っていた川獺たちの魂も、事情を狼に語った。

雪の中で、長い長い話が終わったあと、狼たちの魂は、静かにいった。

『死んだひとの子の魂の欠片を、故郷の家に帰すため、旅しているというのだな』

『ええ、そのとおり』

『そんなにぼろぼろになって、そんなに小さな背丈と、軽そうな姿で。風に吹かれれば、尾根を転がり落ちてしまいそうではないか』

『はい』

お人形はさらに胸を張った。

実際、雪風に吹かれて、尾根を転がり落ちたのは、二度や三度のことではなかった。そのたびに、川獺たちの魂に助けられ、三度も四度も、また山を登り続けたのだ。

『だってわたしはお人形。怪我することも、痛いこともないんですもの。大切な長い旅をするには、ちょうどよかったと思っているの』

古くなった写真を胸に当てて、お人形はにっこりと微笑んだ。

『――よくわかった』

『ああ、事情はよくわかったよ』

狼たちは、低い声でそういった。

喉の奥で、ふっふっと、笑うような響きの唸《うな》り声を立てた。

『ならば、我らも、おまえたちとともに旅に出てもかまわないだろうか?』

『えっ』

『旅の道連れになってやろう。我らにはもはや、大きな牙も、鋭い爪も、尾根を越えて響く遠吠えもないけれど、小さなおまえの長い旅に、少しくらいは力になってやれると思う』
川獺よりは役に立つぞ、と、狼たちが笑うと、川獺たちはむっとしたようにひげを動かし、狼たちは、それを見て楽しげに笑った。
『ひとの子の手で変わっていったこの世界で、我らは暮らしてゆくことができなかった。そうしてひとの子の持つ武器に狙われ、罠にかかり、子狼の一匹も残らないほどに、死に絶えてしまったけれど、ひとの子の娘には、罪はない』

そして狼の魂たちは、雪の中で輝く、あたたかで柔らかな渦になり、お人形を抱えると、ふんわりと尾根を越えて、山の向こうの平地まで送り届けてくれた。

『ありがとう』

お人形がお礼をいうと、狼たちは寂しそうな表情で笑った。

『我らが帰れる故郷は、自由に走れる場所は、もう地上にはないのだ。帰れる場所がない我らの代わりに、せめて、ひとの娘が故郷に帰れるように、ともに旅をしよう』

そうすればきっと、少しは寂しくなくなるからな、狼たちは雪山を吹き過ぎる風のような声で、お人形にそういったのだ。

『ふかふかの毛皮と、きらめく瞳、どんなものも嚙み裂く牙を失った我らは、もはや何も狩らず、食べずに生きていけるようになった。――けれどそれはとても暇で寂しいこと。我らは生まれつきの勇敢な狩人なのだからな』

狼たちの魂は、透き通る鼻面《はなづら》を空に向け、ひとの耳には聞こえない声で、遠く吠えた。うたうような遠吠えが、空へと響いていった。

お人形はそうして、道連れとともに、長い旅を続けた。海を渡ったときは、川獺と狼たちの魂に助けられて、大きな船にそっと乗り込んだ。

甲板の端の、物陰に潜んで、大きな海を見ながら、波を切るエンジンの音を聴いていると、なんとも懐かしい気持ちになったのは――たぶんその昔、海を渡ってこの国に旅してきたからかも知れない、とお人形は思った。まだ魂がない頃の、動くことも笑うこともできなかった時代の話だけれど、長い船旅を楽しみ、行く手の見知らぬ国、日本での日々を楽しみにしていたような、そんな記憶の欠片が、胸の奥にあるような気がした。どんな子どもたちと会えるだろう。どんな子どもたちの友達になれるだろう、と。

『いつか、この長い旅が終わったら――』

お人形は、もう指がなくなった手を、甲板の上に広がる、遠い星空に差し伸べた。

『ひとりで世界を旅するのもいいなあ。海を渡って、生まれた国へ帰るのもいいかしら』

潮の匂いがする夜風は優しく、懐かしかった。この風に吹かれたまま、遠くに旅していくのって幸せだろうなあ、とお人形は思った。想像するのは楽しかった。

『いつか、そんな日が来ればの話だけれど』

こんなにぼろぼろになってしまっては、きっとこの旅を終えるだけで精一杯。再びひとりで旅立つなんて、そんなことはまずないだろうと思いながら、でも不思議と、これまでの日々が悲しくはなかった。

気がつけば、そもそも、旅立ったことを、ひと欠片も後悔していなかった。

『一歩一歩ここまで歩いてくるのは、大変だったけど、楽しかったような気がするわ』

大好きだった学校の、あの玄関のそばの、ガラスのケースに入って、子どもたちや先生たちの声を聴きながら微笑んでいるのは幸せだったけれど、寂しい女の子の魂の欠片を抱いてはるかに旅してきた日々も、そう悪いものではなかったような気がする――。

『そうね。楽しい旅だったわね』

そんな声が聞こえたような気がして、お人形は辺りを見回した。女の子の声だった。

甲板にはひとけはなく、波の音が響くばかり。

お人形は胸元に大切に抱いていた、あの古い写真をそっとながめてみた。月の光に照らされたその写真の中で、あの女の子が、どこかいたずらっぽい表情を浮かべて微笑んでいた。

そして、長い長い時が流れた。

二〇一九年十月三十一日。

海辺の街もハロウィーンの時期になり、その月の初め辺りから、街はどこか楽しげな、異界めいた風情を漂わせている。

あちこちに飾られている、怪しげに笑うかぼちゃや魔女、黒猫に蝙蝠の飾りのせいもあって、商店街には、ほんのりと薄暗く、不気味な気配が漂っている。街中がお化け屋敷めいた雰囲気になっているといえないこともない、と、若い魔女、七竈七瀬は思う。

「ハロウィーンって、西洋のお盆みたいなものなのよね。死者たちが墓から蘇ったりする辺りとか」

日本にはもともとないものだったのに、ここ数年の間に、すっかりお馴染みの季節の行事になってしまった。クリスマス前に商店街を彩り、消費を促すのにちょうどよかったという、ものを売る業界のひとびとの思惑《おもわく》もあったかも知れないけれど、それにしてもここまで自然に根付いたのは、日本人の多くにとって、この異界と現実の世界が地続きになる感覚は、馴染みのあるものだったからかも知れない、などと魔女の七瀬は思うのだ。

七瀬は、十三階のベランダから、繁華街に灯る灯りを見下ろす。鋳物の手すりに寄りかかると、夜風はもう冬の気配を漂わせていて、長袖を着ていても、腕がひやりとする。

使い魔の黒猫は、器用に手すりの上を歩き、七瀬の腕のそばに寄り添い、長い尻尾をゆらりと振って、七瀬と同じ景色を見下ろす。

夜景を彩る光は、今夜は心なしか、オレンジ色を孕《はら》んでいるように見える。オレンジ色と紫色と、黒と。たまに白も混じるかしら。ひとの街の十月は、そんな色に彩られる。オレンジはかぼちゃの色、黒はきっと闇の色。もしかしたら魔女たちの衣装や、使い魔の黒猫や蝙蝠の色かも知れない。白はお化けたちの衣の色で——はて紫は何の色だろう？

七瀬は少しだけ首をかしげる。

人間でない七瀬には、人間の考えることはたまによくわからない。

「まあ、綺麗だからいいわ。オレンジも紫色も白も黒も、みんな綺麗な色よね」


手すりにもたれかかり、見下ろす夜景には、ひとの目には見えない、深い暗闇が見える。街のそこここに淀む、それは現実の世界と接している、黄泉路《よみじ》の入り口——死者たちの世界へ通じる門だ。その門を通って、死んだものたちが街を訪れ、生きているものたちにそっと声をかけたり、足を引っかけて転ばせようとしたりする。黒猫やゾンビの人形が飾ってある店の前の歩道を、本物のお化けが、人知れず歩いていったりもする。いらっしゃいませ、と呼びかける店のひとの目には何も映っていないけれど——。

「今夜はある意味、死者たちの祭りだから」

生きているうちは、死のことなんて考えなくてもいいのにね、と七瀬は思う。

死はもてあそんではいけない。

死も墓もお化けたちも、遊びのように扱わなくていいのに。そんなに楽しいものではないのに。——命が短いひとの子たちの暮らしには、すぐそばに控えているものなのに。今宵そここに開いている、異界への入り口と同じに。見えないけれど、いつもある。

七瀬は静かにため息をつく。

ひとの一生は、どうせ短い。笑って泣いて、憤り、喧嘩して愛しているうちに、夢見るような速度で、終わってしまう。

おそらくは、ひとの子が蟬の一生を見てその短さを嘆くように、魔女たちはひとの命の短さを惜しむ。

生きている間、精一杯にうたい続け、やがて地に落ちて儚くなる、ひとの子の一生を。


「——おや？」

七瀬はふと、夜景の一角に目をとめる。

街を包む暗がりの中に、どうにも気になる気配がある。——いくつかの魂の気配と、そして、不思議な青い光。小さな星の光のように、青くまたたく光が、そう、街のそばの、木々に包まれた小さな森の中にちらりと見えた。青い光をとりまく星雲のように、たくさんの淡い光の群れが、ふうわりと同じ森の中に消えていった。

「何かしら？」

とても気になる。

「今夜はハロウィーンだし、何が現れたって、おかしくはないのよね」

一瞬で消えた気配にはそんなに邪悪なものはなかったけれど、なんだか髪を一筋引かれるように、気になった。

七瀬は右のてのひらをひらりと振る。星くずのような光とともに、魔法のほうきが宙から現れ、七瀬は軽やかにほうきにまたがり、ベランダから夜空へと飛び立った。お気に入りのつばの大きな帽子も、夜空から呼び寄せ、長く赤い髪の上に深くかぶる。

使い魔の黒猫は、慣れた仕草で、ほうきの上、主の背中のそばへと飛び上がった。

『ねえ、ナナセ』

黒猫がほうきのうしろから声をかけた。

『今夜、長くて黒いワンピース着てるのって、ハロウィーンの仮装のつもりだったりして?』

「たまたまに決まってるでしょ?」

七瀬は、前を向いたまま、つんとした表情で答えた。

『黒いとんがり帽子をかぶってるのも?』

「単なる気分よ」


やがてほうきが降り立ったのは、街外れにある丘の上。小さな森の、その出口の辺り。

七瀬が森の方を見守っていると、小さな小さな、よくわからないかたちのものが、一歩一歩を進め、こちらへと歩いてきた。

それは汚れて、ぼろぼろになった、ひとりの古い抱き人形だった。手の先も破れたブーツからのぞく足の先もかけて、まっすぐ歩くのが難しい様子で、木の枝を杖の代わりにつきながら、こちらへと——ひとの街の方へと歩み寄ってくる。

その姿はいまにも地面に崩れ落ちそうで、もしそれがひとならば、長旅に疲れ切り、すでに意識はないような、そんな姿に見えた。

不思議なのは、そんなにぼろぼろなのに、お人形はどこか楽しそうで、笑みさえ浮かべながら、足を運んでいるように見えるのだった。

そして、そのぼろぼろのお人形をかばい、守ろうとするように、ふわふわとした光が、森の奥から、ゆうらりと漂ってきて、星雲のように幾重にも渦を巻いた。

渦の中にちらちらとまたたく星のような光は、いくつもの対《つい》になっていた。

魔女の七瀬にはとても近しいものたちの瞳。野と森に生きる獣たちの魂の、そのまなざしだった。

川獺たちと。狼たちと。

その昔はこの日本の野山や川辺、海辺にも暮らしていて、けれど時代の変化にその数を減らし、ひとの子によって殺しつくされて、いまはもう存在しないといわれている生き物たちの澄んだ瞳の名残がそこにあった。

「あなたたちは、このお人形さんの友達なの？」

優しく、七瀬は問いかけた。

獣たちの魂は、魔女の言葉を前に、暗闇が満ちる秋の野辺にうずくまるようにした。

ほんとうはもう、彼らのしなやかに動く肢体や、なめらかな毛皮、宝石のようにきらめく瞳は存在しないのだけれど、ひとときき蘇ったように、そこに控えた。

古《いにしえ》の昔から、時を超えて生きる魔女には、礼儀を持って振る舞うことが、野の獣たちの間に伝えられる掟《おきて》だったから。それは死して後、魂だけの姿になっても変わらなかった。

お人形は、七瀬がそこにいるのに気づくと、ぎょっとしたように立ち止まった。じいっと七瀬を見つめていたけれど、ふいにぱたりとその場に倒れてしまった。

「――ええと、お人形さん？」

七瀬はそっとお人形に近づいた。お人形は、さっきまで自分の足で歩いていたことが嘘のように、貼りついたような笑顔を浮かべ、草むらの上で微塵も動けない振りをしている。汚れ、もつれた長い巻き毛は、もとは金髪だったのだろうか。落ち葉や乾いた泥に汚れていて、髪の匂いを嗅いだ使い魔の黒猫が、埃を鼻に詰まらせて、くしゃみをした。

魔女の、暗闇でも見える目で見れば、このぼろぼろのお人形が、千切れ汚れていても手の込んだデザインで丁寧な仕立てのドレスを身にまとっているのが見える。顔立ちだって古風だけれど愛らしい。もとはきっとかわいいお人形さんだったのだ。でも、いまこうして道ばたに転がっていれば、捨てられた古い人形にしか見えないだろうと、七瀬は思った。

「わたし、あなたがいま歩いてるのを見たわよ？」

七瀬はお人形のそばにしゃがんで、そのいかにも人形然とした笑顔をのぞき込んだ。

「――もしかして、普通のお人形の振りをしてるのなら、そんなことしなくても大丈夫よ。わたし、魔女ですもの。人間じゃないから、動くお人形と出くわしたってことくらいでびっくりしたりしないわ」

そもそもこんなハロウィーンの夜、少々の不思議な出来事があっても驚きはしないし、と言葉を付け加えた。

我慢比べのようにじいっと見つめていると、やがてお人形は汚れた頭を動かして、

『ほんとうに？』

かわいらしい声で、訊ねてきた。七瀬の顔を恐る恐るというように、見上げた。

そうすると、さっきまで死んでいたような表情が、ぱあっと光が射したように明るいかわいらしいものに見えてくるのだった。


七瀬は、お人形から事情を聞いた。

それは長い長い、旅の物語だった。

お人形は、微笑んで、写真を見せながら、遠い日の女の子との出会いと別れのことや、その子の魂の欠片との旅の物語を聞かせてくれた。

お人形の手の中の写真は、あちこちが折れ、汚れ千切れて、七瀬にはもうそこにあるのがどんな写真なのか判じることはできなかった。

けれどお人形の目には、変わらずにはっきりとそこに写っているという、幸せな家族と、美しい部屋の情景が見えているようだった。

『ここが海辺の街なんですよね。ああわたし、やっと辿り着いたんだわ』

嬉しそうにそう話すうちにも、お人形のからだはひび割れ、ぼろぼろと崩れていった。

けれどお人形は、杖をつき、長さが不揃いになった両足で、果敢に立ち上がり、街に向かっ

て足を運ぼうとする。

『さあ、女の子のおうちを、捜さないと。この街の、西の方におうちがあるんだって聞いたことがあるの。やっと――やっとこの子の魂を、おうちに帰してあげられるんだわ。ここまで、旅してきて、よかった。きっとこの子の家族も、この子の帰りを待っているでしょう。写真の中の、あの綺麗な家で』

杖をついて、一歩ずつ。よろけながら、少しずつ前へ。歩みを運ぶごとに、お人形のからだはひび割れ壊れ、姿が崩れてゆく。

狼と川獺の魂たちは、その歩みを見守り、けれどもうできることはなく、まるで葬列に加わるひとびとのように、ただ付き従う。

七瀬はそっと、お人形の小さなからだを押しとどめた。

お人形が語る長い物語を聞くうちに、魔女の七瀬の目には、遠い昔に亡くなった女の子の、その姿が見えていた。袖のふくらんだ白いブラウスに、お母さんの手作りの防空頭巾がよく似合うかわいらしい姿も、はにかんだ笑顔も。そして、居心地のよさそうな部屋の中で肩を寄せあい、笑いあう、女の子の家族の姿もすぐそこにあるように瞳に映っていた。その家がこの海辺の街のどの辺りにあり、日々、どんな風に暮らしていたのかも。

そして――昔の戦争が終わった、その年の八月の、もうじきに戦争が日本の負けで終わるそのわずか数日前に街の西側を焼いた空襲で、その子の家が焼けてしまったということも。

その日、女の子のお母さんとお姉さんは燃えた家とともに亡くなったということも。

(女の子の帰るおうちは、もうないのよ。ずっと昔に地上からなくなってしまったの)

(その子を待つひとも誰もいないのよ)

そう言葉にすることができなくて、七瀬はただ、お人形を止めようとした。

けれどお人形は、笑顔を浮かべたままで、眼下に見える光り輝く街の方へと足を踏み出そうとして——。

杖をつき損ねたように見えた。ほんのわずか、つまずいただけのように見えたのに、お人形は転がって秋の草が茂る野に倒れ、そしてそのままそのからだは崩れ去り、二度と起き上がらなかった。まるで誰かが土塊とぼろ布をそこに捨てたというように、ただの塵《ちり》の山が、そこに生まれたのだった。

長い旅の果て、あと少しのところでお人形は力つきたのだった。

塵の山は、まるで最後までお人形の心がそこにあったことの証明のように、その上に古ぼけた写真を、そっと受け止めるように、載せていた。

川獺たちの魂が、後ろ足で立ち上がり、両方の前足を合わせて、拝むようにした。

狼たちの魂が透き通る鼻面を夜空へと上げて、ひとの耳には聞こえない声で死者を悼《いた》む歌をうたった。

七瀬は、狼たちの遠吠えを聞きながら、しばらく闇に沈む塵の山を見つめていた。

そしてやがて、深くため息をつくと、うたうような呪文を唱えた。

魔女たちの間に伝えられている、遠いものたちに呼びかける呪文だった。

その声は、まるで金色の糸が夜の闇を縫うように、風に乗って、遠く鋭く響いていった。

声の放つ光が、繁華街の灯りに紛れ、うっすらと消えていった頃、繁華街の空に、ひとの目には見えない小さな星がふたつと小さな小さな星がひとつ灯った。

三つの光はまるで妖精のように、ふわりと夜空を流れ、しばらく迷っているように空をくるくると回っていたけれど、ふと、何かに気づいたように、七瀬たちがいる丘の上を目指して、まっすぐに飛んできた。

蛍のような光は、舞うように塵の山の上に飛んでくると、古い写真の上で、そっと優しい光を放ち、静かにまたたいた。

「呼んでみて、よかった」

七瀬は微笑んだ。

「もしかして、ずっと待っているのかも知れない、と思ったの。女の子の魂の欠片が、家族に会いたかったように、家族もまた、女の子を待っていたのかも知れないなって。

もう地上に家がなくなっていたとしても、魂だけが、ずっと時を超えて待っているのかも、って。——ほら、呼んだらすぐに来てくれた」

そして七瀬は、両方のてのひらを広げ、まるで奇術師が、とっておきの素敵な手品を見せるように、晴れやかな笑顔を浮かべた。

てのひらからは、星くずを撒《ま》いたような光がふわりと放たれて、そして光の中で、奇跡が起こった。

綺麗なお母さんと、賢そうな娘が、驚いたような表情を浮かべたまま、丘の上に立ったのだ。

けっして生き返ったわけではない。夜空に透ける、儚い魂だけの姿だった。けれど彼らはたしかにそこにいて、自分たちがなぜそこにいるのかも、よくわかっていた。

魔女の七瀬に、微笑みかけ、お礼の言葉を、ひとの耳には聞こえない声で、呟いた。

そして、崩れていた塵の山は、見えない誰かの優しい手に掬い上げられ、整えられるようにして、もとのままの――お人形が海の彼方で優しい手によって作られたときのままの姿に戻ったのだった。

金色の髪のお人形はびっくりしたように両腕を広げ、ワルツを踊るように、ドレスをなびかせて、やわらかな革のブーツで夜の丘の上に立った。

いちばんの奇跡は、そのあと起こったことだったかも知れない。

ふくらんだ白い袖のブラウスを着た女の子が、いつの間にか、そこに立っていたのだ。それは家族と同じに、儚い姿だったけれど、でも魂の欠片はいま、懐かしい海辺の街を見下ろす丘の上に帰り着き、懐かしい家族もそこにいるのだった。

女の子は、丘の上に立つ家族の姿を見て、大きな目に涙を浮かべた。ゆらゆらと母と姉のそばに行こうとして、そして、秋草の上に立つお人形に気づいた。

お人形は、誇らしげに満面の笑みを浮かべていた。

女の子は身をかがめ、お人形にお礼をいって、抱きしめようとした。

魂だけになった女の子の腕は、ふわりと風のようにしかお人形を包むことはできなかったけれど、お人形はその腕のあたたかさと優しさを自分は忘れないだろうと思った。

気がつくと、つまらなそうにこちらを見つめている、小さな影があった。それはどこか自分に似ている、愛らしい人形で――ああ、この子の大切なお友達の人形は、あの子なのか、とお人形は微笑んだ。少しだけ寂しくて、胸の中がちくちくと痛んだけれど、女の子にそっと声をかけて、その人形が女の子を見つめていることを教えてあげた。

女の子のいちばんの友達だった人形は、魂だけになっても、この子を待っていてくれたのだ。この街で、家族とともに――家族のひとりとして。

(それならいいのよ)

お人形は、自分の人形を抱き上げて家族のところに駆け寄ってゆく女の子の後ろ姿を、そっと見送った。

自分の旅は終わったんだなあ、と思った。

女の子と家族の魂は、星のような光になり、細い月が灯る空へと舞い上がっていった。満天の星が光る空へ楽しげに高く高く上がっていって、星空の光に紛れ、まるで輝く星のひとつになったように見えた。

『これからはずっと、この故郷の空で、家族と一緒なのね』

お人形は呟いた。そこではきっと戦地で亡くなったという、女の子のお父さんの魂も一緒なのだ。

『大好きで、帰りたかったおうちがあった場所を、家族と一緒に見守りながら暮らすのね』

よかった、と思った。

心の底から、よかった、と。

この旅を続けてきて、よかったと。

優しい旅の道連れたち――川獺たちの魂と、狼たちの魂もまた、同じことを思ったのだろう。それぞれに優しいまなざしをして、遠い星空を見上げていた。


「さて」

子どもたちが好きなおとぎ話や、絵本の中にいる魔女のように、つばの広い帽子をかぶり、黒く長い服を着た若い魔女は、呪文を唱え、その手に魔法のほうきを呼び出した。

楽しげな笑顔を浮かべて、お人形と、そして川獺と狼の魂たちを見回した。

「あなたたちは、これからどうするの？　行きたいところや帰りたい場所があるなら、わたしが送ってあげましょう」

魔女の使い魔らしい黒猫が、

『今夜のナナセ、すごく魔女らしいわね』

と、甲高い声で、いかにも感動した、というようにいった。

『ハロウィーン特別サービスって感じ？』

ナナセと呼ばれた魔女は、むっとしたように足下の黒猫を見て、

「空気読みなさいよね？」

ひとことそういうと、またお人形たちの方に向き直った。

川獺たちの魂は、楽しげに答えた。

『旅が無事に終わったのだから、わたしらは故郷の川へ帰ろう』

『ああ帰ろう』

『もうあの川は、わたしらの故郷と呼んではいけないのかも知れないけれど、ひとの子に追われ、憎まれたとしても、やはりわたしらには、あの懐かしい川だけが、故郷なのだから』

『ああ帰ろう』

『ここまで来た旅と同じに、野を駆け、ひとの街のそばを通り、たまに水辺や海辺があれば、人知れず泳いだり、魚と遊んだりしながら、故郷へと旅していこう』

『そして眠ろう。やわらかな水草を枕に。頭上を泳ぐ光り輝く魚たちの群れを見上げながら、そっとまぶたを閉じよう』

『眠りにつこう』

そうして、川獺たちの魂は、かすかにその身から光を放ち、互いにじゃれあうようにしながら、遠い遠い故郷へと帰っていった。

狼たちの群れも、魔女七瀬に答えた。

『我らも帰ろう』

『遠く高い山へ。果てしなく続く荒野へ。野うさぎが跳ね、狐が駆ける遠い森へ我らはまた帰ろうと思う』

『ひとの子に追われ、奪われた土地であろうとも、あの山野こそが我らの父祖の地、魂が眠るべき、懐かしい場所なのだから』

『帰ろう』

『ああ、帰ろう。故郷へと』

狼たちの魂は、光り輝くふわりとした雲か霧のように、夜の丘の上に漂った。

そして街を見下ろす森の方へと、白く大きな翼がひらめくように、舞い上がり、消えていった。

狼たちの姿は見えなくなっても、遠く遠く狼たちの歌声が、ひとの子の耳には聞こえない歌声が、いつまでも、お人形と七瀬の、そして使い魔の黒猫の耳には聞こえていた。


「かわいいお人形さん、あなたはどうするの？」

優しく魔女に問いかけられて、お人形は顔を上げ、答えた。

『わたしも故郷に帰ろうと思います。遠い山間の小さな町へ』

あの学校はまだあるのだろうか。いまも正面玄関には、お人形がそこに飾られ休らうためのガラスケースが置いてあるのだろうか。

お人形が帰り着いたとして、喜んで迎えてくれるのだろうか。

『そして少しだけ、休んだら……』

冒険の旅に出るのもいいかもね、とお人形は思った。旅の途中で思った通りに。

いやいや旅は大変だったから、気が変わるかも知れないけれど。懐かしいガラスケースの中で、微笑みを浮かべたまま、ずっと眠っていたいと思うのかも知れないけれど。

「わかったわ」

若い魔女は楽しげな笑顔で、そういってくれた。

そうして、お人形を腕に抱き、魔法のほうきで空へと舞い上がってくれた。長く赤いくせっ毛を、夜空へ翼のようになびかせながら。

お人形は生まれて初めて——いや作られて初めて、というべきだろうか——魔法のほうきに乗って空へ舞い上がって、初めて見る景色に、目を見張った。

絵の具で描かれた青い瞳だから、そんなに自由には開かないけれど、そんな瞳なりに、いっぱいに見開いて、光り輝く地上と、頭上に広がる星空に見とれたのだ。

「大丈夫よ、魔法のほうきなら、ひとっとびであなたの懐かしい故郷まで帰れるから」

旅の疲れもあったのだろう。魔女の優しい声がまるで子守歌のように眠気を誘う。

「——優しい川獺たちも、優しい狼たちも、そして優しいお人形も、しばしおやすみなさい。疲れを癒やし、そしてまた朝の光の下で、目を覚ましなさい。

大丈夫。この世界の夜と眠りは、魔女たちが守るから」

お人形は閉じることのできない瞳で、美しい夜景を見ながら、眠りの世界へと緩やかに落ちていった。若い魔女のあたたかな胸元に抱かれ、懐かしく幸せな想いを抱きながら。

『——ありがとう、優しい魔女』

そう呟いたけれど、声は魔女に届いただろうか。夜風に紛れたかも知れない。しょせん人形の声だもの、小さかったかも知れない。

けれど魔女がお人形を抱く腕には、そっと力がこもり、そして魔法のほうきは、流星のように、空を駆けていったのだった。

エピローグ　貝の十字架

十二月二十四日。クリスマスイブの夜。

海辺の街は、たくさんの光に包まれていた。

商店街の店々も、住宅地の庭も、まるで星が天から降りてきたように、きらきらとかわいらしい、あるいは美しいきらめきに飾りつけられていた。

今夜はひときわ寒い夜で、空には重たい雲がかかり、いまにも雪が降り出しそうだった。

繁華街の商業施設や、大きなビルは、一段と華やかに光り輝き、そのまわりには、街路樹が、無数の星を灯したように、はたまたきらめく雪に覆われたように、たくさんの青白い光をその身いっぱいに光らせている。

光の並木道、という感じだなあ、と思いながら、若い魔女七瀬は、白い息を吐き、使い魔の黒猫を連れ、木々のそばを歩いていく。

ちら、とショーウインドウに映る自分の姿を見つめる。長く白いコートに白いベレー帽、白いブーツが、赤い髪に映えて、我ながらかわいくて美しい。——なんてつい思ってしまう。

図書館に本を返しに行った帰りで、荷物が軽くなるかなと思いつつ、またずっしりと本を借りてきてしまった。でもその重さも忘れるくらいに、クリスマスの街は美しく、心が浮き立った。


最近の日本は、ハロウィーンが終わるとすぐにクリスマスを待ちわびる飾り付けになる。十一月がなくなっちゃったみたいで、ちょっとかわいそう、と、魔女ニコラがいっていたけれど、そういうニコラだって、いまの時期の街の華やかな雰囲気は好いているようだった。もちろん七瀬だって。


「夜に灯りが灯っているのって、素敵なことよね。みんなが幸せそうなのも」

暗い時間も、外にひとがいて、はしゃいでいて、楽しそうな声や音楽が聞こえる——そういうのは、大好きだ。寂しくないから。

自分やニコラのように、ひとに取り残されるさだめの魔女たちは、余計にそうなのかな、と、七瀬は思う。

夜のまだ早い時間なので、この寒い中、通りを歩くひとびとも多い。楽しげな家族連れも多くて、子どもたちは嬉しそうに顔を上げ、輝く街路樹に見とれながら歩いていたりする。

「綺麗」

「綺麗だなあ」

そこここであがる愛らしい声。

魔女の耳には、植物の声も聞こえるので、光を身にまとう街路樹たちが、その声を聞いて、きゃっきゃと照れたようにはしゃいでいるのがわかる。

緑たちだって、綺麗なのは嬉しいことだし、褒められるのも見つめられるのも楽しいし、こういったお祭りごとは大好きなのだ。

そもそも人間は気づかないことだけれど、植物たちは——草花も木々も、ひとの感情に左右され、気持ちに影響されやすい。

街に満ちる、人間たちの、そして街路樹たちの幸せな様子に、七瀬は笑みを漏らす。

特にあの、駅前の大きな公園にそびえ立つ樅の巨木のクリスマスツリーはなんと嬉しげで、得意げなことだろう。あの大きな木は、毎年クリスマスのたびにあの場所で光を灯し、てっぺんに星を飾って、街に君臨するのだと魔女ニコラに聞いた。木は毎年誇らしい様子で、大役を果たすのだと。それはあたかも、大きなからだの老人が、その大きなかいなを伸ばし、微笑みを浮かべて、この街を抱きしめる姿のようで。

どこかサンタクロースを思わせる、樅の木の姿を見守りつつ、七瀬はそばを通り過ぎる。

老いた木は長い長い間、この場所で静かに街とひとを見守り続け、その幸せを祈り続けてきたのだろう。

「人間たちは誰も、気づいていないんでしょうけど……」

そうだ。ひとは大概気づかない。自分たちを愛し、見守り続けている誰かがいることに。

この世界には、ひとの目には見えない、聞こえないことがあまりに多すぎるから。

短い命のひとの子には、語り伝えられることもない、気づかれず、あるいは忘れ去られてしまうことが、あまりに多いから。

「かわりに、わたしたちが覚えているけれどね――」

魔女たちはひとの子が眠る夜も眠らずにいることができる。嵐の空を飛ぶことも、獣たちとともに野を駆けることも。

そうして、ひとの子の眠りを守る。


夜の澄んだ空気の中で、星のようにきらめく光と、幸せそうなひとびとの笑顔を見るうちに、わずかに視界が滲《にじ》む。心の奥が痛むのは、もはや帰れない懐かしい場所と、守れなかったひとびとのことを思うからかも知れない。

風に乗ってどこからか流れてきた賛美歌が聞こえた。ひとの子の救い主が生まれたことを喜び祝うその歌に束の間耳を傾けたとき、そう、毎年のように思うことがある。

こんな風に、神様を称える歌を自由に歌える時代が来ることを信じ、夢見ていたひとびとがいたということを。

そう、七瀬は知っている。

クリスマスおめでとう、と明るい声でひとびとが口にし、賛美歌が流れ、天使のかたちの人形が飾られる、そんな時代を夢見、命がけで恋い焦がれていたひとびとが、遠い昔、この国にいたことを。

コートのポケットから、七瀬は小さな古びた布の袋を取り出した。古い時代の金貨や何かの鍵、水晶の欠片や、羊皮紙の切れ端や、写真が入った銀のロケットと一緒に、大切に布にくるまれた、小さな貝細工のメダルがある。

古ぼけ色褪せたそれは、やわらかな貝殻に、様々な色の貝の欠片を埋め込んで、モザイクのように、十字架を描いたものだった。

といっても、その細工はいかにも素人じみた、不器用な手が作り出したものだと一目でわかる不格好な代物だった。その上、長い時を経て古びて汚れ、色も褪せている。けれど、何度もてのひらに乗せられ、大切に撫でられたことがわかるように、そのメダルにはうっすらと優しいつやがあり、聖夜の街の光を受けて柔らかく光るのだった。

七竈七瀬の宝物、大切なお守りだった。昔、幸せを祈って渡された。


ずっと昔の話だ。

ひとの子たちはもちろん、長く時を生きる魔女たちから見ても、いくらか昔の出来事に思えるような、そんな遠い時代のこと。

その頃のこの国では、「神様」を信じる、その宗教は禁教だった。信仰を捨てなければ、一族郎党、ひとつの集落がまるごと連れ去られ殺されてしまうような、問答無用の無残な暴力が振るわれた時代があったのだ。

なので、生きてゆくために、表向きは神様を捨てながらも、心の内では信じたままで祈りを捧げ生きるひとびとがいたり、人里離れた場所へ集団で移り住み、密かに信仰を守ったひとびとがいたりした。

ある地方の、ある小さな島の、切り立った崖ばかりしかないような場所に、そんなひとびとが隠れ住む、小さな集落があった。崖と生い茂る藪に隠されるように、身を潜め、暮らしていたひとびとがいたのだ。海外からこの国を訪れ、身を潜めつつ命がけの布教の旅を続けていた、その旅の途中の神父様と、従者の少年もそこに匿われていた。ひとびとは年老いた、元武士である信者を中心に、神父様を守りつつ、静かに暮らしていたのだった。

わずかしかない平地の痩せた土に、干した海藻を肥料の代わりに敷いて稗《ひえ》や粟《あわ》を育て、雨水を溜めて飲み、魚や貝を捕って食べ、あるいは干し、海鳥の卵をわけてもらったりしながら、命をつないでいたのだ。

季節ごとに嵐に襲われれば、崖にへばりつくように建てられた、大小の小屋が吹き飛ばされそうになる。小屋の中で、神父様を中心にみなで手をつなぎ、祈りながら堪え忍ぶような、そんな暮らしを送るひとびとだったけれど、神父様が呟く言葉を信じ、生き抜いていた。

『この辛い時代はいつかは終わります。祈りましょう。神様は見ていてくださいます。来たるべきそのときには、神様の栄光を称える歌を空の下でうたえるようになるし、その方を信じていると、大きな声で語ることができるようになりますから』と。

たどたどしい日本語を、ときに従者の少年が通訳したりもしながら、ひとびとは折々のミサにあずかったりもしたのだった。

過酷な暮らしの中で、亡くなるものたちもいた。島にはひとを埋める場所もない。それでも赤子や小さな子どもたちは、島のわずかな土に埋葬し、おとなたちの亡骸は手を合わせて、みなで海に流したりもした。天国での再会を誓いつつ。

冬になれば、藪の中に、椿の花が赤く咲き、つややかに緑の葉が輝く、そんな島でのことだった。

さて、ある冬、その椿の島の浜辺に、柳で編まれた美しい籠《かご》で眠る、ひとりの赤子が流れ着いた。空からやわらかな白い雪が綿のように降る日のことだった。凍るような空気の中、赤子はまるで母親の胸に眠るように、安らかに波に揺られていた。他に人影はなく、ただその赤子だけが、島へと流れ着いたのだ。

島のひとびとが驚いたことには、その籠はいるかの鼻先に押されて、浜辺の方へと流れ着き、籠の上空には、赤子を見守るように、海鳥たちが輪を描いていたのだった。

まるでいるかと海鳥から託されるように、島のひとびとは、眠る赤子を受け取った。

これは普通の赤子ではない、神様からこの島に預けられた、尊い子どもかも知れない――そう思ったひとびとは、大切に赤子を育てた。

赤子は女の子だった。島の、赤子がいる女たちから乳をわけてもらい、そのあたたかな胸に抱かれて眠った。赤子は健康で、よくなつき、よく笑ったけれど、不思議なことになかなか大きくならなかった。一緒に乳を飲んでいた赤子たちが、やがて這い、立って、走れるようになった頃もまだ赤子のままだった。子どもたちがおとなたちの手伝いができるほどに育った頃に、ようやく這うようになった。

そしてその子は、普通の赤子たちと違って、歪《いびつ》な成長を見せた。歩くのもおぼつかない状態なのに、言葉を覚え、這う頃には島のひとびとの名前を覚え、字を見れば、誰も読み方を教えないのに、声に出して読んでいた。

ぼんやりと空を見上げていたと思うと、その先の天気を読んだ。海を見て遠くを指差したと思うと、そこに魚の群れがいると告げた。

その様子が他の子どもたちとあまりに違うので、怖がり、恐れるものもいた。それでも、島のひとびとは、その子を守り、慈しんで育てた。子どもたちも、その子を自分たちの不思議な妹として、見守り、可愛がった。

年老いた信者が、目を細めていった。

「こん子が島に流れ着いたとも、こん子がこがん不思議かとも、神様のお考えがあってのことに違いなか。よかよか。普通じゃなかばって、こがんむぞか、りこもんの子どもじゃんば。大切に育ててやろうじゃなかか」

島のひとびとは、島の子どもたちに教えるのと同じに、その子に祈りの言葉を教え、数学や天文や世界の成り立ちや、諸国の歴史を教えた。

おとなたちのうち、特に神父様は宣教師で、およそ世に伝えられるたくさんの知識と知恵を持っていたので、いろんなことを易しい言葉で教え、語ってくれた。ときにおとなたちも一緒になって、網やわらじを編んだりしながら、様々なことを学んだのだった。

神父様は、ひとが永遠に神様に祝福されているのだと、どんな罪も間違いも、昔にイエス様が身代わりに罪を引き受けてくださっているから、ひとはみな、すでに救われ、許されているのだと教えた。自分たちは神様に愛され、幸せになるために、地上に生まれついたのだと。

『この島での暮らしは、貧しいし、苦しいですが、またみなが神様を信じられる時代が来れば、隠れ暮らす必要もなくなります。ひもじいことも喉の渇きも、いまのうちだけのこと。いつかすべて、永遠に縁がなくなるのですよ』

神父様に優しい声でそういわれても、柳の籠で海を流れてきたその子どもは、この島での暮らし以外を知らない。だから貧しいなり、大変なりに、島の暮らしを愛していた。

自分たちおとなが飢え、骨が浮き出るほど痩せても、乏しい食べ物を、子どもたちに与え、笑顔で祈り続けるひとびとを愛しいと思った。

その子どもは、この優しいひとびとがなぜこんな風に隠れ住み、苦労をしなくてはいけないのだろうと、ただ不思議に思った。

「神様」というひとは、なぜそんなかわいそうなことをするのだろう？　それとも、ここに苦しんでいるひとびとがいるということに、気づいていないのだろうか。

そもそも、「神様」はどこにいるのだろう？　その子どもの目には見えなかった。――「神様」というものは、ほんとうにいるものなのだろうか、そんなことを心の内で思った。

島のおとなたちや子どもたちは、「神様」を疑うことはない。祈りの果てに、きっとこの島を出て幸せになる未来が訪れると信じている。自分だけ、なぜそれが信じられないのか、流れてきた子どもはいぶかしく思った。

そして思った。自分のほんとうの両親は、どこにいるのだろう。自分ひとりがなぜ、海に流されていたのだろう、と。生き別れたものか、死に別れたものか。

自分に家族がいるのなら——どこかにいたのなら、それはどんなひとなのだろう、と想像した。もしかしたら、そのひとたちも、自分のように、年をとる速度が遅いのだろうか。「神様」を信じられないのだろうか？

そもそも、と子どもは思った。

「神様」なるものがいるのなら、なぜ自分だけ、こんなに島のひとびとと「違う」のか。同じにしてくれなかったのか。自分はもっと「普通」がよかった。賢くなくともよかったから、みんなと同じがよかった。そうしたらきっと、こんなに寂しくなかった。

そんなことを考えていると、表情に表れるのだろうか。その子どもを特にかわいがってくれていた、姉のような少女が、

「さみしかことば、考えんと」

と、優しい声でいった。

「あんたはうちの大事か妹せんね。いつか一緒に島ば出て、一緒に幸せになるとよ」

そして、いつかのその日のことを、楽しそうに語った。みんなで、この貧しい島を出て、どこか神様が用意してくださった、素晴らしい地に赴くのだ。ひとびとは、ふわふわとした豊か

な土を耕すのだ。そして、美味しいものをたくさん食べる。食べきれないほどに食べる。——島の子どもたちは、魚や貝や、海藻に、海鳥の卵、稗や粟しか食べたことがない。おとなたちが語る様々なご馳走がどんなものなのか知らないから、いまひとつ想像がつかない。けれどとにかく、島の外には食べ物はたくさんあるのだ。おとなたちはもう子どもたちに食べ物を譲ることもなく、痩せることもなく、みんながお腹がくちくなるまで食べるのだ。

それからひとびとは、柔らかな布地で、柔らかくてあたたかな着物をこしらえる。島の子どもたちは、おとなたちの古着を縫い直した、継ぎの当たった着物くらいしか知らないけれど、たぶん海鳥の胸の産毛のように、柔らかな布地を島のひとびとは手に入れ、それで夢のように着心地のよい着物を作るのだ。

そして、お日様の下で、ひとびとは、神様を称える歌をうたう。声を上げてうたう。冬の、神の子が生まれた季節には、その誕生を祝う歌をうたうのだ。みんなで。灯りを灯して。神父様がミサをしてくださるだろう。

海を流れてきた子どもは、自分がその日を待ち望むというよりも、その日が来て喜ぶこの少女を、島のひとびとを見たいと思った。

「神様」に祈るということがほんとうにはよくわかっていなかったけれど、このひとたちのためになら、自分も祈れるだろうと思った。その存在を信じていなくても。

この少女は、自分のほんとうの妹を赤子のときに亡くしていた。この島では子どもは育ちにくい。寒風吹きすさび、痩せた土地な上に、病を得ても薬はなく、身を隠している身の上では、買い求めに行くこともできない。神父様が持っていたわずかな薬はとっくに使い果たした。子どもたちを埋めたあとの、小さな平たい石の墓標が、この島にはいくつかあった。土地がない島なのに、いちばん日が当たる、明るい場所に、墓地は作られていたのだった。

この少女にとって、自分は逝った妹なのかも知れない、と子どもは思っていた。抱き上げる細い腕にも、潮風に乱れた髪を撫でてくれるてのひらにも、いつもあたたかな感情がこもっていた。その愛情が自分を通して、もしかしたら墓所に眠るほんとうの妹に向けられているとしても、子どもは自分を包んでくれる、少女の腕が好きだった。

少女は、心の底から、「神様」を信じているようだった。疑いもしていなかった。

「あんたが幸せになるごと、うちがいつっちゃ祈ってやるせんね。そいがうちの、いちばんの願い事さ」

「神様」なるものがいてもいなくてもいい、自分のような不思議な子どもの幸せを祈ってもらえるということが嬉しかった。

その子どもが、この少女だけに語っていることがあった。

神父様にも、島の他のひとびとにも秘密にしていることが。

流れてきた子どもは、地を蹴れば空を飛ぶことができた。ふぅ、と息を吐けば、木ぎれに火をともすこともできた。誰にやり方を習ったわけではない。ただある日できるような気がして、やってみたらできたのだ。——どうやら自分はこの島にいる、普通のひとびととは、決定的に「違う」のだ。もしかしたら、忌むべき恐ろしい存在なのだ。まがまがしい存在で、あるいは自分が「こう」だから、海に流されたのかも知れない、と考えると心臓が痛みを覚えるほど、激しく鼓動した。

自分はこの世界に生きていてもいい存在なのだろうか。

「それ」がわかっても、その子どもの「正体」がわかっても、島のひとびとは、この優しい少女は、自分を恐れないだろうかと思った。

少女はいまのように優しい目で自分を見つめ、妹と呼んでくれるだろうか。

一度だけ、地を蹴って、空に浮いて見せたとき、少女は、微笑んでいった。

「すごかね。天使様のごたるね」

けれど、そのまなざしの奥に、ほんのわずか、畏れの色を、子どもはそのとき感じたのだった。

椿咲く島のひとびとの長年の望みが叶う日を、流れてきた子どもが見ることはなかった。

真冬の、ある嵐の日に、海竜に乗って、その子の「同胞」を名乗るものが、子どもを迎えに来たからだった。

暗い空から、銀色の雨が斜めに降りそそぎ、稲光が轟音とともに剣のように飛び交う中、海竜の首に立ち上がり、島のひとびとを睥睨《へいげい》するその長身の男は、見るからに異質な存在であり、普通の人間ではなかった。

その紳士は、長身で白い肌。シルクハットからマントにブーツまで、黒ずくめの服を身にまとい、吹き荒れる嵐の音の中でも不思議に届く声で、静かに語った。

ようやく見つけた。さあ、その子を連れていこう、と。

その言葉は、この国の言葉ではなく、どこか外国の言葉だったのに、不思議とみなが意味を聞き取ることができたのだった。

『いままでその子どもを守り、慈しんでくれたこと、感謝する。しかしこの子をこのままここに置いていては、互いの不幸のもとになるやも知れぬ』

この子は神様から預かった子どもですからどうぞこのままに、と島のひとびとが首を横に振ると、

『それが魔性の子でもか』

と、紳士は諭した。

『この子は、ここにいる誰よりも長く生きるだろう。不思議な力を操り、鳥のように空を飛び、獣のように地を駆けるだろう。炎を呼び、水を渦巻かせることもできる。――おそらくは、その子は、おまえたちと違って、「神様」なるものを無垢に信じることはない。かわりに、自らの手で運命の輪を回す力を、持って生まれてきたからだ。そんな存在と、おまえたちは、ともに暮らせるか？』

悪魔《サタン》、と誰かが呟いた。それはほんとうに小さなささやきで、独り言だったけれど、耳にした子どもは、言葉が氷の棘《とげ》のように胸に刺さるのを感じた。

そうだ、たしかに自分は人間ではない。魔性の子——魔物であり、悪魔なのかも知れない。それならば、ここにいてはいけないのだ。「神様」に存在を否定されるものならば。——みなにほんとうに嫌われて、追われてしまう前に、立ち去ろうと思った。

迎えに来てくれたあの紳士が——自分という存在を肯定し、手を差し伸べてくれるひとが目の前にいるのなら、その手にすがろうと。

そして、ちらりとこうも思った。いつまでもおとなになれない自分がいなくなれば、その分食べ物も着るものも、島の他の子どもたちのものになるだろう、と。

吹き荒れる嵐の中、あの、姉のように子どもを愛してくれた少女が、行くなというように、子どもの手を引いて、引き戻そうとした。泣きそうな顔をしていた。

切り立った崖を舐めるように、白く立ち上がる真冬の冷たい波の中、氷雨に打たれ、奈落のような海へと落ちそうになりながら。

流れてきた子どもは、そっと少女の手を押し戻した。そして、空へと片方の手を差し上げた。——そうだ、自分はこんなこともできる、と思った。

見る間に嵐は止み、厚い雲から光が射した。

子どもは無言で、数え切れない思いを抱いて、ひとびとに深く頭を下げた。

そして子どもは、海竜の紳士の手に引かれるまま、島の土を蹴り、海へと、海竜のもとへと舞い上がったのだった。

海竜の首から海を振り返ると、島のひとびとが、空から降る光の中で、祈りを捧げている姿が見えた。海竜が遠のいても、ひとびとはずっとずっと海へと頭《こうべ》を垂れていた。

柳の籠に入れられて、ひとり、海に漂っていた赤子が、赤い椿の島でひとの子たちに与えられた名前は、七瀬という。

しかしその生みの母が与えた名前は、マリーというのだ、と、七瀬は海竜の紳士に告げられた。七瀬は母とともに乗船していた船での旅のその途中、遠い異国の海で、事故によって沈んだ船から、ひとりだけ海に流されたのだと。

無力なはずの赤子は、けれど、ひとの子にはない力を持っていた。たとえば野の獣や海の獣、鳥たちに愛され、守られる力だ。ひとの子に比べれば、強靭《きょうじん》な肉体にも生まれつき、何より運に恵まれる、その強さもあった。赤子は、その力故に、海獣たちに守られ、ときにその乳をわけてもらいながら、海流に乗って、安全な場所へと流されていった。

日差しが強すぎる昼間や、凍える夜には、籠に舞い降りた、海鳥たちの翼と羽毛に覆われ、守られながら眠った。喉が渇けば、鳥たちは、陸地へと羽ばたき、そのくちばしに水を含んで、口伝いに、赤子の渇きを癒やしてくれた。

海獣たちと海鳥の守り、海流の助けで、やがて流れ着いたのは、七瀬にとって父祖の地といえる、その国の西の果ての島だった。

七瀬の母もまた、「ひと」ではなかった。七瀬と同じように、いやそれ以上に、尋常でない、不可思議な力を持っていたのだけれど、海難事故の際、重傷を負っていた。にもかかわらず、沈む船から行き会った他のひとびとを助けようとしているうちに力つき、七瀬をいるかたちに託したまま、海に沈んだのだと。

その最期を、自分はいるかから聞いたのだと、彼は教えてくれた。忘れ形見の赤子は、柳の籠に入れられて、はるばる海を流れていったらしい、ということも。

いまは亡き、七瀬の母の名は七竈蝶子《ちょうこ》。そもそもは京の都で古《いにしえ》より不思議な術を行い、尊い家柄のひとびとに仕えてきた、その一族の血をひときわ強く引いた、跡継ぎの姫だったのだと――物語のような話を七瀬は海竜の首に揺られながら聞いたのだ。

七竈蝶子は「魔女」だった――そう、紳士はいった。七竈家は、先祖代々、魔女の血を引く一族だったのだ、と。

なぜそれを紳士が知っているかというと、紳士もまた、東洋の、魔女の血を引く一族の末裔《まつえい》であり、遠い日に東欧で、旅の途中の蝶子と出会い、まるで生き別れのきょうだいのように気が合い、しばらくの間、ともに旅をしたのだという。

『実際、魔女の血を引くもの同士が、この広い世界で出会うことはあまりないしね。ましてや、わたしも君のお母さんも互いに故郷を離れた異国での出会いだった。しばらくともに旅をした。そのときに、いろんな話を聞いたのさ』

世界には、自分たちのような、ひとならざる、不思議な力を持つひとびとが密かに暮らしているのだと七瀬は紳士から聞いた。

生まれあわせた土地が違っても、使う言葉や肌の色が違っても、「魔女」の眷属《けんぞく》は同胞であり、同じ血を持つのだと。

魔女たちは寿命が長く、ひとの持たない力を持つとはいえど、殺されれば死んでしまう。なので、めだたぬようひっそりと生きてゆくか、人間とはつながりを持たず、地上をひとりはるかさすらうか、はたまた、為政者のもとで、その力をそのもののために使うことで庇護され、権力と自由を与えられるか。——世界中の魔女の血を引くものたちは、生き延びるために、道を選ぶ。

庇護される道を選んだのが、極東の地、日本に生まれついた魔女、七竈家の遠い先祖だった。一族は占うこと、不思議を行うことで、存在を認められ、許されてきていたのだった。けれどそれは、不思議の力を独占するために、一族が囲われ、外に出ることを許されなくなることと同義だった。

七竈蝶子は、聡《さと》く賢く、そして美しい娘だった。京の都で先祖代々の娘や若者たちのように、老いるまで囲われて生きていくことをよしとしなかった。その上に、未知の世界への冒険に憧れるほどに、無謀で、恐れを知らない、まだ幼い娘でもあった。

蝶子は、そしてある日、不思議の力でその地を離れたのだった。渡り鳥たちの群れに、細い絹の紐《ひも》を投げ上げ、くわえてもらい、空へと引かれて、そのまま舞い上がった。長い髪と、幾重にも重ねた絹の着物をなびかせて。

京の街のひとびとは、渡り鳥の群れに引かれて空を舞う娘を、あれは天女かと指さした。娘は、ちらりと地上へと目を走らせ、わずかに悲しい顔をしたが、それきり生まれた地へと戻ることはなかった。

それから七竈蝶子が、異邦の地のどこをさすらい、どのように生きたか。海竜の紳士は、かつて旅の合間に彼女から聞いたという物語を七瀬に教えてくれた。その中には、七瀬の遠い時代に生きた父親との出会いと別れの物語もあった。北欧の、オーロラが舞う地で、ひととは生きる長さが違う異国の魔女の娘と美しい若者が出会い、病弱だった若者の命がある間、ともに暮らしたこと、若者の命の長さを予見していてあえてその手をとった娘は、若者を見送ったあと、身ごもっていることに気づき、森の獣たちに見守られながらひとり赤子を産み、大切に育てたこと――そうして生まれた娘が自分だと知った七瀬は、自らのからだの中にある、母と父の生命の欠片を抱きしめたくなったのだった。

ここにあることを――もしかして、「神様」に祝福され、許されなくとも、自らの父と母には望まれ、許されていたのだ、と。ふたりともに、すでに時の彼方に過ぎ去ったひとびとであり、会うことも話すこともかなわぬひとびとであったとしても。

海竜の紳士が蝶子と出会い、しばし旅の道連れとなったその頃、その腕にはすでに七瀬がいたのだと、紳士は懐かしそうに語ってくれた。別れてのちの彼女が海難事故で亡くなったこと、七瀬の行方がわからなくなったことを知った紳士は、それからずっと七瀬を捜していたのだと、紳士は語った。

長い長い旅の果て、極東の地で、やっと見つけたのだ、と。

そして紳士は、懐から、一匹の愛らしい黒い子猫を取り出し、七瀬に差し出した。

子猫は目に涙を浮かべ、七瀬にひしと抱きついた。肩に爪が食い込むほどに、抱きしめた。

『わたしのマリー』と、甲高い声で鳴きながら。二度と離れまいとするように。

『その子はきみの使い魔だ。昔、姉妹のように、ずっと一緒にいたのだそうだ。赤ん坊の頃のことだから、さすがにきみは覚えてはいないだろうけれどね』

紳士は子猫の小さくつややかな頭を撫でてやりながら、そういった。

『もとは蝶子がどこかで出会った、家のない子猫だったらしい。蝶子とともに海難事故のときに一度命を落としたんだそうだ。けれどきみのことが心配で、その一念で息を吹き返したものの、きみの行方が捜せないままに、ひとり海にいたんだそうだ。わたしが見つけたときは、船の欠片と一緒に海に浮いていたよ。自分を狙うサメたちに牙をむきながらね。

再会させてあげられてよかったよ』

黒い子猫を抱きしめるうちに、そのあたたかさと喉を鳴らす音が記憶の中にあるような気がしてきた。——とても懐かしい、大好きな存在だったような気がした。

目を閉じ抱きしめると、やわらかなぬくもりの向こうに、遠い日に失った母の胸の甘い匂いを感じ、そのひとの鼓動と優しい子守歌が聞こえたような気がした。

めくるめくような物語を聞かされて、愛らしい子猫を渡され、真の居場所を見つけたような気持ちになった七瀬が、自分が置いてきた、貧しい椿咲く島のことをしばし忘れていたとしても——優しかったひとびとのことを過去に置き去りにしていたとしても、仕方がないことなのかも知れない。そもそも七瀬はその頃、ほんとうに子どもだったのだから。

そして、紳士に連れられて旅をした、海の彼方の様々な国々の、心躍る思い出。手ほどきを受けた魔法の数々。旅の合間にときに出会い、ともに旅をすることもあった、「同胞」である、魔女や魔女の血を引くものたちとの出会い——家族と呼びあうほどに幼い魔女を可愛がり、様々なことを教えてくれたひとびととの日々——そのすべてが、輝かしく、魅力的で、忘れがたい思い出となった。それはあまりにも、あの島での暮らしと違っていて、自由な冒険の連続で、素晴らしかったのだ。流浪《るろう》の民のように、属する国もなく世界をさすらいながら、同じ血を引く同胞たちと、互いにきょうだい姉妹、親子のようだと語らいながら、旅をすることが楽しくないはずがないのだ。

後に知ったことだけれど、魔女たちはその子ども時代や若い日には、魔女同士濃いつながりを求める時期があるのだという。成長するにつれ、互いにあまり接することもなくなっていくのだと知ったのだけれど、たしかにあの時代、七瀬は魔女やその眷属のそばにいることを好んだのだった。いまにして思えば、地の果てまでも旅しても会うこともできず、言葉も交わせない亡き母の姿を、同胞たちの中に見出そうとしていたのかも知れなかった。

けれど——。

そんな日々の中、やがて紳士とも別れ、ひとりで気ままに旅することを覚えた七瀬が、ある日ふと、久しぶりに、遠い椿の島を訪れてみようと思ったとき——彼女は、自分がどれほど長い間、あの場所とそこに住まうひとびとのことを忘れていたのかと思い知ったのだった。

魔女の命とひとの命の長さは違う。時の流れのその速さが、違うように思われるほどに。そんな当たり前のことも、七瀬は忘れていたのだ。

その頃の七瀬はすでに、魔法のほうきの作り方も、それで空を飛ぶ術も覚えていて、だから懐かしい島へと、軽々とほうきで風を切り、舞い降りていったのだった。

真冬のことだった。白い雪が綿が降るように舞い落ちる中、七瀬は魔法のほうきとともに、空から降りていったのだ。

懐かしい島での思い出が胸をよぎり、七瀬は空の上から、懐かしいひとびとの姿を捜しつつ、様々なことを思ったのだった。

自分は、魔女としての経験を積み、様々な知識を得た。あの貧しい島の自然環境を、わずかでもひとが暮らすにはさほど辛くはないような場所に作り替えることも、いまの七瀬にはできるのではないかと考えていた。もしそれができたなら、幼い日に愛してもらったあのときの恩にささやかに報いることになるのではないかと思った。

そして、七瀬がその手で、ひとびとを幸せにすることができたとしたら——ひとびとの嬉しそうな笑顔が脳裏に浮かび、七瀬ははやる思いを抱いて、懐かしい島へと風のように降り立ったのだった。

もし、七瀬の持つ力を恐れられたとしても、それでいい。嫌われ疎《うと》まれても、二度と島のひとびとに会えなくなってもいいと思った。どうせ自分は魔女なのだ。ひとの子ではない。

ただ、島のひとびとを、少しでいい、幸せにしてあげたかった。

けれど、そんな七瀬を待っていたのは、藪の中に、変わらず咲き誇る赤い椿の花と、つややかな緑の葉だけ。冬の澄んだ青い空を、海鳥が羽ばたく音だけ。

ひとの気配はなかった。

かつてへばりつくように断崖に並んでいた、いくつかの小屋は、大きな腕で抉《えぐ》られたように、砕け、残骸になっていた。そこにはもう、命あるものは暮らしていなかったのだ。

海鳥たちや、海の魚、海獣たちに話を聞いた。もはや遠い昔の出来事になった、七瀬に迎えが来て、海竜とともに旅立ったあの日。あの日から数年の後の冬、島に大きな嵐がおそいかかり、島のひとびとは家々の残骸とともに、海の底に引き込まれていったのだという。

切なかったのは、ひとびとがその地にいなくなってのちに、彼らがあれほど待ち望んでいた、神様の教えを信じてもよい時代が訪れたということだった。といっても、その教えが、日本の国で、そう簡単に禁教とされなくなった訳ではない。多くのひとがさらに命を失い、故郷を追われたりしてのち、再び、神様を信じるひとびとが、自由に祈り、うたうことができる日々が訪れたのだった——けれど、そのすべてを知らないままに、椿の島のひとびとは、冷たい海の底に沈んでいるのだった。

かくして、七竈七瀬は、幼い日に慈しまれて育った地を永遠に失った。失ってみて初めて、その地が自分の故郷ともいうべき場所だったということを知ったのだった。二度と帰れなくなってから、いまさらのように。

そして七瀬は、それ以来果てしない後悔の念を抱えて生きるようになった。――なぜ自分はもっと早く、あの島に帰ろうと思わなかったのだろう、と。

魔女である七瀬には、ひとびとを嵐から守ることができたはずなのだ。誰ひとり死なせないままに助けた上、島の暮らしの辛さからもいくらかでも彼らを解放し、しかしてのちに、彼らが待ち望んできた日々が訪れる、その日を迎えさせてあげられたはずだったのだ。

なのに七瀬は、懐かしい島のひとびとが、冬の嵐に襲われ、小屋とともに海の藻屑と消えた頃は、自らの出自に酔い、同胞たちとの出会いや楽しい旅にかまけて、過去を振り返ろうともしていなかったのだ。あんなに愛され、優しくされていたのに、能天気に、すべてを忘れ去っていたのだった。

帰りたかった場所はなくなり、会いたかったひとびとは失われてしまった。

七瀬が幸せにしたかったひとびとは、地上から失われてしまったのだ、永遠に。


「美味しいもの、食べさせてあげたかったな。クリスマスおめでとう、なんて思い切り、いわせてあげたかったな。やわらかいものやあたたかなものを着せてあげたかった。

せめて、未来のこの国は、こんな風になるんだよって、クリスマスにはみんな楽しそうで、幸せそうだよって、教えてあげられたらよかったなあ」

七瀬は、うっすらと微笑む。

てのひらに乗せた、十字架が描かれたメダルを見つめて。

あの、姉のような少女はいつも夢見ていた。

また神様を自由に信じられる時代がくればいい、と。一目でいいから、そんな風になったこの国を、この目で見てみたいのだ、と。

彼女の願いは叶わなかった。


椿咲く島のひとびとは、おとなも子どもも、このメダルをよく作っていた。

いつ誰が作り始めたものなのか、それはわからない。

貧しい島に、それだけはいつもあった貝殻で、もともと柄杓《ひしゃく》や器や、子どもたちのおもちゃなどが、よく作られていた。その中で、ある日器用な誰かが作り出し、それをみなが真似たのだろう。

貝殻を割り、磨き、組みあわせ、彫刻したり、炭や草木の汁で絵を描いたり、火で焼いて焦がしてみたりして。いろんなかたちの貝殻のメダルが、たくさん作られた。

貧しい島の暮らしには、時間はたっぷりあったのだ。いろりのそばでいろんなものを作りながら、語りあう時間も。

そうしてお守りとして自分で持っていたり、誰かに贈ったり。そんな風に楽しんでいた。

貝殻なので、もし万が一、誰かが島に来て、メダルに目をとめても、隠すのは容易だし、踏めば割れてしまう。貝殻で作られたのには、そんな思いもあったのだろう。

長い時が過ぎ、あのひとたちは、もう誰もいないけれど、時を超えて、十字架のメダルは七瀬の手の中にあった。手渡してくれたときの、あの少女の手のぬくもりの記憶とともに。

そして七瀬は、クリスマスの街の明るい賑わいの中で、ひとり立ちつくす。

大きな樅の木の下で、夜空を見る。

「神様」がいるのなら、なぜあんな無残なことになったのだろう、と、何度も繰り返し心に浮かんだことを思う。

なぜあの、善良な優しいひとびとを救ってくれなかったのか。——自分の魔法で救わせ、再会させてくれなかったのか。

いちばん許しがたいのは、あのひとびとが、島で懸命に生きてきたことを知っているのが、きっと自分だけだろうということだった。

ひたむきに生きて、祈りを捧げ、ささやかな日常の繰り返しの中で、笑い、泣き、自分のような異質な存在を愛し、慈しんでくれたひとびとがいた、ということを、誰も知らないままだということが、七瀬には憤《いきどお》ろしかった。

「——自分には何もできなかった。その八つ当たりみたいなものだって、わかってはいるんだけどね」

足下にいる黒猫にささやきかける。黒猫は、すべてを語らずとも思いをくみ取ってくれるから、ただ軽くうなずいてくれた。

魔女たちは、大概お人好しで人間が好きで、人助けを多くするものだ。

七瀬もまた、これまでの生涯、数え切れないほどのひとの子を救ってきた。本人が助けられたことに気づかないほどの、小さな手助けもしたし、それと知られないようなささやかな奇跡も起こしてきた。事故や天災に遭遇し、ニュースになるほどの酷い状態からたくさんのひとの命を救ったことも、実は一度や二度ではない。

そのいずれもが、七瀬にはたやすいことで――助けられてよかったと、胸を撫で下ろせる程度のことで、誇らしいことでもあった。

魔女に生まれてよかった、と思えるような。

クリスマスツリーの下で、古く汚れたメダルを手に、風に乗って、どこからか流れてくる賛美歌を聴きながら、七瀬は思う。

いままでの日々、どれほどたくさんの人間たちに手を貸し、苦難から救ってきただろう。ささやかに幸せにできたろう。

自らが手を貸し、救ったひとびとが存在するということが、七瀬の心の中の古傷がうずくように痛む気分を、ときに癒やしてくれた。

けれど、会いたいひとびとには、二度と会えないのだ。時の彼方に失われた命の前では、償いの言葉も行為もすべてが意味をなさない。七瀬はその命を、島のひとびとに救われたというのに。育ててもらったのに。乏しい食料をわけてもらい、愛と笑顔を向けられていたのに。なのに、七瀬は自分たちを捨て、振り返らずに去っていったと、島のひとびとは思っただろう。あたたかな心のない、冷たい魔物よ、と、深く傷つき、嫌われていたかも知れなかった。

メダルをくれたあの少女も、恩知らず、と、七瀬のことを思っていただろうか。

「――神も仏もない」

文字通りに。

そうだ。あんなに神様を信じていたひとびとの願いは届かなかったのだ。つまりはそんなものの、きっとはなから存在していなかったのだ。

自分の言葉に、ふと笑ってしまったとき、手の中の貝のメダルが、ほろほろと崩れた。

ああ、と思わず声が出た、その目の前で、貝はぼろぼろになり、冬の夜風に溶けるように、消えていった。


空から白い雪が降り出した。

自分でも気づかないうちに、涙が頬を伝っていて、濡れた頬に雪の欠片が舞い降りてくるたびに、冷たさが頬を切るように痛かった。吐く息が白かった。

七瀬は泣きながら笑った。

「魔女が十字架のメダルを持ってるなんて変な話だったんだし、いつかは壊れるだろうって、わかってもいたんだけど、タイミングが悪すぎない？　何もクリスマスイブの夜にこんな風に塵になって消えてしまわなくたって」

こんな風に、と、手の中に残っている、ざらざらとした貝の欠片を握りしめようとしたとき、あたたかなてのひらが、七瀬の手を包み込んだ。

『消えとらんよ』

懐かしい声が、耳元でささやきかけた。

あの、遠い日に海底に沈んだはずの娘が、ぼろのような薄い着物を着て、日に焼けた足にわらじを履いて、そこにいた。

『ななちゃんじゃろ？　大きゅうなったばって、姉ちゃんにはわかるとよ。会いたかった』

別れた日には、七瀬より年上に見えた少女も、いまの七瀬から見ると、中学生ほどの華奢な――華奢すぎる、痩せた小柄な娘だった。

『いま、姉ちゃんが、メダルが元通りになるごと神様に祈ったせん、ほりゃ、手ば、開けてみんね』

いわれるままにこわばる指を開くと、てのひらに、もとのままの、いや遠い日に少女から渡してもらったときの形の、十字架を鮮やかに浮き立たせたメダルが、つややかに輝いていた。

信じられない思いで、七瀬が少女を見つめると、少女は得意げに、

『そりせん、いったろう？　神様はうっ〻たちのお祈りば聞いてくれらっしゃるって』

そして少女は、目を輝かせ、楽しげに街の様子を見回すと、『綺麗かねえ』といった。

『ここはどこじゃろ？　竜宮城のごたる街ばいね。そいか、もしかして、ここが天国じゃろうか』

とっさにどう答えたらいいのかわからなくて、七瀬はうろたえ、口ごもった。ただ、てのひらの貝のメダルを握りしめて。

少女は明るく言葉を続ける。いたずらっぽい笑みを浮かべて。

『驚かんで欲しかとばって、姉ちゃんな、死んだとよ。ひどか嵐におうてさ。島のひとたちもみんな、一時に死んだとさ』

「うん」

七瀬はうなずいた。

『ありゃ、知っとったと？　なら話の早かね。——そんときに、姉ちゃんな、最後の最後のお祈りばしたと。もう一度、うちの妹に、ななちゃんに会わせてください。一目だけでもよかです、って。こがん貧しか島に、うったちと一緒に隠れ暮らすよりも、迎えが来たとなら帰った方がよかろって思ってさよならばしたばって、いま幸せかどうか、どがんしてもどがんしても、知りたかとです、って。

そしたらさ、ほりゃ、会えた』

少女はにこにこと笑っている。

『ななちゃん、幸せそうたいね。よう太って、綺麗か、ぬっかごたる、天使様のごたるべべば着て、綺麗か、明るかところにおって』

七瀬は静かにうなずいた。

少女はふと、視線を上げた。楽しげに笑う。

『みんなもおるね。みんな、最期に、一目でよかせん、ななちゃんに会いたかったたっちゃん』

雪が降る中央公園の、クリスマスツリーの下に、そのときたしかに、七瀬は懐かしい島のひとびとの幻を見た。

神父様もいた。その従者も。年老いたひとびとも。おとなも。子どもたちも。

みんな、笑っていた。懐かしい笑顔で。

美しいクリスマスの街を、たぶんそれと気づかないままに見回し、色とりどりの光に見とれ、子どもたちははしゃぎ、若者と娘は、うっとりとした表情でクリスマスツリーを見上げて。神父様と従者だけは、奇跡に気づいたのかも知れない。穏やかな表情で笑みを浮かべ、胸元で手を合わせていた。

そのひとびとの姿はとても淡く儚かったので、たぶん街のひとびとはその存在に気づくことはなかったろう。自分たちのそばに、時空を超えた魂の旅人たちが佇んでいたということに。

少女が静かに七瀬にいった。

雪交じりの風の中で、優しい声で。

『覚えとって欲しかとばって、うちも、そしてみんなも、ななちゃんのことば、大好きやったと。そりゃ、ちょっとばかし、不思議か子じゃったばって、そこが天使様のごたって、素敵と思うとったっちゃん。りこもんやし、天気も当つるし、鳥や魚とお話もでくるたい。

何よりも、あんたはいっつっちゃ島のみんなのことが大好きじゃったろう? 言葉にゃ出さんやったばって、自分の幸せよりも、みんなの幸せば祈ってくれよるのがわかった。いつっちゃ、そいが、嬉しかったとさ。優しかなあって』

「わたしも――」

大好きでした、といおうとしたけれど、思いが込み上げて、言葉にならなかった。

耳元で、少女がささやいた。

『願い事の叶うてしまったせん、姉ちゃんたちゃ、そろそろ神様のところに行かんばできんごたる。あんまりお待たせさするとも行儀の悪かせんね。——じゃあ、またね』

懐かしくあたたかなその声は、夜風に紛れて消えていき、少女も島のひとびとも、笑顔を浮かべたまま、すうっと見えなくなった。

そして気がついたときには、手の中にあったと思った、あのメダルはなくなっていたのだった。


光を灯した樅の木の下で、夢みたいな話だったな、と七瀬は思った。

いま見たと思ったことも。交わした会話も。

そもそも、あの椿咲く島がこの世界にあり、遠い昔、そこで人知れず生き、祈り続け、未来を夢見ながらも、ひっそりと死んでいったひとびとがいたということも。

けれど——。

「消えてしまったわけじゃない」

存在しなかった、それと同じではないのだ。

七瀬は知っているのだから。

てのひらの中に、もうメダルはないけれど、七瀬は指を優しく握りしめた。

「見えない」かも知れない。けれど、「ここ」に「ある」——たしかに十字架のメダルは「あった」のだと、自分は知っている。

魔女はすべてを覚えている。

ひとの子がすべてを忘れても。どこか遠い空の彼方へ、魂が去ってゆこうとも。

そして地上で魔女たちは、懐かしい夢を見る。記憶を抱いて、生きてゆく。

吹き過ぎる風の中に、空の星に、木々の葉ずれの音の中に、結晶したように残る、この星の記憶の欠片を見つけ、大切に腕に抱いて。


「ケーキでも買って帰ろうか」

七瀬は、長い髪にかかる雪を振り払い、足下の黒猫に声をかける。

「ニコラに美味しい紅茶をいれてもらって、夜のお茶会っていうのも楽しそうよね。彼女もそういうの好きそうだし、今夜はクリスマスイブですもの」

『そうね』

黒猫はうなずき、『わたしはチーズケーキがいいわ』と言葉を続けた。『レアチーズケーキじゃなくて、きつね色に焼けてる方』

はいはい、と七瀬はうなずき、そして、ふと思う。

考えてみれば、クリスマスに願い事が叶ったってことになるのかしら、と。

少女は——島のひとびとは、気づいていたかどうかわからないけれど、神様の名を口にし、信仰する自由が許されるようになったこの国を、彼らはその目で見ることができたのだ。

（「神様」ったら、粋なことをするっていうか、ちょっとサンタクロースみたいじゃない？）

七瀬には相変わらず、そのひとのことはよくわからない。ただ、雪交じりの風の中に、ほんのわずかな優しさの気配をふと感じ取ったような気がしたのだった。

降る雪は、少しずつ大きく重くなるようだ。積もりそうだな、と思う。

（この街の子どもたちが、雪が降って積もりますように、って願い事をしたのかも知れないな）


ホワイトクリスマスになりますように、と。


雪は静かに降り積もる。

誰かの願いが降るように。

地表のそこここに埋もれる、世界の記憶の欠片たちを、空から優しく抱きしめるように。

白い吐息をもらしながら、若い魔女と使い魔の黒猫は、光を灯す古い樅の木に見送られて、静かに輝く街へと歩いていったのだった。

あとがき

いささか昔のことになるのですが、わたしが児童文学の専業作家だった頃、魔女の女の子の物語を数冊書きました。（注）

魔女の子は、北欧の、無人の村の丘の上に建つ家でぬいぐるみのくまと暮らし、その魔法の力で、人間たちに救いの手を差し伸べるのです。

親もきょうだいも、守ってくれる存在もなく、ただ、助けを求める人間たちのために、魔法のほうきで空を飛び、勇気ある冒険を繰り返す、そんな魔女の子の物語は、わたしも書いていて楽しかったですし、子どもたちにも愛されました。

思い出深い本でした。わたしがとても若かった頃、やはり若かった担当編集者たちとともに作り上げ、書くことを楽しみながら、ときにどんなときも書き続けることに苦しんだりもしつつ、ひたすらに書いてきた物語でした。

その後わたしは、一般向けの小説の仕事がメインになってゆき、子どもたちのための本の仕事は少なくなっていったのですが、ずっと心に、魔女の子のお話は残っていました。

あの作品を書いていたときの楽しさを手が覚えていて、もう一度「あんなお話」を書きたい、いまの自分が、いまの時代の日本を舞台に書いたら、どんなものが書けるか見てみたい──そんな思いが強かったのです。

そして、機が熟して、書くことができたのが、この『魔女たちは眠りを守る』でした。


現在日本に住む魔女の娘七瀬は、高層階のマンションに使い魔とともに暮らします。この時代、魔女たちの間には互助会のような組織があるようで、主人公である彼女はその斡旋《あっせん》によって住処を手に入れた、という設定になっています。また、いまの時代の魔女たちは、昔の魔女たちと違って、自由に優雅に暮らしているようで（何しろもう魔女狩りなんてありませんものね）、なんだか楽しそうです。

その他様々に魔女たちの生き方やその暮らしには変化があるのですが、変わらないのは、彼女たちがひとに向けるまなざしです。

時を超えて、長く生きる魔女たちが、彼女たちから見れば儚い命を生きる人間たちに向ける優しいまなざしと、戦争などの思慮の浅い失敗を繰り返す人間たちへの憤りと、死者たちに向ける弔いの念と、深い哀しみです。

そして──。

七瀬の物語を読み返していて気づいたのですが、わたしにとっての魔女の物語は、日々を慈しみ、懸命に生きる名もなき市井のひとびとへの愛と共感であり、ときとして理不尽に命を奪われることもある彼らの、その生涯への愛であり、せめてその亡骸に手を差し伸べ、抱きしめたい、その生涯を称え、祝福したい、そんな思いだったのだ、ということでした。

世界にはたくさんのひとがいて、そのひとりひとりが自分なりの、ささやかな、あるいは大きな夢や願いを持っています。家族や近しいひとたちを愛し、遠い誰かに思いを馳せ、その幸いを祈りつつ、泣いたり怒ったり、笑ったりしながら、日々を生きています。

この地球の上で人間はひとりひとり、その生涯の時を重ね、命はあたかも壮大な一枚の織物を構成する一本一本の糸のように織り上げられてゆくのです。人類の歴史、として。

俯瞰《ふかん》してみるとき、織物の一本一本の細い糸の中に、それぞれの一生があったこと、笑い、泣き、愛し、夢見ながら生きた誰かがそこにいたことは、気づかれず、知られないままになり、ついにはそこにいたこともなかったかのように、忘れ去られてしまいがちです。

ときとして、災害や不幸な歴史が原因となり、無残にその生を終わるひとがいたということも、まったく忘れ去られてしまったりもします。

若い日に書いた魔女の子の物語の中で、彼女が傷つき倒れた人間たちを抱いて守ろうとし、守れずに泣いたように、いまの日本に生きる魔女の娘、七瀬もまた、理不尽なひとの死に憤り、守れなかった自分を責めるのです。

魔女たちの物語は、物語の形を借りた、わたし自身の想いであり、言葉でもあったのだろう、といまになって、気づいています。

何の力も持たず、歴史を変えられもしない、一本の糸に過ぎないわたしが、誰かのささやかな愛すべき日常に寄り添い祝福し、不幸にして斃《たお》れたひとびとに差し伸べたかった「腕」が、この物語だったのだろうと。

そう、わたしには魔法の力はなく、この物語もいつかは忘れ去られてゆくでしょう。けれど、この物語に触れたどなたかが、ふと、これまで地上に生きてきた一本一本の糸に思いを馳せてくださるなら、わたしの言葉はそのとき、魔法になるのだと思います。


最後になりましたが、物語の中から抜け出してきたかのような、愛らしい七瀬と使い魔の黒猫、素敵なニコラと優しい魔女たちを描いてくださった、画家のまめふくさん、永遠に本棚に飾りたいと思わずにいられないほど美しい本を作り上げてくださった、装幀の岡本歌織さん(next door design)、ありがとうございました。

また、いつもわたしの書くものを陰から支え、作品をよりよく完成させるための助力をくださる校正と校閲の鷗来堂さんに心からの感謝を。

そして、この物語が生まれるきっかけを作ってくださり、その後ひとつひとつのお話が生まれるごとに、世界で最初の読者として喜んでくださった、担当編集者の古川絵里子さん、本当にありがとうございました。あなたがいたから完成した物語でした。

それから。物語の中のある登場人物たちの言葉を平戸弁にうつしかえてくれた、いとこのあきよちゃん。物語に力を与えてくれてありがとう。

二〇二〇年二月十八日
深夜の街の灯りと、降る雪を眺めつつ

村山早紀

（注）「風の丘のルルー」（全七巻）ポプラ社刊

村山早紀（むらやま さき）

1963年長崎県生まれ。『ちいさいえりちゃん』で毎日童話新人賞最優秀賞、第4回椋鳩十児童文学賞を受賞。著書に『シェーラ姫の冒険』（童心社）、『コンビニたそがれ堂』『百貨の魔法』（以上、ポプラ社）、『アカネヒメ物語』『花咲家の人々』『竜宮ホテル』（以上、徳間書店）、『桜風堂ものがたり』『星をつなぐ手』『かなりや荘浪漫』（以上、PHP研究所）、げみ氏との共著に『春の旅人』『トロイメライ』（以上、立東舎）、エッセイ『心にいつも猫をかかえて』（エクスナレッジ）などがある。

Twitter @nekoko24

魔女《まじょ》たちは眠《ねむ》りを守《まも》る

2020年4月16日　初版発行

著者／村山《むらやま》 早紀《さき》

発行者／川金 正法

発行／株式会社KADOKAWA
〒102-8177　東京都千代田区富士見2-13-3
電話　0570-002-301（ナビダイヤル）

印刷所／大日本印刷株式会社

ISBN 978-4-04-604756-4 C0093